UNA ROCKSTAR
TUTTA MIA

JESSA JAMES

Una rockstar tutta mia
Copyright © 2020 di Jessa James

Tutti i diritti riservati. Nessuna parte di questo libro può essere riprodotta o trasmessa in alcuna forma con nessun mezzo elettronico, digitale o meccanico, incluse, ma non solo, attività quali fotocopie, registrazioni, scanner o qualsiasi altro tipo di raccolta di dati e sistema di reperimento di informazioni senza il permesso esplicito e scritto dell'autore.

Pubblicato da Jessa James,
James, Jessa

KSA Publishing Consultants, Inc.

Cover design copyright 2020 by Jessa James, Author
Images/Photo Credit: Deposit Photos: melis82; feedough; shime02; anterovium

Nota dell'editore:
Questo libro è stato scritto per un pubblico adulto. Questo libro potrebbe contenere scene sessuali esplicite. Le attività sessuali incluse nel libro sono pure fantasie per adulti e ogni attività o rischio corso dai personaggi della finzione nella storia non è né approvato né incoraggiato dall'autore o dall'editore.

1

Serena Woods guardò il proprio riflesso nello specchio del bagno e fu sollevata nel notare che dai suoi occhi non trapelasse il martellamento che imperversava nella sua testa. Fosse stato per lei, si sarebbe gettata un po' d'acqua in faccia, ma se avesse anche solo pensato a sbafare il trucco che si era messa con così tanta cura, sua madre non l'avrebbe presa per niente bene. Le sarebbe venuto un infarto, o forse anche un ictus.

Probabilmente, Serena avrebbe dovuto mangiare qualcosa di più del minuscolo antipasto che aveva mandato giù durante la cena, ma con sua madre seduta lì di fianco a lei, le era risultato impossibile dedicarsi con tutta sé stessa al piatto principale. Per non parlare del gusto che si meritava quel povero salmone.

E così ora eccola qui, strizzata nel minuscolo vestitino scelto e comprato da sua madre, con un altro feroce mal di testa, mal di testa senza dubbio dovuto all'ossessione di sua madre, che nelle ultime settimane aveva fatto di tutto per assicurarsi che Serena questa sera entrasse in questo vestitino senza il minimo problema.

Serena sospirò, finì di lavarsi le mani e tornò nella sala da ballo dove si stava svolgendo la serata di beneficienza. Non che quei suoi infidi pensieri potessero essere tramutati in parole, ma se c'era una cosa che detestava era essere sballottolata di qua e di là come un pony da mettere in bella mostra. Sua madre voleva a tutti i costi che la loro sembrasse una piccola famigliola perfetta. L'unico motivo per cui la maggior parte della gente faceva donazioni durante questo tipo di eventi erano le apparenze, e non perché queste nobili cause le stessero a cuore.

Serena, invece, era una fiera sostenitrice di queste cause: erano gli eventi di per sé che odiava. L'unico lato positivo era guardare l'arrivo degli ospiti con indosso i loro meravigliosi vestiti fatti su misura.

L'evento di stasera era stato indetto a supporto di un'agenzia di servizi sociali del posto. Erano anni che i suoi genitori la foraggiavano. Quando erano alle superiori, Serena e sua sorella avevano persino lavorato come volontarie per questa agenzia, e Serena era contenta di vedere che il numero di partecipanti che si erano presentati questa sera aveva polverizzato i record stabiliti negli anni precedenti. A quanto pare c'era un qualche famoso gruppo musicale che aveva registrato un video per una nuova canzone, risparmiando così un sacco di soldi. E poi la band aveva donato tutti i proventi alla fondazione in questione.

Il programma voleva che il video venisse mostrato in anteprima più in là durante il corso della serata, e si diceva che alcuni membri della band avessero persino deciso di fare un'apparizione. Serena non sapeva chi fossero, anche se sua madre, mentre venivano al gala, aveva menzionato il nome del gruppo. Ma a Serena non era sembrato familiare. Allo stesso tempo, gli era grata per quello che avevano fatto per la fondazione. Se tutta quella gente si era interessata all'evento, lo si doveva senza dubbio alla band, e quindi, chiunque essi fossero, avrebbero reso un sacco di bambini senzatetto e senza privilegi molto, ma molto felici.

Serena attraversò la sala da ballo mentre i suoi grandi occhi blu scansionavano la stanza alla ricerca dei suoi genitori. Non vedeva l'ora di andarsene. L'emicrania stava cominciando a peggiorare. L'unica cosa che voleva fare era andarsene a casa, prendersi un'aspirina e, forse, telefonare a Bryan.

Bryan. Le farfalle cominciarono a svolazzarle nello stomaco al solo pensiero del suo fidanzato e a quello che sarebbe successo domani. La loro relazione era vecchia di diciotto mesi quando lui, più o meno sei mesi fa, le aveva fatto la fatidica domanda. Lei un po' se lo aspettava: Bryan ormai aveva cominciato a farsi strada nell'esclusivissimo studio legale che l'aveva assunto. Una scintillante moglie nuova di zecca era il prossimo passo da compiere.

Lei aveva accettato con entusiasmo, nonostante Bryan più successo aveva, più arrogante e pacchiano diventava. Lei pensò che si trattasse di una semplice fase che stava attraversando al momento e che, una volta sposati, lui sarebbe tornato a essere quello di sempre. Lavorava sodo, tanto che quella sera non era potuto andare con lei alla serata di gala.

Serena pensava che lui si stesse dimostrando incredibilmente paziente con lei. Ormai erano quasi due anni che si frequentavano, e ancora non avevano consumato. Domani, tuttavia, avrebbero passato l'intera giornata insieme e lei, per la prima volta, avrebbe dormito da lui. E sperava che quella non fosse l'unica cosa che avrebbe fatto, per la prima volta...

"Serena." La voce di sua madre squillò sonora. "Dove sei stata? Vorrei presentarti il dottore e la signora Kent. Fanno parte del consiglio di amministrazione della fondazione." Era chiaro che quelle persone fossero importanti per sua madre. I suoi occhi, solitamente sottili come due fessure, ora erano spalancanti, tanto era il suo entusiasmo. Serena si girò verso l'anziana coppia dall'aspetto gentile. "Piacere di conoscervi," disse porgendo loro la mano. "Serena Woods." Loro mormorarono qualche convenevole e lei tornò a girarsi verso sua madre.

"Mamma, lo so che è ancora presto, ma questo mal di testa mi sta uccidendo, quindi penso che andrò a casa."

Gli occhi sottili di sua madre tornarono severi a ripresentarsi quando udì quella frase. Ovviamente non voleva fare una scenata davanti ai Kent, e così si limitò ad annuire e a darle un bacio sulla guancia senza che le sue labbra toccassero effettivamente la pelle di Serena. Le mormorò: "Riguardati, tesoro. Ci vediamo domattina." Suo padre, tutto preso dalla conversazione con il buon dottor Kent, le fece un cenno col capo per salutarla.

Serena non sapeva dove fosse sua sorella, e così decise di andarsene senza salutarla. Conoscendola, con ogni probabilità sua sorella si era andata a infilare in chissà quale anfratto per darsi da fare con il prossimo signor Perfettino. E, sapendo che sua sorella di certo non voleva rischiare di sorbirsi l'ira della loro madre che di sicuro si sarebbe scatenata se si fosse fatta beccare a fare qualcosa di così inappropriato in un luogo pubblico, Serena intuì che non sarebbe stato affatto facile trovarla.

Era venuta in macchina con i suoi, e quindi ora dovette chiamare un taxi per tornare a casa – la qual cosa, dopotutto, era abbastanza entusiasmante per lei.

Persa nei propri pensieri, imboccò la strada sbagliata e si ritrovò su un balcone quando capì si trovava nel lato sbagliato dell'hotel. Dannazione. Si guardò in giro alla ricerca di una mappa che le indicasse la sua posizione attuale, ma non ne trovò nessuna. C'era, tuttavia, un uomo, la schiena rivolta verso di lei, ma che subito aveva cominciato a voltarsi non appena lei aveva messo piede nel balcone.

Porca miseria. Era fidanzata, certo, ma non era cieca. L'uomo che si ritrovò di fronte era di gran lunga la persona più bella su cui avesse mai posato gli occhi. Aveva lunghi capelli mossi che gli arrivavano fino alle spalle e, sebbene lei sotto quella luce fioca non riuscisse a distinguere il colore dei suoi occhi, riuscì lo stesso a sentire che la penetravano da parte a parte. Le sue labbra carnose erano strette a formare una linea sottile. Indossava un completo scuro che aveva l'aria di essere stato fatto su misura, con dei tatuaggi su una mano che gli si avvoltolavano attorno al polso scomparendo sotto il polsino. Sembrò squadrarla, attirarla all'interno di un campo magnetico che le fece rizzare i peli del corpo, e che le scaldò lo stomaco. Dio, se era imbarazzante. E di certo non qualcosa che avrebbe dovuto provare per un uomo che non era il suo promesso sposo.

"Mi scusi, non volevo interrompere. Devo aver sbagliato strada." E detto ciò, si girò senza aspettare che lui dicesse qualcosa. Percorse il corridoio in tutta fretta, la faccia che le bruciava per l'umiliazione.

2

"Dove la porto?" le chiese il tassista dopo che lei si fu accomodata sul sedile posteriore. Il suo primo pensiero fu "a casa", ma poi si rese conto che era veramente presto, e che i suoi genitori, con ogni probabilità, si sarebbero trattenuti alla serata di gala ancora per qualche ora. Eccitata, diede all'autista l'indirizzo di Bryan.

Il suo nuovo appartamento si trovava in un edificio moderno non troppo distante, e lei conosceva sia il portiere che il codice di accesso, e quindi pensò che avrebbe potuto fargli una sorpresa quando lui fosse tornato dal lavoro. Forse poteva persino preparargli la cena, fargli provare un assaggio di come sarebbe stata la loro vita insieme una volta sposati. Poi, pensò arrossendo timidamente, forse gli avrebbe fatto assaggiare anche qualcos'altro. Bryan non gliel'aveva mai leccata, ma da quello che Mary – la sua migliore amica – continuava a dirle, era un'esperienza da provare. Il suo sesso si contrasse al solo pensiero. Era ancora tutta eccitata a causa dell'incontro con quel tizio estremamente sexy lì su quel balcone.

Sì, è una buona idea, si disse, come per convincersi. Lui avrebbe gradito senza ombra di dubbio la sorpresa. *Forse è un po' troppo invadente,* disse la voce dell'insicurezza. *No, se quando torna a casa è stanco, o se si arrabbia se mi trova lì*, pensò, *mi scuso e me ne vado.*

Riuscì a farsi forza un attimo prima che il taxi rallentasse fuori dall'edificio. Pagò e salutò il portiere passandogli velocemente davanti ed entrando nell'ampio atrio bianco. Con un'architettura moderna e le impersonali rifiniture in alluminio riflettente, non era esattamente il tipo di edificio in cui lei pensava di venire ad abitare un giorno ma, in fondo, non era poi nemmeno tanto male.

Le porte dell'ascensore si chiusero con un flebile *ding* digitale e Serena cominciò a salire verso il suo futuro appartamento. Sentì un altro fremito eccitato che le attraversava il corpo. Era la cosa più folle che avesse mai fatto in vita sua. Era una cosa triste a dirsi, e lo sapeva, ma ciò non la rendeva meno vera.

I suoi genitori erano protettivi. Quindi, a ventidue anni, Serena si ritrovava a vivere ancora con loro e a lavorare nell'azienda di famiglia, con sua madre che, fondamentalmente, controllava ogni aspetto della sua vita. *Non c'è molto spazio per l'avventura*, pensò.

L'ascensore arrivò al piano e le porte si aprirono con un altro scampanellio. Si diresse verso l'appartamento di Bryan, immise il codice di sicurezza che lui le aveva dato meno di una settimana prima per permetterle di riportargli i vestiti che lei era andata a ritirare al posto suo dal lavaggio a secco.

Il suo appartamento non era enorme, anche se era costruito e arredato in modo intelligente, e quindi appariva molto più spazioso di quanto non fosse in realtà. C'era un'unica camera da letto, con una sala da pranzo aperta che degradava dolcemente fino a trasformarsi in un soggiorno con cucina. L'affitto era costoso in questa zona. Bryan aveva scelto questo appartamento al posto di un altro con tre camere da letto che piaceva a Serena, dicendole che in questo modo si trovava più vicino al proprio ufficio.

Entrando, la prima cosa che Serena notò fu che l'appartamento non era buio e silenzioso come lei pensava che sarebbe stato. Le luci in soggiorno erano accese, sebbene fossero state abbassate al minimo, e della musica che suonava a basso volume si espandeva per tutto l'appartamento. Ma la musica non era l'unico suono che si udiva.

Si sentivano anche dei gemiti. Dei gemiti forti, i gemiti di una donna. Entrò in soggiorno e lì, stravaccata nuda sul divano scelto da Serena, c'era una ragazza dai capelli corvini in preda agli spasmi dell'orgasmo. In cima a lei – martellandola come se ne andasse della sua vita – c'era il suo amatissimo Bryan, gli occhi chiusi con forza.

Ma. Che. Cazzo. Le si rivoltò lo stomaco, le si seccò la bocca, e la testa cominciò a girarle come se avesse bevuto troppo vino. Forse fece qualche rumore involontario, perché in quel momento Bryan spalancò gli occhi e la guardò.

"Serena?" Pronunciò il suo nome annaspando, con incertezza, come se pensasse di avere le traveggole, ma Serena aveva chiuso la porta ed era salita in ascensore ancor prima che lui potesse capire cosa stesse succedendo.

3

Non aveva idea di come fosse finita lì. Dopo aver premuto il pulsante del piano terra, la sua mente si era completamente svuotata, ma ora si ritrovava a battere i pugni contro la porta del minuscolo appartamento di Josh, che si trovava in un edificio infinitamente meno appariscente rispetto a quello di Bryan.

Il suo amico di infanzia spalancò la porta, la guardò in faccia e subito la strinse in un abbraccio caldo.

"Mamma o Bryan?" le chiese.

Serena gli affondò il volto nel petto e riuscì a dire: "Bryan." Le lacrime le solcavano copiose il volto, bagnando la t-shirt verde scura di lui.

Restarono lì a lungo, per chissà quanto tempo, con lei che piangeva pateticamente sulla soglia del suo appartamento. Ma poi, alla fine, lui la fece entrare, chiuse la porta con un calcio e la condusse in cucina.

"Che cazzo t'ha fatto quello stronzo? Serena, se ti ha fatto del male..." cominciò a dire lui, gli occhi scuri tumultuosi e i lunghi capelli marroni che gli ricadevano sul viso. "No, no, niente del genere. Non fisicamente, almeno," disse lei. Crollò su uno degli sgabelli della cucina. "Sono andata a fargli una sorpresa dopo la cena di gala. Mi aveva detto che doveva lavorare fino a tardi e che quindi non poteva venire. Quindi mi sono detta che sarebbe stato carino fargli una sorpresa e fargli trovare la cena pronta per quando tornava a casa. Solo," si asciugò le lacrime e fece un paio di respiri profondi per calmarsi, e solo allora proseguì, "solo che era già a casa, e non era da solo."

Serena conosceva Josh e la sua famiglia sin da quando si erano trasferiti nella casa accanto alla sua. Lei aveva sette anni, lui otto. Non dovette dire nient'altro. Lui le andò incontro e la abbracciò di nuovo. Le massaggiò la schiena muovendo la mano su e giù, cercando di confortarla mentre lei si sfogava piangendo. Le sussurrò quelle che lei pensò fossero parole di conforto, anche se lei, a causa dei suoi sonori singhiozzi, non riuscì a capirle.

Quando piangeva, Serena diventava brutta. Era sempre stato così. E quindi detestava piangere di fronte agli altri, ma Josh la conosceva da così tanto tempo che ora la cosa sembrava non avere più importanza. Inoltre, non è, anche volendo, potesse smettere di piangere.

Restarono così per un po', con Josh che le massaggiò la schiena fino a quando le lacrime di lei non si calmarono. Lui la lasciò andare solo quando lei si fece di nuovo silenziosa. Si girò per accendere il bollitore e mormorò tra sé e sé: "No, qualcosa di più forte", e allora lo spense. Aprì il frigo e tirò fuori una bottiglia di vino.

Per la maggior parte della gente, il vino probabilmente non è "qualcosa di più forte", pensò Serena. Ma lei non era una gran bevitrice, e quindi il vino era più che sufficiente per lei. Se si fosse trattato di sua sorella Katie o di Mary, la sua migliore amica, allora ci sarebbe voluta come minimo una bottiglia di vodka. Forse anche più di una.

Josh stappò la bottiglia, riempì due bicchieri e rimise la bottiglia in frigo. Restò in silenzio aspettando che fosse lei a parlare, sapendo che i pensieri di Serena erano tutti ingarbugliati e che le ci voleva un po' di tempo per districarli prima che potesse raccontargli il resto della storia. E così se ne restarono seduti lì, sorseggiando il loro vino immersi in quel tipo di confortevole silenzio che può nascere solo dopo anni di amicizia. Poi Serena cominciò a parlare.

"Che idiota, che sono. Ovvio che io non potessi essere abbastanza per lui. Ma perché cazzo mi sono convinta che un tipo come lui potesse essere felice con una come me? Avresti dovuto vedere quest'altra donna, Josh. Io non posso competere con una così."

Lui restò in silenzio, aspettando che lei proseguisse. Sollevò appena le sopracciglia, come se lei avesse detto qualcosa che l'avesse sorpreso. Ma lei non riuscì a capire cosa potesse essere, e così continuò a sfogarsi.

"Voglio dire, quanto tempo gli ci sarebbe voluto prima di accorgersi che sono una noia mortale? Sono tre anni che lo conosco. A dirla tutta, mi sorprende che gli ci sia voluto così tanto. Voglio dire, e che cazzo. Siamo stati insieme per due anni, e non l'abbiamo ancora fatto. Beh, io non l'ho fatto. A quanto pare, lui si è dato da fare."

A questo punto Josh spalancò leggermente la bocca. *Merda*, pensò lei, *ora l'ho messo a disagio*. Il sesso era una di quelle cose di cui loro non parlavano. Ogni volta che l'argomento saltava fuori, Josh teneva sempre la bocca tappata.

Si conoscevano da una vita, e lei solo una volta gli aveva fatto una domanda al riguardo. Una rara notte in cui erano andati tutti insieme in un club, Katie e Mary se la stavano ridendo parlando di quelli che loro chiamavano i loro "schiavetti del sesso" e, terminata la conversazione, si erano allontanate per andare a ballare. Josh se ne stava seduto lì a scuotere il capo. Serena sapeva che lui non era vergine – nel corso degli anni l'aveva visto insieme a svariate ragazze, anche se non si era mai trattato della stessa per più di un paio di settimane. Eppure, Josh non aveva mai fatto neanche il minimo accenno al sesso, in sua presenza.

La sua risposta quella notte era stata: "Non è qualcosa di cui voglio parlare con te," le aveva detto alzandosi e dirigendosi verso il bar, ponendo di fatto fine alla conversazione.

Avanti veloce di diversi anni, e ora Serena era qui, a parlare di sesso con Josh. Pensò che stanotte si stava rivelando bravissima a mandare tutto a puttane.

"Serena, tesoro," disse Josh infine. "Ti conosco da tutta la vita, e credimi quando ti dico che tu sei tutto tranne che noiosa. Se non è riuscito a tenersi il cazzo nei pantaloni, beh, che se ne vada a fanculo! Doveva aspettare che tu fossi pronta. Puoi trovarti qualcuno di meglio di quello stronzo arrogante. E no, non lo dico tanto per dire. Tu dovresti stare insieme a uno che bacia la terra dove metti i piedi. Non con qualcuno che ogni volta che sta con te pare che ti sta facendo un piacere, uno al quale serve semplicemente una moglie trofeo."

Sembrava genuinamente incazzato. Serena allora rinunciò a parte della propria rabbia e lasciò che fosse lui a incanalarla per lei. Era veramente un ottimo amico.

Continuarono così per ore, parlando e bevendo vino, con Serena che di quando in quando scoppiava in lacrime. Alla fine scrisse a sua madre per dire che stasera avrebbe dormito da Josh e che sarebbe tornata a casa l'indomani, e poi si addormentò nella stanza degli ospiti di Josh, ancora avvolta nel vestitino che sua madre le aveva poggiato sul letto prima della cena di gala. Sembrava passato un secolo.

4

Sei giorni. Ecco quanto ci era voluto perché tutti i piani che Serena si era fatta andassero in malora. Forse "andassero in fumo" rende meglio l'idea. Beh, o l'una o l'altra, ma era quello che era successo.

Con la testa che le doleva, ripassò quanto era accaduto negli ultimi sei giorni. Era la seconda volta nel giro di una settimana che si svegliava con i postumi di una sbronza. Per qualcuno che in fondo non beveva mai, sembrava un tantinello eccessivo.

Dopo aver dormito da Josh, era tornata a casa solo per trovare i suoi genitori e Bryan che facevano avanti e indietro parlottando. A quanto pareva, lui li aveva informati su quanto era successo la sera prima, su lei che lo aveva sorpreso nel suo appartamento e subito dopo era scappata via. Ovviamente, si era ben visto dal menzionare il motivo per cui lei se ne fosse andata, e aveva fatto sì che lei apparisse come una qualche lunatica in preda agli ormoni.

Serena non poteva credere ai propri occhi mentre Bryan e sua madre la fissavano e, in qualche modo, si arrabbiavano dinanzi al suo comportamento. Sua madre la rimproverò per essersi comportata in modo così scortese, arrivando al punto da intrufolarsi senza preavviso nell'appartamento di Bryan solo per darsela a gambe un attimo dopo; e Bryan le urlò qualcosa riguardo al fatto che lei avesse osato passare la notte da sola a casa di un altro uomo. Fece anche qualche commento sprezzante sulla faccia tosta che aveva dimostrato nel ripresentarsi a casa con lo stesso vestito che aveva indosso la sera prima, e senza la minima vergogna, per giunta.

Lei li guardò stupida, e poi fece l'unica cosa che le venne in mente in quel momento. Si sfilò l'anello di Bryan dal dito e glielo lanciò in testa. La sua mira, tuttavia, non fu delle migliori. L'anello scavalcò la testa di Bryan, attraversò l'aria e andò a tuffarsi nel caffè di suo padre, che se ne stava seduto in poltrona senza dire una parola, osservando la scena con gli occhi socchiusi.

Quel gesto riuscì a zittirli. "Madre," disse Serena, "sono andata nell'appartamento del mio fidanzato, l'appartamento dove avremmo dovuto vivere insieme. L'appartamento che io lo ho aiutato a scegliere e arredare, ti ricordo. Ci sono andata perché mi preoccupava il fatto che dovesse lavorare così tanto, e volevo cucinargli qualcosa, da brava mogliettina. Solo che lui mica stava lavorando sodo, no, stava *scopando* sodo." Udì qualcuno che, a quella frase, inalava a fondo, ma non capì di chi si fosse trattato. La rabbia le stava facendo girare la testa. "Me ne sono andata perché lui era troppo impegnato a sbattersi un'altra donna."

"Serena," disse sua madre, "come osi usare un tale linguaggio?"

Serena la ignorò e si girò verso Bryan.

"E tu, lurido..." Le vennero in mente parole ben peggiori ma, per amor di sua madre, disse: "Maiale! Io organizzo le nostre nozze, e tu così mi ripaghi?"

Lo scontro a suon di urla che ne seguì culminò con la madre di Serena che sveniva – sì, era drammatica a tal punto – e suo padre che accompagnava Bryan fuori di casa dicendogli che non doveva mai più azzardargli a varcare quella soglia. Serena salì le scale e si rintanò in camera.

Era rimasta chiusa in camera per due giorni, con suo padre e Katie che, di quando in quando, venivano a controllare come si sentisse. Era dal giorno della litigata che non parlava con sua madre, ma a giudicare dagli stralci di conversazioni che aveva udito ogni volta che era sgattaiolata fuori dalla camera per andarsi a prendere un altro po' di tè o di gelato, sua madre era furiosa che lei avesse rotto il fidanzamento con un "un uomo così idoneo", lamentandosi che Serena avrebbe potuto "comportarsi da signora e perdonargli quell'unica mancanza di tatto."

Caspita, mamma, tanti saluti al potere delle donne. Non capisco nemmeno perché ci facciano votare, aveva pensato Serena quando aveva sentito sua madre che si sfogava con suo padre. E, di nuovo, quei pensieri non avrebbero mai visto la luce sotto forma di parole. Serena si era rimproverata per non essersi espressa.

Tre giorni dopo il litigio, sua madre aveva aperto la porta della sua stanza, aveva spalancato le tende con una tale violenza che Serena pensò che potessero strapparsi – sebbene non sarebbe stata poi questa gran perdita, dal momento che sua madre, quando le aveva ridecorato la stanza, aveva deciso che il "rosa principessa" fosse un colore più che adatto a una ventunenne – aveva ignorato gli occhi gonfi di Serena e si era appollaiata, tanto graziosamente quanto drammaticamente, sul bordo del suo letto.

"Beh, Serena, dal momento che a quanto pare tu hai un piano per il tuo futuro di cui io non sono al corrente, dal momento che hai gettato fuori dalla finestra il piano di cui io *ero* al corrente, ti spiacerebbe dirmi cos'hai intenzione di fare con la tua vita, ora?"

Serena aveva guardato sua madre negli occhi ed era stata travolta da un senso di vergogna. Sua madre aveva lavorato sodo per trovarle un degno marito, e aveva sempre supportato la loro relazione – alcune notti era rimasta sveglia fino a tardi per ascoltarla mentre Serena le parlava dei propri problemi con Bryan e, negli ultimi sei messi, si era dedicata anima e corpo all'organizzazione delle nozze.

"Mi dispiace, mamma," mormorò Serena, mentre lacrime che non sapeva nemmeno di avere ancora dentro di sé minacciavano di riversarsi. "Ero così ferita e scioccata che solo ora mi rendo conto delle conseguenze delle mie azioni." Si sentì sopraffatta dalla colpa e dalla vergogna. Una sensazione familiare.

Sua madre aveva ragione: c'era un piano. Un piano che sua madre aveva ordito con cura, e su cui lavorava da quando Serena era nata; un piano che Serena, in un accesso d'ira, aveva gettato alle ortiche. Non c'era da meravigliarsi che sua madre fosse così arrabbiata. Dopotutto, gli uomini tradivano, no? Serena si chiese all'improvviso se sua madre avesse mai dovuto perdonare suo padre per una cosa del genere, ma fu leste a scacciare quel pensiero. No, suo padre non lo farebbe mai.

Ciononondimeno, aveva sentito un'infinità di storie dalle sue amiche sugli affari adulterini dei loro padri, eppure la maggior parte erano ancora sposati. Forse era una cosa che si imparava a fare, ma che ne sapeva lei? Bryan era stato il suo primo fidanzato serio, e sua madre non parlava mai di cose di questo tipo.

Ripensò a come si era sentita quando aveva posato gli occhi sullo spettacolo che si stava svolgendo sul divano di Bryan, e allora fu sicura di aver fatto la scelta giusta. Al diavolo i piani: quello che aveva fatto Bryan era imperdonabile.

"Mi dispiace, mamma. Ma ho capito che, dopo quello che ho visto, non avrei mai potuto stare insieme a Bryan. Lo so che hai lavorato duramente, ma rimedierò. Studierò. Lavorerò sodo, e tu tornerai ad essere fiera di me," le aveva giurato chetamente.

Era andato tutto a rotoli a una tale velocità, e lei moriva dalla voglia di dire qualcosa che fosse in grado di migliorare la situazione che, per la seconda volta nel giro di tre giorni, si era imbattuta per sbaglio in una discussione di quelle che ti cambiano la vita.

"A scuola?" ripeté sua madre. "E che cosa, di grazia, vorresti andare a studiare, tesoro mio? Hai finito le superiori quattro anni fa, e non hai mai fatto domanda per nessun college, e l'unica esperienza lavorativa che hai sono i lavoretti per conto dell'azienda di tuo padre."

Sua madre aveva di nuovo ragione. I piani di Serena non avevano mai incluso il college. Katie, sua sorella, che in qualche modo era riuscita a sottrarsi ai rigidi confini del grandioso piano della loro madre, aveva insistito per laurearsi prima di sistemarsi. Aveva puntato i piedi fino a quando il loro padre non aveva convinto la loro madre a lasciarglielo fare.

Katie era di un anno più giovane di Serena e le mancava poco per laurearsi. In qualche modo, a un certo punto era riuscita a trasferirsi in un appartamento fuori dal campus, sebbene ci fossero delle regole, ovviamente. Sua sorella doveva tornare a casa ogni tot giorni, partecipare a tutte le attività di famiglia, e sua madre continuava a comprarle i vestiti e a farle la spesa. In ogni caso, Katie era molto più libera di quanto non fosse Serena.

Serena, tuttavia, aveva cominciato a lavorare per l'azienda di famiglia subito dopo essersi diplomata. Aveva cominciato come assistente di un manager del marketing di basso livello presso la Woods Co., l'impero di famiglia creato da suo nonno qualcosa come sessant'anni prima. Con ogni probabilità, avrebbe mantenuto quella posizione fino a quando non si fosse sposata e avesse cominciato ad avere figli.

E quindi era al sicuro, guadagnava un salario decente, era divenuta bravissima nel proprio lavoro e aveva impostato una routine, costantemente sotto l'occhio vigile della madre.

Il suo lavoro nel reparto marketing non era poi tanto male. Le permetteva di lavorare su delle piccole campagne pubblicitarie per conto dell'azienda e, di quando in quando, di incontrare i designer. Era poco più di un'incensata segretaria, ma le cose potevano andar peggio.

"Lo so, mamma," disse, "ma ormai è un po' che ci penso, e mi piacerebbe veramente studiare design."

Pensò a tutti gli schizzi che aveva disegnato negli ultimi anni, nascosti al sicuro sotto al suo letto e in un cassetto in ufficio, e stava pensando di farglieli vedere, quando si rese conto che sua madre le stava ridendo in faccia. "Scuola di design?" disse. "Questo non è mica un piano, tesoro!"

E così la loro conversazione si era tramutata in un litigio. Serena pssò i due giorni successivi cercando invano di convincere i propri genitori, ma suo padre si era arrabbiato come non mai all'idea che lei voleva lasciare l'azienda per tornare a studiare – non che avesse mai dimostrato alcun interesse in un suo maggiore coinvolgimento all'interno dell'azienda.

Anzi, suo padre si era sempre lamentato di non avere figli maschi che potessero prendere il suo posto quando lui fosse andato in pensione, e non aveva mai ammesso che avrebbero potuto benissimo farlo le due figlie. Sembrava soddisfatto nel lasciare che la loro madre scegliesse loro dei mariti come si deve, così che, forse, un giorno si sarebbe ritrovato con un genero che potesse prendere le redini dell'azienda.

Sua madre si mise a ridere all'inizio, certo, ma più si rendeva conto che Serena faceva sul serio, più irragionevole diventava. A un certo punto, durante una discussione piuttosto accaldata, Serena aveva tirato fuori i disegni da sotto il letto e li aveva scagliati contro i propri genitori. Grosso sbaglio.

Sua madre era sbiancata, come se quei disegni rappresentassero un tradimento, come se fosse la prova che Serena, per tutto questo tempo, aveva avuto in mente di sottrarsi al piano che sua madre aveva accuratamente ordito per lei. Suo padre l'aveva fissata incredulo, e poi l'aveva accusata dicendole che se li aveva fatti durante l'orario di lavoro allora aveva rubato il tempo dell'azienda. E quindi se n'era andato sbuffando.

Fu allora che Serena comprese. Invece di supportarla dopo

aver scoperto quello che aveva fatto Bryan, invece di aiutarla a capire cosa dovesse fare della propria vita, loro le avevano riso in faccia, l'avevano presa in giro, l'avevano incolpata della scappatella di Bryan, le avevano urlato contro e, fondamentalmente, l'avevano accusata di essere una ladra che rubava i loro soldi.

Se Serena voleva veramente inseguire la propria passione e vivere la propria vita, allora doveva andarsene di lì. Doveva allontanarsi dai propri genitori, dai loro modi autoritari, dalla loro iperprotettività.

Non era stato facile, e aveva dovuto scavare a fondo per riuscire a trovare il coraggio ma, in qualche modo, ci era riuscita. Se ne andò.

In quel momento, era corsa in camera, aveva gettato qualche vestito in una borsa da viaggio e, diretta verso la macchina, aveva annunciato ai suoi increduli genitori che se ne stava andando, e che avrebbe trovato un modo per fare tutto quello che voleva fare. Da sola.

Fu solo quando la sua macchina lasciò il loro vialetto con un fischio di ruote e lei guidò abbastanza da calmarsi che si rese conto di quello che aveva appena fatto. A casa non poteva tornarci, e dubitava fortemente di poter tornare a lavorare in azienda. Sua sorella viveva con tre coinquilini, e quindi farsi ospitare da lei era fuori questione. E Mary era fuori città per qualche giorno. Si rese tardivamente conto che avrebbe dovuto pensarci un po' meglio prima di agire, ma ora era troppo tardi.

Non aveva un posto dove stare, nessun lavoro, non molti risparmi, e nessuna idea di che piega avrebbe preso la sua vita d'ora in avanti.

Girò e si diresse verso l'appartamento di Josh. Forse lui avrebbe avuto pietà di lei e le avrebbe permesso di restare nella stanza degli ospiti fino al ritorno di Mary. Sperava di trovarlo a casa quantomeno per potersi sfogare.

E sì, Josh era a casa. Gli bastò posare gli occhi sul suo volto rigato di lacrime, sulle spalle cadenti e sul borsone da viaggio per farla entrare nel proprio appartamento senza domande.

Serena scoprì anche che Josh non era da solo. Lui la trascinò dritta in cucina, le versò un altro bel bicchiere di vino fresco e le disse di restare lì dove era.

Sentì un gridolino. Una voce femminile, chiaramente per niente contenta. "Veramente, Josh? Qualcuno ti bussa alla porta e tu mi sbatti fuori?" disse la donna misteriosa, quasi gridando.

Josh le rispose con una voce così fioca che Serena non riuscire a capire cosa stesse dicendo alla donna. Ma riuscì a sentire con chiarezza la risposta della donna: "Non me ne frega un cazzo di quello che è successo. Non si trattano così le donne, Josh. Non la sbatti fuori di casa qualche secondo dopo che... stronzo!"

A quel punto la donna aveva cominciato a gridare come una furia. Avrebbe potuto scegliere un momento peggiore?

Di nuovo, la risposta di Josh fu inaudibile, ma la risposta della donna aiutò Serena a indovinare cosa le avesse detto.

"Non mi chiamare mai più, Josh. Anzi, cancella il mio numero. Vaffanculo!" E poi la porta si era chiusa con forza.

Quando Josh tornò in cucina, Serena, per la prima volta, notò i suoi capelli arruffati e il fatto che avesse la patta dei jeans aperta. Lui non disse nulla al riguardo, e lei arrossì.

"Che è successo, Ser?"

Lei all'inizio quel nomignolo l'aveva odiato. Quando, da bambini, si conobbero, Josh aveva deciso che la seconda metà del suo nome era ridondante, e così aveva cominciato a chiamarla "Ser". Con gli anni, lei si era affezionata a quel nomignolo e, non appena lo udì, l'intera saga degli ultimi giorni si riversò fuori dalle sue labbra.

Lui le offrì immediatamente la sua stanza libera. Le disse di mettersi comoda e di rilassarsi, e che l'avrebbe aiutata a trovare una soluzione.

E fu così che Serena arrivò a svegliarsi con i postumi di una sbornia per la seconda volta nell'arco di una settimana, senza la più pallida idea di cosa avrebbe fatto ora.

5
―――

Dopo una settimana, non era ancora cambiato molto. Josh le aveva gentilmente offerto di trasferirsi da lui per il momento, dicendole che poteva contribuire all'affitto come poteva. Lei aveva accettato la sua offerta. Non aveva nessun altro posto dove andare.

Senza il supporto dei suoi genitori, la scuola di design era fuori questione. Prima doveva risparmiare abbastanza soldi per iscriversi, e poi forse doveva riuscire a farsi dare un prestito.

Ogni volta che la visitava, Katie le portava varie cose che sgraffignava da casa, e ora la piccola camera da letto dove Serena viveva era piena di roba. Aveva dovuto chiedere a sua sorella di smetterle di portarle altra roba, per il momento.

Aveva deciso che sì, il suo sogno era quello di lavorare nel campo nella moda. Il suo orgoglio non le avrebbe mai permesso di arrendersi, non dopo tutto quello che era successo. Ma l'unico modo per riuscirci, ora, era di cominciare a lavorare in qualche negozio di vestiti. E così aveva passato l'intera settimana a inviare la propria candidatura per ogni posto di lavoro che era riuscita a trovare e a ciondolando in giro per l'appartamento.

Non aveva molto, solo qualche risparmio. Le spese personali non erano mai state un problema quando viveva a casa dei suoi. E così aveva insistito per pagare parte dell'affitto e aveva fatto il pieno di provviste. Era stata abbastanza coscienziosa da ricomprare le due bottiglie di vino che si era scolata durante le sue due minicrisi.

Si era detta che per un po' le cose sarebbero andate bene. Le bastava smettere di andare a fare shopping e cominciare a spendere i soldi in modo saggio. Ma, lo stesso, non aveva abbastanza soldi da parte per poter tornare, e non li avrebbe mai avuti, se non si fosse trovata un lavoro.

Mary era tornata a casa solo il giorno prima, furibonda perché Serena non l'aveva chiamata immediatamente. Ora la sua missione era tirarla su di morale. Almeno per questa settimana.

La sera prima era andata a trovarla e avevano guardato una commedia romantica seguita a ruota da un pessimo film di azione, il tutto mentre si strafogavano di pop-corn, gelato e una marea di altri snack. Poi, alla fine, si erano addormentate sul divano.

Mary le aveva telefonato qualche ora prima per dirle di vestirsi. "Andiamo a ballare!" aveva proclamato con tono trionfante, rifiutandosi di accettare un "no" come risposta.

"Basta startene sempre seduta in quell'appartamento, ad aspettare che la vita venga a bussarti alla porta. Stanotte è la nostra notte. Per stanotte, la tua vita sarà a base di cocktail, scuotimento di sedere e, si spera, qualche pessima decisione di cui pentirsi domani mattina!" L'entusiasmo di Mary era stato impossibile da reprimere, e così Serena aveva accettato.

A lei non piaceva andare in discoteca, non era qualcosa che faceva spesso e volentieri, ma Mary aveva ragione. Ne aveva bisogno, doveva tirarsi fuori da quella malinconia.

Inoltre, dopo la festicciola privata con Mary della scorsa notte era rimasta senza snack, e aveva consumato abbastanza zucchero per diverse vite, e quindi fare il bis non le sembrava esattamente allettante. Inoltre, se non si fosse fatta vedere per andare a ballare con Mary e le sue amiche, sapeva già che Mary sarebbe arrivata e l'avrebbe letteralmente trascinata fuori dall'appartamento. Quindi si diede un'ultima controllata davanti allo specchio, prese la borsetta e chiamò un taxi.

Vide Mary e due sue amiche che facevano la fila per entrare. Aveva già incontrato le sue amiche del college, forse una o due volte, e le erano sembrate a posto. Il rumore che proveniva dall'interno del locale era assordante. Si chiese se dentro vendessero dei tappi per le orecchie...

"Adoro questa canzone! Tu no?" esclamò Mary mettendosi a ballare lì sul marciapiede.

"Uhm, chi è che la canta?" Scelse di andare sul sicuro. Era abbastanza certa di non averla mai sentita prima d'ora e, da quello che riusciva a sentire ora, già sapeva che non le andava a genio.

Le tre ragazze attorno a lei la guardarono come se le fossero spuntate le corna sulla fronte. Ci mancò poco che lei non si passasse una mano sulla fronte per controllare. "I Misery, dai!" le urlarono quasi all'unisono.

"Ah, sì, giusto." Non aveva la più pallida idea di chi fossero i Misery. Pensò che forse aveva sentito quel nome alla radio, ma quello di certo non era il genere di musica che si ascoltava in casa dei suoi genitori.

Musica classica, sì. Pop, raramente. Ma il rock? Sempre che fosse questo il genere suonato dai Misery, assolutamente no.

Chiacchierarono per un po' prima che la ragazza dai capelli biondi – Ashley, pensò Serena – gridò "eccolo" e le trascinò verso l'inizio della fila. Un nuovo buttafuori si era posizionato davanti alla porta e sembrò riconoscerla. Sganciò il cordone e le fece passare.

"Il fratello di Ashley fa il barista qui!" gridò Mary a Serena mentre entravano nel club, la sua voce già quasi completamente inghiottita dalla musica assordante.

"Deve avergli chiesto di chiedere al buttafuori di farci entrare!" le gridò alzando le mani in aria e cominciando a danzare mentre si dirigeva verso il bar.

Erano entrate solo da una manciata di minuti, ma Serena sperava seriamente che vendessero dei tappi per le orecchie lì da qualche parte. Anche se era convinta che sarebbe ben presto diventata sorda, e allora non sarebbe stato più importante.

Ashley era già al bancone del bar e aveva già preso una birra per ognuna di loro. Le trascinò sulla pista da ballo. All'inizio Serena si sentì a disagio, ma ben presto si lasciò andare, abbandonandosi alla musica e all'atmosfera elettrizzante e cominciò persino a divertirsi. Chiuse gli occhi e lasciò che il proprio corpo si muovesse a suo piacimento, i lunghi capelli scuri che le ondeggiavano sfiorandole la schiena.

Il tempo rallentò, misurato a boccali di birra. Bevve più lentamente rispetto alle altre ragazze, ma le sembrò che fossero passati solo pochi secondi quando spalancò gli occhi e Ashley le tolse la terza birra dalle mani, uno sguardo selvaggio negli occhi.

"Ragazze!" Riusciva a sentirla a malapena al di sopra della musica ma, in un qualche modo, riuscì a capire cosa stava dicendo mentre in mano teneva un pezzetto di carta con un indirizzo scritto sopra. "Ci hanno invitate a una festa misteriosa!" Le altre ragazze sembrarono sul punto di svenire.

Serena non sapeva cosa intendesse dire con "festa misteriosa", ma le seguì lo stesso fuori dal locale. Non aveva nessuna intenzione di restare lì dentro tutta da sola.

Le fischiavano le orecchie. Uscirono dal club e pensò che si fosse danneggiata l'udito. Pensò che, probabilmente, doveva rassegnarsi al fatto che forse quel fischio non se ne sarebbe mai andato via.

"Che cos'è una 'festa del mistero'?" chiese a Mary, sperando di parlare sottovoce.

Mary conosceva i genitori di Serena e sapeva quanto fossero iperprotettivi, e quindi Serena sperò che Mary non la giudicasse malamente a causa della sua ignoranza. Si preoccupò di quello che potessero pensare le altre ragazze, dal momento che loro non la conoscevano altrettanto bene, ma al momento erano troppo impegnate a festeggiare, e Serena pensò che forse non l'avevano nemmeno sentita, la sua domanda – per quanto il suo tono di voce non fosse stato tanto contenuto quanto avrebbe voluto lei.

"Non una 'festa del mistero', ma la festa dei Misery! Come il gruppo, no? I Misery. Quello di cui stavamo parlando prima. Era loro, la musica nel locale. La rock band più famosa di tutto il pianeta? Suona familiare?"

No, ma Serena non voleva che Mary lo sapesse.

Pensò che Mary sarebbe stata comprensiva se lei non avesse saputo cosa fosse una festa del mistero, ma dubitava fortemente che avrebbe dimostrato la stessa comprensione se avesse scoperto che Serena non sapevano chi fossero i Misery o perché stavano per andare a una loro festa. "Oh, wow! Ma è meraviglioso!" esclamò sperando che quella fosse la risposta più appropriata. Salì sul taxi chiamato da Ashley.

E ora, guardando l'enorme villa che era davanti ai loro occhi, Serena non era più tanto sicura di voler trovarsi qui. Tuttavia, Mary e le altre ragazze stavano praticamente correndo verso la casa, e col cavolo che lei sarebbe rimasta lì fuori da sola. E così, con riluttanza, le seguì dentro.

6
___

Ottimo. Era da sola. Esattamente l'ultima cosa che aveva voluto.

Ashley e l'altra ragazza – il cui nome Serena proprio non riusciva a ricordarsi – si erano tuffate tutte vestite in piscina un attimo dopo essere arrivate.

Mary era stata con lei, almeno all'inizio, ma poi era arrivato un bel ragazzo che l'aveva invitata a ballare. Quantomeno Mary aveva avuto la decenza di rivolgerle uno sguardo di scuse prima di seguire il tipo sulla pista da ballo.

L'ampio prato al di là delle mura di cinta e del cancello tramite il quale loro erano entrate era diviso da un viale che sembrava grande come una pista di atterraggio. Forse era una cosa da rockstar. Forse si muovevano solo con i loro jet...

Il viale conduceva direttamente verso un impressionante portone che era spalancato per permettere alla gente di fare dentro e fuori. Una volta dentro, Serena era rimasta sconvolta dall'opulenza di quel posto. La villa aveva un'enorme scalinata, e lei si disse che era impossibile che ci fossero ancora altre stanze. Ma doveva essere così, perché da fuori aveva contato tre piani.

Direttamente dietro all'ampio salone c'era un portico

grande quanto la casa dei suoi genitori. Oddio, forse quella era un po' un'esagerazione – ma nemmeno troppo, in fondo. In fondo c'era una piscina con dentro almeno trenta persone.

Gli invitati alla festa erano tutti bellissimi, e lei si sentiva straordinariamente fuori luogo.

Gli altoparlanti sparavano musica a tutto volume, e in giro si passavano bottiglie e bicchieri con dentro ogni tipo di alcol immaginabile.

Dopo aver perduto Mary, Serena si era aggirata per la casa ammirando tutti i meravigliosi vestiti indossati da quelle persone bellissime. Le si era seccata leggermente la bocca guardando i lussuosi vestiti griffati tutt'intorno a lei.

Uomini e donne vestiti in modo elegante e impressionante.

Aveva persino intravisto una ragazza con indosso un vestito che, per quanto ne sapeva lei, sarebbe stato venduto solo nelle boutique più esclusive a partire dal prossimo mese. Argh!

Mentre si meravigliava dinanzi a tutti quei capi di vestiario, andò a sbattere contro il muro. Sperò che nessuno se ne fosse accorto. Per fortuna si era allontanata dalla zona principale della festa, imboccando zone con molta meno gente.

Ma questo muro aveva un ottimo odore. E sembra essersi... mosso?

Non era un muro. Era un uomo. Un uomo con gli occhi più verdi che lei avesse mai visto in vita sua, lisci capelli scuri che gli arrivavano alle spalle, e un viso che era... ah, che la fissava con un misto di preoccupazione e stizza.

Serena riusciva a sentire il calore che le pervadeva le guance e le illuminava il viso mentre arrossiva come un'idiota.

"Scusa, ero distratta. Non stavo prestando attenzione. A dove metto i piedi, intendo. Scusa. Va tutto bene?"

La stizza sul viso dell'uomo lasciò il posto a qualcos'altro, o quantomeno questo fu quello che pensò lei. Non lo conosceva per niente, e quindi chi era lei per analizzare le espressioni del suo viso.

"Sì, tutto bene. E tu?" le chiese lui con la voce più bella e melodica che lei avesse mai sentito in vita sua. Ora che Serena aveva avuto modo di dargli una seconda occhiata, si rese conto che aveva un aspetto vagamente familiare. Si erano già incontrati, per caso?

"Sì, tutto bene. Mi dispiace moltissimo. È che non conosco nessuno, qui. Le mie amiche sono sparite, e io stavo ammirando i vestiti degli invitati, cercando di trovare un posto dove..." Quindi si zittì, rendendosi conto che era partita in quarta e che a lui di certo non interessava cosa lei stesse facendo.

"Non conosci nessuno qui, eh?" Ora quell'uomo sembrava addirittura leggermente divertito. Serena si ritrovò di nuovo ad analizzare le espressioni facciali di un totale sconosciuto. Lui sembrò aver calcato su quel "nessuno", e lei si rese conto che, nella stessa frase, aveva detto di aver perso di vista le proprie amiche. Quindi, tecnicamente, c'era qualcuno che conosceva. Tre qualcuni, per essere precisi.

"Uh, scusa. Intendo dire che non conosco nessuno a parte quelle tre mie amiche che non so che fine abbiano fatto."

"Ah, sì?"

"Sì... e sono riuscita a perderle di vista tipo trenta secondi dopo che siamo arrivate. Comunque, io mi chiamo Serena. Scusa di nuovo. D'ora in poi guarderò dove metto i piedi. Forse mi siederò in un angoletto fino a quando non mi troveranno le mie amiche, così che eviterò di causare altri danni," disse di nuovo.

"Rhys. Piacere di conoscerti. Serena, giusto?" Sembrò aspettare qualcosa, anche se lei non sapeva cosa. E così Serena annuì.

"Come sei finita qui, Serena? Non mi sembri il tipo di ragazza che va a feste di questo tipo." Le porse la mano e lei, senza pensarci, gliela strinse.

L'insinuazione sul tipo di ragazza che lei fosse avrebbe dovuto insultarla, ma non fu così.

Tutto il suo essere era troppo occupato a concentrarsi sulla calda mano di lui, sulle scosse elettriche si espandevano come fiamme attraverso tutto il suo corpo. Anche se effettivamente non vide scintille svolazzare in giro, quantomeno comprese l'analogia.

"Piacere di conoscerti, Rhys." Si ricordò di piantarla di fissare i suoi occhi ipnotizzanti, la dura linea della mascella, i neri tatuaggi che sparivano sotto la sua maglia con il collo a V...

"Quindi..." Con riluttanza, gli lasciò andare la mano e si costrinse a interrompere la sua ispezione da pervertita. "Tu come ci sei finito, qui?"

"Io vado in giro," rispose lui sfoggiando un sorrisetto curioso. Un sorriso che, con ogni probabilità, sarebbe riuscito a far cadere le mutandine di tutte le ragazze presenti alla festa. Serena forse non era della stessa pasta degli altri invitati, ma anche le sue mutandine si sentivano pronte a tuffarsi verso il pavimento. Una cosa patetica, lo sapeva bene.

"Okay, signor Io Vado In Giro. Com'è questa band? Tu che sei un uomo di mondo, dimmi: sono bravi tanto quanto si dice? E se questa è la loro festa, loro dove sono?"

Questa volta Rhys si lasciò andare a una risatina prima di rispondere. "Sono in giro, immagino. Quindi mi è dato di capire che tu non sei una fan."

"Non proprio. Voglio dire, non penso. Crescendo ho sempre sentito perlopiù musica classica. Da qualche anno mi sono avventurata nel pop, ma al rock ancora non ci sono arrivata."

Rhys si mise di nuovo a ridere. Serena non sapeva di preciso perché stesse ridendo, ma voleva capirlo e farlo ridere il più possibile. Era sicura che vedere – e sentire – quest'uomo che rideva, fosse la cosa migliore di questo o di qualunque altro pianeta.

"Okay, se vuoi sapere se i Misery sono tanto bravi quanto si dice, vieni con me." La prese per mano senza aspettare la sua risposta e la condusse su per le scale, sempre senza smettere di ridacchiare. Serena fu eccitata nel sentire di nuovo le scosse elettriche che cominciarono ad attraversarle il corpo non appena la mano di Rhys toccò la sua.

Al piano superiore c'era meno confusione, ma c'erano comunque persone che facevano avanti e indietro. Passarono davanti ad alcune stanze, e i rumori che Serena sentì le fecero capire come mai i membri della band non fossero nei paraggi. Rhys, senza esitare, la condusse verso il terzo piano.

Una volta arrivati, la condusse verso una porta in fondo al corridoio. Ormai c'erano solo loro due. "Sei sicuro che possiamo stare qui?" gli chiese lei, scettica.

"Sì, certo, i proprietari sono – uh – amici miei." Le mormorò quelle parole con in volto un'espressione divertita.

Rhys aprì la porta e varcò la soglia con estrema confidenza. Lei lo seguì e si ritrovarono in una piccola stanza a malapena arredata.

Mentre salivano, lui era sembrato del tutto sicuro di sé, e nessuno lo aveva fermato per chiedergli dove andasse, e quindi Serena si disse che non ci sarebbero stati problemi. Allo stesso tempo, però, le sembrò di star invadendo la privacy di qualcuno.

Si guardò intorno. La stanza aveva delle pareti di vetro su due lati, rivelando un panorama che la lasciò senza fiato.

Oltre alla porta dalla quale erano entrati, ce n'era una seconda, chiusa, che conduceva a una stanza comunicante. La stanza era arredata con un grosso tappeto, un paio di divani, un tavolino da caffè, un impianto audio all'ultimo grido e un sacco di fogli accartocciati.

Lui la guardò mentre lei guardava la stanza e si meravigliava. Quando poi lei rivolse la propria attenzione su di lui, lo trovò che stava armeggiando con lo stereo.

"Su, mettiti comoda e ascolta." Si diresse verso uno dei divani e si sedette di fronte a lei, vicino allo stereo. Ogni angolo di quella casa gridava opulenza, tranne questa stanza. A guardarlo, sembrava un santuario, abitato da una persona vera, reale.

Proprio allora Serena udì le note di un bellissimo assolo di chitarra, seguito subito dopo da una potente voce maschile. Ascoltò con attenzione, leggermente sorpresa quando gli altri strumenti irruppero con forza.

Rhys la stava di nuovo guardando attentamente, e lo stomaco di Serena si fece caldo e formicolante, distogliendo i propri pensieri dalla musica che fluiva dagli altoparlanti verso l'uomo che si trovava sotto di essi. Aveva la mano e l'avambraccio sinistri ricoperti di tatuaggi neri che andavano a nascondersi sotto la manica della sua maglia. Un altro tatuaggio faceva capolino da sotto il polsino della mano destra. Aveva braccia divine, con muscoli definiti, ma non troppo gonfi. Aveva il petto ampio e forte, le spalle larghe, come quelle di un nuotatore. Serena posò gli occhi sul suo volto scolpito. Lui stava studiando con attenzione le sue reazioni, come se stesse provando a decifrare i suoi pensieri, come se gli importasse veramente la sua opinione.

Rhys inarcò un sopracciglio notando che lei approvava. Un sorriso strafottente sul volto. Ma non disse nulla. Le concesse un po' di tempo per ascoltare la musica e poi si lanciò in una spiegazione degli accordi e del ritmo e della melodica e altre parole che sembravano mescolarsi tra di loro fino a quando lei non si perdette nel suo della sua voce. Quando parlava di musica, Rhys irradiava un'eccitazione e una passione che riempivano la stanza.

Prese una chitarra che Serena non aveva notato e, con gli occhi chiusi, suonò qualche accordo. "... capisci ora?" Lei sentì solo la fine della domanda. Drizzò subito la schiena per far sembrare che avesse prestato attenzione alle sue parole, piuttosto che al suo corpo.

"Sì, penso. Non è quello che senti la prima volta che la ascolti, è qualcosa di completamente diverso. Ma lo sai cosa vedo, perlopiù?"

"Cosa?"

"Che la musica è veramente la tua passione, non è vero? Non penso di aver mai sentito qualcuno parlare con una tale passione di qualcosa."

Era un'affermazione più che una domanda, ma lui non lo negò. La guardò dritta negli occhi, sostenendo il suo sguardo ammaliato. Le rispose: "E qual è la tua passione, Serena?"

D'improvviso, mentre lo guardava negli occhi, Serena capì. Ecco perché sembrava familiare! Era il bellissimo uomo in cui si era imbattuta durante l'evento di beneficienza. Ma certo!

"Per caso qualche sera fa sei andato alla raccolta fondi per una fondazione di servizi sociali?" disse lei, incapace di trattenersi, ma non gli lasciò nemmeno il tempo di rispondere.

"Scusa, ti devo sembrare una stalker! È solo che prima mi sei sembrato familiare, e solo ora mi sono resa conto che assomigli tantissimo a qualcuno che ho visto su un balcone mentre me ne andavo."

"Sì, ero io." Rhys sembrava lievemente sorpreso, ma poi gli angoli della sua bocca si sollevarono regalandole un sorriso da togliere il fiato. "Vestito viola, vero?" le chiese lui con un baluginio negli occhi.

Si ricorda di me? Caspita, non me l'aspettavo. Io non sono esattamente memorabile, quindi forse si ricorda che l'ho disturbato mentre era da solo, pensò Serena. Rhys, quella sera, stava guardando la città, pensieroso... Serena si chiese a cosa mai stesse pensando – non che avesse intenzione di chiederlo a lui.

"Sì, uhm, scusa se ti ho interrotto. Non stavo facendo attenzione."

"Mi sembra ti capiti spesso, eh?" scherzò lui sorridendo mentre lei arrossiva. "Quindi, disattenta Serena con il vestito viola, confessa. Qual è la tua passione?"

"Beh, okay. Vediamo. Un paio di settimane fa avrei risposto probabilmente i miei genitori, o forse qualcun altro. Ma penso che l'unica cosa che resta dopo le ultime settimane sia la moda.

L'adoro. Era quello che stava facendo quando ti sono venuta addosso: stavo rimirando i meravigliosi abiti degli ospiti."

"La moda, eh? Forte. E ti ha portata da me," disse lui sorridendo. "Quindi penso che, per estensione, anche io sia la tua passione."

Serena arrossì di nuovo, ma non disse nulla. Scosse il capo come se lui fosse pazzo anche solo a suggerirla, una cosa del genere. Lei non lo avrebbe mai ammesso, ma lui era il tipo d'uomo che poteva essere la passione di chiunque. Era così intenso, ma anche alla mano, e lei... la voce di Rhys la strappò ai suoi sogni ad occhi aperti.

"Sembra che tu abbia passato due settimane belle toste, se hai perso qualcosa che ti appassionava. Lo capisco bene..."

"In una casa come questa, piena di rockstar e ragazze bellissime?" scherzò lei provando a rallegrargli l'umore, che s'era fatto d'un colpo tetro. "Sì, dev'essere proprio dura."

"La casa ti piace, quindi?"

"Beh, sì. Insomma, a chi è che non piacerebbe? In confronto, l'appartamento di Josh, voglio dire il nostro appartamento, sembra uno scatolone di cartone, buono solo per sedersi e piangere."

"Vivi con un ragazzo, eh?"

"Sì, ma non è come pensi tu. Ci conosciamo da una vita. Gli ho fatto pietà, e così lui, almeno per il momento, mi lascia dormire nel suo appartamento. Ho litigato di brutto con i miei, non volevano che andassi alla scuola di design... e quindi devo trovare una soluzione, e alla svelta."

Il suo sguardo continuava ad essere tenebroso, la sua voce si era fatta più flebile. "Fidati di me, io non ho vissuto sempre così. Io sono cresciuto in un posto tremendo, probabilmente il tuo appartamento al confronto sembrerà una reggia. Mi ricordo di una casa dove..."

La porta dietro di loro si spalancò, e Rhys si zittì.

Un altro bellissimo uomo entrò nella stanza e lei fu

percorsa da un brivido. Non era ancora del tutto sicura che potessero stare lì.

Un uomo alto quasi quanto Rhys, con gli stessi capelli e la stessa sicurezza. Ma non era affatto magnetico tanto quanto l'uomo seduto di fronte a lei. "Rhys, ci servi. ORA!" gridò quasi. Non si girò nemmeno verso Serena.

Rhys sembrava allarmato. "Serena, conosci la strada, vero? È stato un piacere, sei molto simpatica. Mi piace. Spero che diventerai una fan," le disse attraversando la stanza e uscendo senza guardarsi dietro.

"Spero diventerai una fan?" sentì che diceva l'altro uomo prima che la porta si chiudesse dietro di loro.

Serena andò verso le finestre per osservare un'ultima volta il panorama e poi si diresse verso la porta per andare a cercare le sue amiche prima di andare a casa. Era tardissimo – o prestissimo, dipende dal punto di vista– e lei aveva bisogno di andare a dormire.

Ora che Rhys non c'era più, d'improvviso lei si sentì esausta, sfinita, ma anche un po' alleggerita dopo avergli raccontato parte della sua storia.

Mentre usciva dalla stanza vide un poster che fino ad ora era rimasto nascosto dietro la porta. Delle lettere spesse e scure incorniciavano la metà superiore della foto di un gruppo di cinque uomini. "Misery." E così era questa la band, eh? La band più importante del mondo. Pensò che, prima di andarsene, fosse quantomeno il caso di dare un'occhiata ai suoi ospiti assenti.

Si avvicinò alla foto e rimase per la seconda volta senza fiato. Cominciò a girarle la testa.

Al centro del poster, guardandola con quel suo sguardo intenso, vide lo stesso uomo con cui aveva appena finito di parlare. Era il frontman della band, a quanto pareva.

Il chitarrista principale dei Misery.

Merda. Aveva proprio fatto la figura dell'idiota. Sentendo le lacrime che minacciavano di colarle lungo il viso, imbruttendola come al solito, corse fuori dalla stanza, giù per le scale e verso casa, completamente dimentica delle sue amiche.

Ecco perché si trovava alla serata di beneficienza, si disse mentre tornava verso casa. Erano loro, i Misery, che avevano donato tutti quei soldi. Lei non si era mai considerata un genio, ma ora si sentiva una vera scema.

7

Josh dormiva quando Serena tornò a casa, ed era già uscito quando lei si svegliò. Le gioie di essere un adulto responsabile con un impiego. *Qualcuno dovrebbe seriamente dire ai bambini di smetterla di desiderare di crescere*, pensò Serena.

Le lucine verdi della sua sveglia le fecero l'occhiolino. D'accordo, non aveva dormito poi molto, soprattutto considerata l'ora in cui si era messa a letto. E per non parlare del tempo che le ci era voluto per addormentarsi una volta sotto le coperte, nonostante la sua stanchezza. L'umiliazione bruciava ancora, come fosse una piccola creaturina che la dileggiava all'interno dei confini della sua stanzetta piena di cianfrusaglie.

La vita continuava. Lei non l'avrebbe mai più rivisto, quindi era ora di farsi una doccia, magari andare a correre e rituffarsi a capofitto nella ricerca di un lavoro. Ma chi voleva prendere in giro? Lei non correva. A meno che ci fosse qualcosa che la stava inseguendo, un qualcosa grosso e spaventoso. E se non c'era nessun altro che potesse sacrificarsi al posto suo. E se avesse trovato qualcosa per cui valeva la pena vivere e per cui valeva la pena di scappare. E... no, ecco, stava di nuovo divagando.

E allora doccia e ricerca del lavoro. Prese una gonna

morbida e comoda e un top dall'armadio e si diresse verso il bagno che condivideva con Josh. Solo perché si sentiva uno schifo non significava che anche il suo aspetto dovesse essere altrettanto. E poteva avere un bell'aspetto pur restando comoda.

Uscì dalla doccia quando sentì qualcuno che bussava alla porta. "Un attimo!" gridò sperando che, chiunque fosse, potesse sentirla. Si vestì in tutta fretta, si avvolse i capelli con un asciugamano e andò ad aprire. Josh doveva aver ordinato qualcosa o, merda, aveva scritto a Mary che era tornata a casa sana e salva? *Quella mi ammazza*, pensò.

Spalancò la porta e la sua bocca era già pronta a pronunciare delle scuse rivolte alla sua migliore amica. "Sono... Rhys?" Sbatté le palpebre. Cosa?

"No, Rhys sono io, a dire il vero. Ma mi fa piacere che te ne ricordi. Ho comprato la colazione." Indicò la scatola della pizza che teneva sottobraccio.

Porca puttana. È veramente qui.

Sotto la soffice luce del mattino, sembrava ancora più bello della sera prima. Indossava un paio di jeans scuri attillati, una maglietta nera attillata e un paio di occhiali da sole sollevati verso l'alto, in mezzo ai capelli. I suoi occhi verdi sembravano in grado di scrutarle nell'anima.

Era impossibile sbagliarsi, era lui. Sebbene Serena sapesse che lui non poteva essere andato a dormire molto prima di lei e che, probabilmente, si era messo a letto molto tempo dopo di lei, Rhys sembrava fresco come una rosa.

Serena, a causa della sua umiliazione, aveva faticato a prendere sonno e così, prima di addormentarsi, l'aveva cercato su Google. Le notizie di base che aveva trovato sulla band erano stupefacenti. Su YouTube c'erano così tante interviste che pareva impossibile che, nel corso degli ultimi cinque anni – dopo l'uscita del loro primo album – lui e i suoi amici avessero passato anche solo qualche ora lontani dalle telecamere.

Per essere concisi:

. . .

Nato: Rhys Jason Grant. Si fa chiamare Rhys.
Età: 27
Fratelli: Anders Donald Grant. Sì, Donald.
Anni di attività: 5. Chitarrista e corista dei Misery.
Quasi 30 milioni di follower solo su Twitter, ancora di più su Instagram.
Cinque tour in cinque anni. Di cui due tour mondiali. L'ultimo dei quali era finito qualche giorno prima che lei beccasse Bryan con le mani nel sacco e imboccasse la sua spirale discendente.

Serena si era ripromessa di continuare a stalkerarlo anche la mattina dopo. Era possibile che lui l'avesse scoperto e fosse arrivato per impedirle di invadere la sua privacy? Serena se lo domandò per mezzo secondo prima di rispondersi che no, non era possibile.

Ritornò in sé quanto bastava per scostarsi, dolorosamente conscia del fatto che non si era truccata ed era scalza, e che aveva i capelli avvolti in un asciugamano. Ottimo. A quanto pare, il suo destino era di venire umiliata di fronte a lui.

Rhys entrò nell'appartamento e, in silenzio, si guardò intorno. "Non mi sembra poi così male. Sì, senza dubbio una reggia, rispetto a certi posti dove ho vissuto io."

"Uhm, grazie. E certo che sei tu Rhys. Scusa, è che non me lo aspettavo. Pensavo fossi Mary, la mia amica. Ieri sera me ne sono andata senza salutarla. Grazie per la colazione. Pizza, però? E, uhm, non che non mi faccia piacere che tu sia qui, ma perché sei qui?" Provò a sembrare sicura di sé, ma la sua voce era piena di esitazione.

"La pizza va bene a qualsiasi ora del giorno o della notte. E, inoltre, questa è una pizza per colazione. Ci sono uova, funghi, bacon, pane... che altro potresti mai desiderare da una colazione? E per quanto riguarda il motivo della mia visita... beh, mangiamo prima."

Si diresse verso la cucina e, quando lei fu di nuovo in grado di muovere i piedi e seguirlo, lui aveva già trovato i piatti e aveva sistemato la pizza al centro del ripiano della cucina. Lei prese una fetta ed esitò giusto un secondo prima di morderla.

Caspita, ma è buona, pensò. Sua madre l'avrebbe ammazzata se avesse scoperto che stava mangiando della pizza per colazione, ma lei scacciò via quel pensiero prima che potesse rovinarle il momento.

Un momento in cui si ritrovava un dio del rock and roll, uno dei chitarristi più famosi del mondo, nella sua cucina, a mangiare una ridicola pizza insieme a lei. Lui divorò tre pezzi di pizza ancor prima che lei finisse di mangiare il primo. Sembrava contento di vederla mangiare. Quel tizio era decisamente un'anomalia.

"Sai," cominciò a dire sempre guardandola con uno sguardo contento mentre mangiava. "Ormai è tempo che io e i ragazzi suoniamo insieme. Da molto prima che i Misery diventassero famosi. Anders e io, ormai saprai che lui è mio fratello. Gli altri, però, non saranno nostri fratelli di sangue, ma è come se lo fossero. Grazie al cielo però che non hanno dovuto condividere le nostre stesse pene."

Lei si limitò ad annuire. Aveva cominciato a mangiare la seconda fetta di pizza, più che altro per tenersi la bocca occupata ed evitare di parlare e avere una scusa per continuare ad ascoltarlo. Ma non sapeva perché mai lui le stesse raccontando quelle cose.

"Milo e io ci siamo conosciuti alle superiori. All'epoca lui passava tutto il suo tempo libero con me e Anders. Ne abbiamo viste di tutti i colori, insieme. E quindi siamo rimasti sempre uniti. Conoscemmo Jett quando avevamo diciassette anni... sì, quando avevamo diciassette anni. Luc, in pratica, una sera ci ha seguiti a casa – allora ne avevamo diciannove, di anni – e poi è rimasto con noi. Avevamo ventidue anni quando arrivò il successo di 'Hit the Road'."

Lei continuò ad annuire, ormai quasi non sentiva più il sapore della pizza, aspettava che lui proseguisse con la sua storia, pur non avendo idea del perché lui le stesse dicendo tutte queste cose alle dieci e mezza del mattino. Le rock star di solito andavano a letto a questo ora, no? Ma, dopotutto, lei che ne sapeva...

"Serena, il fatto è che, come ti ho detto ieri sera, tu mi piaci. Mi fai sentire... cazzo, non so se questa è la parola giusta, ma tu mi fai sentire normale. Tipo, tu non vuoi succhiarmi il cazzo così da poterlo andare a raccontare in giro. Non te ne frega un cazzo di chi è chi, ed è una cosa che mi piace."

Lei era completamente senza parole. Cominciò a pensare che avrebbe dovuto dire qualcosa, quantomeno. Aveva il presentimento che Rhys volesse andare a parare da qualche parte con questa storia, anche se ancora non aveva capito dove. Inoltre, cominciava ad avere un po' di paura. E ciò che la intimoriva ancora di più era il fatto che, forse, cominciava a sentirsi leggermente euforica. Ma, lo stesso, si limitò ad annuire. Aveva la bocca asciutta, e il mondo in cui lui si passava la mano tatuata nei capelli non era per niente d'aiuto.

"La band è nell'occhio del ciclone dopo l'ultimo tour. Diciamo che le cose sono andate leggermente fuori controllo." Lui si mise di nuovo a ridere, poi si controllo. "Voglio dire, alcuni di noi sono andati fuori controllo."

Oh, quella risata. Serena aveva sperato che non fosse nulla di più di un ricordo da ubriaca, e invece no, il suo animo continuava a sciogliersi ogni volta che la udiva.

"Ieri sera, quando mi sei venuta addosso, stavo pensando a una cosa. Ho quest'idea, e penso che tu sia perfetta. Sei affascinante, sexy quanto basta, e oltretutto penso proprio che potrebbe piacerti. Avrai modo di infilarti nel mondo della moda, proprio come desideri. Gli stilisti faranno a gara per conoscerti, per vestirti."

Ora aveva la sua attenzione. "Okay, non sembra tanto male," riuscì a dire lei, sebbene fosse diventata rossa come un peperone dopo il suo commento *en passant* sul suo essere "sexy quanto basta" per qualunque cosa gli frullasse nella testa. Rhys la riteneva sexy?

"Ne ho parlato con il mio avvocato e con il mio manager. Pensano entrambi che potrebbe funzionare. Non conosco nessun altro tanto perfetto quanto te per il ruolo. Sarà un accordo squisitamente d'affari, ma il mio avvocato può buttare giù un contratto fin da subito. Ti pagherò, ovviamente, qualunque cifra – ce la passiamo bene, per essere una manica di reietti."

"Mi pagherai per cosa, di preciso?" le chiese lei, con cautela. La cosa cominciava a sembrare pericolosa, e anche un tantinello illegale.

"No, no. Non per quello. Serena, quello che ti sto chiedendo," di inginocchiò di fianco a lei, le afferrò le mani e le rivolse quel suo sorriso da togliere il fiato prima di chiederle: "Mi faresti l'onore di diventare la mia fidanzata per finta?"

Serena per poco non cadde dalla sedia per lo shock. La sua mente si svuotò completamente. Sembrava l'avessero derubata della sua voce, del buonsenso, del libero arbitrio. Tutto in un colpo. "Pe-perché?" gli chiese balbettando mentre un milione di pensieri le attraversarono la mente. Si bloccò dinanzi alle proteste dei due pensieri più caciaroni. "Perché io? E perché hai bisogno di una fidanzata finta?"

Lui restò in ginocchio, stringendole le mani. "Te l'ho già detto. Te l'ho detto perché mi serve. Abbiamo bisogno di qualcosa che distolga l'attenzione dal gruppo. Gli altri membri della band ancora non lo capiscono. Alcuni perché al momento non ne sono capaci, altri perché semplicemente non vogliono farlo. Devo quantomeno provare a farli concentrare, cazzo. Questa sarà la distrazione perfetta per i paparazzi. Non ho mai ammesso pubblicamente di avere una relazione con qualcuno. La stampa ci si butterà a capofitto. Creeremo una storia, e le persone ci crederanno. I ragazzi avranno un attimo di respiro, e io, almeno per un paio di mesi, avrò una bomba sexy come fidanzata."

"Quindi, tanto per essere chiari, mi stai chiedendo di mentire al mondo così i media lascino stare la tua band per un po'?"

"Non la mia band, i miei fratelli... e sì, penso che sia esattamente questo quello che ti sto chiedendo. Ma ci saranno un sacco di vantaggi. Mi occuperò personalmente di presentarti a chiunque tu voglia essere presentata, ti pagherò la scuola di design. E qualunque altra cosa vuoi."

Era ancora in ginocchio, e la cosa cominciava a sembrarle decisamente bizzarra.

Come se lui fosse in grado di leggerle nel pensiero, abbassò la voce, la guardò con quei suoi occhi verdi penetranti che le infiammavano l'anima, e le disse: "Su, quindi, che mi rispondi? Non mi sono mai inginocchiato davanti a una donna prima d'ora. Non mi ero mica reso conto che, facendolo, dovevo mettermi a implorare, cazzo."

"Io..." Serena faticò a trovare le parole. "Beh, anzitutto, non sei veramente in ginocchio e, seconda cosa, questa è una bugia bella grossa. Posso almeno pensarci un po' su?"

"Senti, cazzo, hai ragione." Tirò via la mano tatuata dalle sue, se la passò in mezzo ai capelli spostando gli occhiali da sole che teneva poggiati sulla testa. Non si mosse quando caddero sul pavimento.

"Okay, senti... che ne dici se ci provi? Se stasera esci insieme a me? Un appuntamento prima di decidere?"

Lei inspirò a fondo. Non aveva deluso abbastanza tutti quelli che aveva intorno nelle ultime settimane? Ma Rhys sembrava veramente aver bisogno di una mano e così, senza pensarci troppo e sapendo che non avrebbe mai potuto dirgli un no secco, Serena si sentì che diceva: "Okay, un appuntamento. Poi ci penserò su e ti farò sapere." La sua mente turbinava: sarebbe veramente riuscita a farlo?

Lui restò in ginocchio, le strinse di nuovo la mano e la guardò negli occhi per un altro secondo. Poi scosse la testa in modo impercettibile e si alzò.

Inarcò le sopracciglia e si diresse verso la porta: "Preparati a restare a bocca aperta, Serena. Io non accetto dei no come risposta." E detto ciò, prese la porta e si dedicò a qualunque fossero le attività giornaliere di una rockstar.

Con le ginocchia che le tremavano, Serena se ne tornò in camera. Si sentiva la testa gonfia di incredulità. Il lato positivo era che, quantomeno, aveva ricevuto un'offerta di lavoro. E siccome di lavori entusiasmanti all'orizzonte non se ne vedevano, decise di prepararsi per quello che ora considerava a tutti gli effetti un colloquio di lavoro. Prese lo smalto e cominciò a sistemarsi le mani e i piedi.

Verso le tre del pomeriggio, ci fu un'altra inaspettata bussata. Aveva appena cominciato a rovistare nell'armadio cercando di decidere quali vestiti sarebbero stati adatti per un appuntamento con una rockstar.

Dopo che Rhys se n'era andato, aveva subito scritto a Mary per dirle che le dispiaceva di essersene andata senza salutare e che era ancora viva e vegeta, e quindi dubitò che ci fosse Mary dietro la porta. Però, questa volta aprì la porta con maggiora cautela, solo per ritrovarsi faccia a faccia con un fattorino che aveva abbastanza scatoloni e buste di vestiti da far sembrare che fosse arrivato un nuovo inquilino.

"Ah, penso abbia sbagliato appartamento."

"La signorina Woods?" chiese il fattorino, sembrano leggermente meno annoiato dopo aver intravisto la modesta scollatura lasciata scoperta dalla camicetta che indossava Serena.

"Uh, sì. Sono lei. Insomma, sono io."

"Allora la consegna è per lei. Le spiace mettere una firma qui?"

Le ficcò una cartelletta sotto la faccia e le indicò una linea in fondo alla pagina.

"Scusi, ma guardi che io non ho ordinato niente." Poi, dopo

una seconda occhiata, Serena si accorse che era tutta roba che veniva da boutique eleganti dove lei non poteva permettersi di fare shopping nemmeno prima che i suoi genitori la tagliassero fuori.

"Guardi, a me è stato detto semplicemente di venire qui a consegnare questa roba. Lei è la signorina Serena Woods e vive all'indirizzo scritto su quel pezzo di carta, giusto?"

"Sì."

"Allora è tutto per lei. Se non le spiace, firmi, così io vado."

Frastornata, Serena firmò quello stupido pezzo di carta e il fattorino chiamò qualcuno che lei non riusciva a vedere. "Dentro!" Un uomo apparve nel corridoio e i due si diedero da fare per portare tutti i pacchi nel soggiorno di Josh. Merda, Josh l'avrebbe veramente ammazzata, questa volta.

Non appena i fattorini se ne furono andati, Serena cominciò ad aprire le buste e i pacchi. All'inizio si mosse incerta, ma non appena scoprì i tesori che vi erano nascosti dentro, fu pervasa da un entusiasmo che non faceva altro che aumentare.

Quando aprì l'ultimo pacco, le girava la testa. Non era mai stata un'appassionata di fantascienza, ma pensò che era così che dovessero sentirsi certi fan quando ricevevano dei nuovi cimeli.

Dentro le buste trovò alcuni dei vestiti più belli che avesse mai visto in vita sua, da stilisti che non avrebbe mai sognato di poter indossare, nemmeno nelle sue fantasie più sfrenate. Eppure eccoli lì, disposti con cura sul variegato assortimento di divani nell'appartamento di Josh.

Poi si dedicò alle scatole, e ci mancò poco che non cominciasse a piangere di gioia mentre si stringeva al petto le scarpe che vi trovò dentro. Entusiasta all'idea di poter ammirare altre bellissime scarpe, ne aprì un'altra che aveva una forma leggermente diversa, ma non furono delle scarpe quello che vi trovò dentro.

Invece, quella e le tre scatole successive contenevano la

lingerie più raffinata che avesse mai visto in vita sua – persino in quei cataloghi che si imbarazzava ad ammettere di aver sfogliato. Controllò le etichette su ogni capo e scoprì che era ognuno esattamente della sua taglia. Certo, la cosa era leggermente inquietante, ma lei non poté far nulla per arginare il brivido che le percorse la spina dorsale.

Poi trovò un'altra scatola che aveva una forma ancora diversa. Non sapendo più cosa aspettarsi, la aprì lentamente. La prima cosa che notò fu la soffice carta bianca che conteneva un appunto.

Divertiti. Spero ti piacciano.
 Ci vediamo alle 8.
 - R

Mise l'appunto da parte e si chiese se Rhys l'avesse scritto di persona. Odorava vagamente come lui – ma, se doveva essere onesta, pensò che ormai la testa cominciava a farle brutti scherzi, inebriata com'era da tutti quei regali.

Sollevò la carta e trovò una bottiglia di profumo su cui aveva messo gli occhi da anni e che non si era mai comprata, sebbene non avesse mai mancato di spruzzarsene una goccia sul collo e sulla scollatura usando i tester offerti del negozio che lo vendeva. Poi, oltre al profumo, trovò alcuni dei trucchi migliori sul mercato.

Sorrise. Per essere uno che conosceva da meno di ventiquattro ore, conosceva bene il suo stile.

Le ci volle il resto della giornata, ma alla fine riuscì a trovare quella che riteneva essere la mise perfetta per delle circostanze sconosciute. Era pronta in tempo.

Alle otto in punto, sentì qualcuno bussare con fare leggero alla porta. Josh non era ancora rientrato, così andò lei ad aprire.

Serena cominciava a pensare che fosse il caso di portarsi

una bombola d'ossigeno quando stava insieme a Rhys. Stare con lui le faceva venire il fiato corto, quando non glielo toglieva del tutto. Indossava un paio di jeans scuri e una camicia scura attillata con le maniche arrotolate e i tatuaggi che facevano capolino da sotto la stoffa. La voglia di toccare quei tatuaggi le fece formicolare le dita. Voleva guardarli, ispezionarli, imparare la storia che c'era dietro a ognuno di essi...

"Pronta per restare a bocca aperta?" le chiese lui a mo' di saluto facendole interrompere quei suoi pensieri.

"Sono nata pronta!" mentì lei. Lei era pronta a scommettere che lui non si innervosiva mai, e così stava provando con tutta sé stessa a non mostrare il proprio nervosismo, la propria mancanza di fiducia in sé stessa.

La cosa sembrò funzionare, perché quando lei disse così, lui la prese per mano e la condusse giù lungo le scale verso la propria motocicletta. Non quello che si aspettava lei. Non era mai salita su una motocicletta prima d'ora, così come non era mai andata a un appuntamento con una rockstar. C'è una prima volta per tutto, a quanto pare.

Prese il casco che lui le porse e fu felicissima di aver scelto di legarsi i capelli in una disordinata coda di cavallo e di non aver perso tempo con qualche complicata acconciatura. Se lo infilò e si mise anche il giubbotto di pelle che lui le diede, poi si aggrappò a lui mentre sfrecciavano nella fresca aria della notte. Era chiaro che i limiti di velocità non valessero per le rockstar. Si accoccolò contro la sua schiena e si strinse a lui con tutte le sue forze.

Non sentiva freddo, ma fu grata quando lui finalmente rallentò. Solo che quando il ruggito del motore si affievolì e lei ebbe il coraggio di alzare lo sguardo, il freddo le avvinghiò lo stomaco. Si trovavano a un rave all'aperto. C'erano luci stroboscopiche e della musica assordante che le rimbombava fin dentro le ossa. No, non era il tipo di festa che faceva per lei.

Senza riflette, balbettò: "Io, uh, non prendo droghe. Non l'ho mai fatto, mai voluto farlo." Aveva visto molti dei suoi compagni delle superiori risucchiati da quel veleno, e non aveva nessuna intenzione di cascarci. Non le piaceva nemmeno bere. Il vino di Josh era stata una piccola eccezione.

"Non ti preoccupare, va tutto bene. Niente droghe stanotte." La prese per mano e la condusse attraverso la folla fino a un'area delimitata dai cordoni e sorvegliata da degli enormi omaccioni con dei completi neri. L'area VIP, si disse lei. Il tocco di Rhys la faceva avvampare. Ormai erano trenta minuti buoni che i loro corpi si toccavano, e il corpo di Serena sembrava essere teso quasi al punto di rompersi.

Dopo la sua visita e dopo la sua veloce ricerca su Google, aveva deciso di smetterla di invadere la sua privacy come una groupie qualsiasi e di lasciare che fosse lui a dirle tutto ciò che voleva sapere, ciò che lui voleva che lei sapesse.

Rhys oltrepassò i buttafuori, sollevando il mento per ringraziarli. I buttafuori rimasero impassibili e rimisero il cordone al suo posto non appena i due furono dentro.

Era chiaro che gli dèi del rock e le loro fiamme settimanali non gli facessero né caldo né freddo. L'area VIP era molto più spaziosa e tranquilla. Serena non sapeva come avesse fatto Rhys a non farsi riconoscere mentre sgomitavano attraverso la folla, anche se poi si rese conto che nessuno si sarebbe aspettato di vedere il principe del rock che trascinava una ragazza come lei in mezzo a una folla del genere.

Rhys si guardò intorno e subito trovò il tizio biondo che ieri sera li aveva interrotti. Serena aveva imparato che si chiamava Milo, il migliore amico di Rhys dai tempi delle superiori, l'uomo alle tastiere.

Stando agli articoli che Serena aveva letto prima di decidere di smetterla di stalkerarlo online, Milo era un dio del rock tanto quanto Rhys, in grado di aggiungere un sound unico ai Misery, ed era popolarissimo tra le fan.

Anche se lei sulle tastiere non sapeva niente, quello che sapeva era che Milo era bellissimo. Tanto alto e sicuro di sé quanto il suo amico, aveva degli occhi azzurri e dei capelli corti leggermente ondulati. Quando vide che gli venivano incontro, subito balzò in piedi.

Lui e Rhys si abbandonarono al tipico e goffo abbraccio con un solo braccio che definiva l'intimità tra maschi. Solo che il loro non fu affatto goffo, anzi, sembravano sinceramente felici di stare l'uno in compagnia dell'altro.

Strambo, pensò Serena. A quanto sembrava, vivevano insieme e lavoravano insieme, eppure erano stracontenti di vedersi.

"Hai risolto, poi?" chiese Milo a Rhys adocchiando Serena.

"Ma certo. Penso, perlomeno. Solo il tempo ce lo dirà." Rhys annuì rivolto verso Serena.

Ah, ecco perché erano così felici, quindi. Era chiaro che Milo pensasse che Serena aveva accettato il piano di Rhys.

"Serena, ti presento Milo. Il mio più caro amico, il mio fratello preferito."

8

"E così tu sei la famosa Serena, eh?"

"E tu devi essere Milo, famoso per davvero. Dico bene?"

"Hai ragione, Rhys, è un peperino!" rispose Milo, più a Rhys che a lei.

"Rhysie qui mi ha detto che fino a ieri sera non sapevi nemmeno chi eravamo. È vero?"

"Ho sentito parlare dei Misery, certo." Non si prese la briga di dirgli che ne aveva sentito parlare di sfuggita e per giunta solo da un paio di giorni. "Ma non sono una fan sfegatata, una di quelle che ti tirano le mutandine addosso..."

Milo diede un pugno a Rhys e si lasciò andare a una risata sguaiata.

"Non ancora, intendi dire," rispose lui. Ieri sera, durante il loro breve incontro, Milo era già attraente, ma solo ora Serena si rendeva conto che era un bonazzo vero e proprio. Trasudava fascino.

"Forse, ma ho sentito il chitarrista che suonava dal vivo, e ti posso dire che non è Beethoven."

"Così mi ferisci, principessa." Rhys si mise a ridere, gli occhi illuminati dal divertimento mentre si portava una mano al cuore.

Il cuore di Serena mancò una frazione di battito quando lo sentì che la chiamava "principessa", ma lei provò a ignorarlo.

"Quindi niente droghe stanotte, eh. È per quello che gli altri non ci sono?" chiese lei senza parlare con nessuno di loro due in particolare.

"No, ci sono, ci sono," disse Milo prima di venir zittito da un'occhiataccia di Rhys.

La cameriera arrivò portando un tumbler di bourbon agli uomini e chiedendo con gentilezza a Serena cosa volesse bere, anche se i suoi occhi implicavano che, in realtà, le stesse chiedendo come desiderava morire. Sebbene la cameriera fosse decisamente bella, Rhys non le prestò la minima attenzione.

"Un bicchiere di vino, grazie."

Al che Rhys intervenne, le tolse la carta dei vini dalle mani e la lesse con attenzione.

"Possiamo fare di meglio."

Milo guardò brevemente Rhys e i due sembrarono essere d'accordo. "Una bottiglia di quello, per favore."

Rhys indicò qualcosa lontano e diede il menu alla cameriera. La cameriera tornò nel giro di qualche secondo con una bottiglia di vino e tre bicchieri. Gli uomini rifiutarono i loro bicchieri e cominciarono a sorseggiare i loro bourbon mentre la cameriera versava un bicchiere di vino a Serena e infilava la bottiglia in un cestello con il ghiaccio.

Meno male che la cameriera non aveva capito che loro il vino non lo bevono, altrimenti, a giudicare dalle occhiatacce che continua a mandarmi, ci avrebbe sputato dentro, pensò Serena.

Con sua enorme sorpresa, Milo e Rhys erano due tipi divertenti, ed era piacevole conversare con loro. Nessuno di loro due sembrava bramare le droghe che tutti usavano in giro per il locale, ed entrambi sembravano godersi la compagnia, accontentandosi della conversazione e dei fiumi di bourbon che continuavano a scorrere.

Quando furono lubrificati a dovere – quasi mezza bottiglia di vino per lei e un ettolitro di bourbon per loro – Milo aveva cominciato a chiamarla Sese.

A un certo punto lei si era infilata sotto al braccio di Rhys, e lui sembrava felice di coccolarla in pubblico. Rhys le mordicchiò il collo e le orecchie, baciandole la testa e ridendo delle cose che lei diceva.

"Quindi a quanto ho capito Rhysie ti ha parlato della nostra situazione," disse Milo facendosi improvvisamente serio. Rhys non disse nulla, ma gli rivolse uno sguardo d'avvertimento.

"Siamo appena tornati dal nostro secondo tour mondiale, e le i capi ci stanno incollati alle chiappe per farci tirar fuori nuovo materiale. Tranne che Rhys qui sembra a secco. E Jett... beh... lui non è d'aiuto, e nemmeno Luc. Ai vecchi tempi c'era un concept, sai?" No, Serena non lo sapeva, ma annuì lo stesso. "Trovavamo un concept che ci soddisfaceva tutti e poi ognuno prendeva la propria direzione per scrivere i propri pezzi. Poi mettevano tutto insieme e insieme trovavamo la magia. Oggi, beh, non succede più tanto spesso."

Serena annuì di nuovo come se capisse, ma non era così. Ma cominciò a pensare che forse sì, cominciava a capire.

"Dobbiamo ritrovare la magia, e alla svelta. E fino a quando non ci riusciamo, abbiamo bisogno di qualcuno che distragga gli avvoltoi." Milo la guardò come se la stesse sfidando.

"E io devo essere la preda?" chiese lei, lo sguardo fisso su Rhys.

"Sì, principessa. Te l'ho detto, sei perfetta."

Va bene allora, lei poteva recitare quella parte. O quantomeno pensava di poterlo fare. Fece un respiro profondo. Se voleva provarci, doveva essere sé stessa. "Questo DJ fa pena. Una ragazza Misery come si deve si assicurerebbe che il DJ onori gli ospiti di onore." Scoppiarono di nuovo a ridere.

"A dire il vero, principessa, hanno messo su tre remix delle nostre canzoni fino ad ora. E noi non siamo gli ospiti d'onore stasera, siamo solo dei tizi che si vogliono divertire." Serena sentì la punta delle orecchie che arrossivano, e sperò che fossero sufficientemente nascoste sotto i capelli.

"Ma mette su anche pezzi di gente che non ci piace," disse Milo. "Quindi forse lei ha ragione. Questa non è quella stronza che l'hanno scorso si inventò di essere venuta a letto con te?"

"Avete ragione entrambi." Rhys si mise a ridere, si alzò e prese Serena per mano. "Vieni, Sese," disse adottando il nomignolo che Milo aveva coniato per lei. "Facciamo vedere al DJ come si fa."

Milo si sbellicò dalle risate, ma Rhys non gli prestò attenzione. Si diresse verso la postazione del DJ senza che nessuno lo fermasse.

Quando Rhys prese posto dietro la console, il DJ balbettò qualcosa, incapace di dire di no a sua altezza.

Rhys mise su un pezzo e condusse Serena verso la pista da ballo. Lei aveva bevuto molto più vino del solito e le girava la testa, ma i loro corpi erano in sintonia.

Le prime battute della canzone che Rhys aveva scelto cominciarono a suonare non appena misero piede sulla pista da ballo. "Ma io adoro questa canzone!" gli gridò lei, e lui la strinse a sé. In quel momento, nella mente di Serena, tutto apparve scintillante, e magico, e bellissimo.

Si mosse a tempo di musica, ondeggiando i fianchi e avvolgendo le forti spalle di Rhys con le braccia, premendo il proprio corpo contro il suo. Lui le aveva poggiato le mani sui fianchi, mani caldissime che la bruciavano. Ballarono per tre canzoni; quando lei lo guardò negli occhi, vide che lui la guardava intensamente, come se fosse un problema di matematica particolarmente ostico. D'improvviso, Rhys si piegò in avanti e la baciò come nessuno aveva mai fatto prima d'ora.

Il suo bacio fu rovente, un bacio che consuma. Serena riusciva a sentire il calore di quel bacio che si espandeva partendo dalle labbra e arrivando a toccarle le dita dei piedi e delle mani. La sua mente, il suo cuore e la sua anima erano d'accordo nel dire che quello fosse il bacio migliore che le fosse mai stato dato. I pensieri sgombrarono la sua mente, e l'unica cosa a cui riuscì a pensare fu Rhys, le sue mani, la sua lingua sicura che le esplorava la bocca.

Lui sembrava tutto preso dal momento, le baciava la mano, le avvolgeva la nuca con una mano e la vita con l'altra, premendola contro di sé. Si strusciò contro di lei fino a quando qualcosa non si risvegliò nei suoi pantaloni. Con gentilezza, si ritrasse interrompendo il bacio.

"Ora devi andare a casa, Serena."

"Ma non sono ancora rimasta a bocca aperta..." Il suo bacio l'aveva lasciata ansimante. Sentiva ancora il fuoco che le ardeva nelle vene, e una certa brama che le faceva indolenzire parti del suo corpo che non aveva mai pulsato così prima d'ora. Parti che era tantissimo tempo che non provavano nulla. Ma Serena si sentiva anche patetica e rifiutata. Eppure, anche Rhys stava ansimando, e quindi quel bacio doveva aver avuto un certo effetto anche su di lui. Però, forse, aveva il fiatone per aver ballato, come poteva saperlo? Era impossibile che un uomo del genere potesse essere turbato da una ragazza come lei... forse se l'era immaginata, l'energia che aveva sentito passare tra di loro. Doveva essere così, giusto?

Lui la guardò con occhi socchiusi, studiando l'espressione sul suo volto. "Se l'unico stupefatto sono io, allora abbiamo ben altri problemi, Sese," le sussurrò all'orecchio. Serena sentì il suo respiro caldo sulla pelle. "Ora devo occuparmi di alcune cose, ma ti chiamo presto, va bene?"

"Sì, Rhys, se lo dici tu. Saluta Milo da parte mia." Nel giro di qualche minuto Serena si ritrovò seduta sul sedile posteriore di un elegante SUV. Una volta arrivata a casa, si trascinò su lungo le scale, la mente che le turbinava a causa del vino e del ricordo di quel bacio.

Si mise a letto continuando a pensare a Rhys. Restò distesa con indosso solo le mutandine che lui aveva scelto per lei.

Mutandine che ora moriva dalla voglia di fargli vedere. Lo voleva lì, accanto a sé. Scacciò via quel pensiero. *Non è quello che vuole da me, e non lo vorrà mai.* Quello fu l'ultimo deprimente pensiero che le venne in mente prima di cadere in un sonno irregolare, sonno durante il quale sognò di penetranti occhi verdi, muscolose braccia tatuate che le avvolgevano la vita, del corpo duro di lui che si premeva contro il suo.

9

Serena era ancora mezza addormentata, ma i colpi sulla porta sembravano come un picchetto che le martellava il cranio. Si trascinò fuori dal letto. Si alzò e venne investita dalla nausea. Aspettò che passasse e poi andò ad aprire. Quando lo fece, trovò una bellissima scatola ad attenderla. Una nota diceva:

Questa potrebbe essere *la tua vita.*

Lo so che i fan mi chiamano il Principe della Chitarra. Tu potresti essere la mia principessa.

Come ho detto, ci saranno dei vantaggi. Chiamami per parlarne. Il numero lo trovi sul retro.

- R

Porca puttana. Aveva il suo numero di telefono. Il numero del suo cellulare. E lui voleva che lei lo chiamasse...

Pensare a Rhys le faceva venire le farfalle nello stomaco, che si mettevano a svolazzare di qua e di là come impazzite, come se stessero provando a trovare una via d'uscita. Ricordando il suo tocco, sentì un certo calore in mezzo alle gambe. Ripensò al suo bacio. Alla sua mano che la stringeva...

Ma per lui qui si trattava solo di affari. Null'altro. E Serena doveva ricordarselo.

Sotto al foglietto trovò del paracetamolo, una soluzione elettrolita, una bottiglia d'acqua, una bevanda frizzante, un pacchetto di cracker salato e delle caramelle gommose. Una cura stramba ma perfetta per il post-sbornia.

Questa poteva essere la sua vita per qualche mese, così aveva detto lui. Lui che si prendeva cura di lei – da lontano, con ogni probabilità – e, ovviamente, c'era anche il compenso monetario che lui le offriva. Serena trovò una cifra oscena sull'altro lato del foglietto, proprio al di sotto del suo numero di telefono.

Lei non doveva far altro che dire di sì, farsi fotografare di quando in quando insieme a lui, e lui sarebbe stato suo – beh, in un certo senso, e quantomeno per un po' di tempo. In questo modo, Serena avrebbe avuto abbastanza soldi per pagarsi la scuola e poi, forse, farsi una vacanzetta su qualche isola così da schiarirsi le idee. Era tentata, quello era poco ma sicuro. Si fece una veloce doccia, ma mentre era sotto il caldo scroscio dell'acqua non riuscì a far altro che pensare a lui. Quantomeno, pensò che avrebbe dovuto ringraziarlo per il pacchetto, e si ripromise di farlo non appena fosse uscita dalla doccia e si fosse vestita.

Tornata in soggiorno, prese il cellulare e salvò il numero di Rhys tra i contatti. Poi scrisse un messaggio:

Grazie, non dovevi. Ma ha funzionato a meraviglia, sono quasi tornata ad essere umana

Josh entrò nell'appartamento proprio mentre lei si sedeva sul divano per cominciare a soppesare i pro e i contro nella sua mente.

"Beh, guarda chi si fa rivedere!" La guardò per un secondo e poi disse: "Dove sei stata, Ser? Non avrei mai pensato che vivere insieme a te potesse significare vederti ancora di meno." La guardò con un'espressione incazzata, la bocca chiusa. Le sue parole la ferirono, almeno un po'.

Il telefono di Serena vibrò quasi immediatamente, le era arrivato un messaggio. Le batté forte il cuore vedendo il nome di Rhys sullo schermo, ma riusciva anche a sentire lo sguardo di Josh su di sé, e così non poté aprire il messaggio e leggerlo mentre danzava come avrebbe fatto se fosse stata da sola.

Invece si guardò le mani, giocherellando con il bigliettino. "Mi dispiace, Josh. Ho avuto da fare."

"Che dovevi fare? Non hai ancora un lavoro, per quanto ne so io."

"È una lunga storia, a dirla tutta. Mi hanno offerto un... tipo un lavoro. Una specie. Paga bene, ma non è una cosa normale. Non so se accettare. Hai mai sentito parlare dei Misery?"

L'espressione di Josh si ammorbidì leggermente. "Ser, tutti al mondo conoscono i Misery! Tranne te, forse. Io li adoro! Perché? Che hanno a che fare loro con te?"

"Uhm, quindi hai anche sentito parlare di Rhys Grant?"

"Sì, Ser, so chi è. Io venero quel tizio. Ma ancora non capisco perché me lo chiedi."

"L'altra notte, quando sono uscita con Mary, diciamo che l'ho conosciuto."

"Cosa? Ti sei fatta fare l'autografo? Ser, non ti prendo per il culo: potresti sopravvivere per qualche mese con i soldi che faresti vendendo online una goccia di sudore di quel tizio!" Persino Josh sembrava entusiasta all'idea di conoscere i Misery. Lei era veramente fuori dal mondo.

"Veramente?" Serena arricciò il naso. "Ma che schifo!" Non che Rhys non avesse un profumo fantastico. Ma vendere il suo sudore?

"Veramente, Ser. Ho sentito che un tizio ha fatto un mucchio di soldi vendendo il suo vomito online dopo uno spettacolo a Buffalo!"

"Fa veramente schifo, Josh. Ma perché mai uno... Non

importa. Ad ogni modo, mi ha offerto una posizione con la band," mormorò lei abbassando di nuovo lo sguardo.

Josh sbiancò. "Veramente? E per fare cosa? Nel team del marketing?"

"Uhm, no, a dire il vero. Come, ehm, assistente. Per qualche mese."

Ora il volto di Josh si scolorì completamente. Restò in silenzio per un attimo, ma poi sbottò. "Vuoi essere la sua cazzo di prostituta?"

"No, Josh. Certo che no. Non lo assisterò in quel senso!"

"Vuoi vivere in casa mia, passare le giornate a scoparti qualche rockstar e poi sederti a tavola come se nulla fosse, cazzo?"

"Josh! No! Non passerò le giornate a 'scoparmi qualche rockstar'!" Anche se alcune parti del suo corpo si contrassero al solo pensiero. "Mi farò fare qualche foto insieme a lui, passeremo del tempo insieme. Tutto qui. Aiuterò la band, in un certo senso."

Non aveva mai visto Josh così infuriato – il che non era poco, dal momento che era stata lei a consolarlo quando morì il suo porcospino, quando i suoi genitori divorziarono e ogni altra volta che la vita lo aveva investito senza alcuna pietà.

"No, Serena. Non ti permetterò di vivere qui se diventi la prostituta di una qualche rockstar!"

Se diventassi la sua prostituta, potrei raccattare un sacco di sudore da vendere online, pensò lei sarcasticamente mentre lui continuava a strillarle contro una marea di stronzate senza senso. Sembrava essersi completamente dimenticato dell'entusiasmo che lo aveva travolto all'idea di vendere il sudore di quel tizio... non che lei lo avesse mai fatto!

"Avevi bisogno di un posto dove stare, e io te l'ho dato. Senza fare domande. Ma non ti farò vivere qui mentre esci con qualcuno. Specie se esci con una rockstar piena di sé, pericolosa e alcolizzata! Cristo, Ser, lo so che i tuoi genitori sono iperprotettivi e tutto il resto, ma hai visto come vive quello, no? Una ragazza diversa ogni notte, scolandosi abbastanza bourbon da riempire il Grand Canyon. Voglio dire, quel tizio è un dio con la chitarra, ma c'è un motivo se esiste il cliché di sesso, droga e rock & roll. Lui è un motivo!"

"Quindi aspetta. Posso vivere qui fino a quando mi pare, ma basta che resti single? Ma se comincio a frequentare qualcuno non sono più la benvenuta? Dimentichiamoci di Rhys e del suo stile di vita. Hai detto che non mi farai vivere qui se mi vedo con un uomo?" Erano quelle le parole che l'avevano colpita di più. Non poteva vivere lì se usciva con qualcuno. Ma che diamine?

"Sì, Serena. È esattamente quello che ti sto dicendo." La voce di Josh era gelida, pregna di rabbia.

Lei non mancò di notare che ora lui aveva usato il suo nome di battesimo. Le sembrò un ultimatum.

Serena prese il cellulare, se ne andò in camera e cercò il nome di Rhys senza nemmeno leggere il messaggio che lui le aveva mandato. Giocherellò con l'appunto, ormai accartocciato.

Con sua enorme sorpresa, fu Rhys in persona a rispondere. Le rockstar erano solite rispondere ai propri cellulari?

"Serena?" chiese lui con voce sorpresa.

"Uhm, sì. Voglio dire, ciao, sono io. Questa tua proposta, che per caso include anche un posto dove stare? Perché se è così, accetto."

Dall'altro capo del telefono scoppiò una risata sollevata. Rhys, con voce confidente e sicura, disse: "Certo, posso organizzare la cosa. Quando vuoi trasferirti?"

"Dieci minuti fa, più o meno. Ma va bene in qualsiasi momento. Fammi sapere." Le tremavano le mani. Non riusciva a credere di aver appena chiesto a Rhys Grant se poteva andare a vivere con lui. E lui aveva detto di sì!

"Okay, comincia a far le valigie, principessa. Mando subito qualcuno a prenderti." E così riagganciò.

Serena restò nella propria camera. Josh aveva provato a bussare alla porta, dicendole che dovevano parlare. Che se ne andasse a fanculo. Restò in camera per un'altra ora prima di sentire qualcuno che bussava alla porta dell'appartamento. Poi, un secondo dopo, sentì un'altra bussata alla porta della camera e una voce che diceva: "Signorina Woods? Il signor Gran ci ha mandati a prenderla. Potrebbe aprire la porta, per favore?"

Lei aprì la porta di mezzo centimetro e si trovò davanti un gigante vestito con un completo nero che la guardava. "Ci manda il signor Grant. Questo è un accordo di non divulgazione." Le diede un documento. "Il signor Grant vuole che lei lo firmi prima di procedere." L'uomo aveva una voce forte, ma non arrogante. Rimase stoico mentre gli occhi di lei si posavano veloci sul contratto.

Badò a malapena al legalese del documento. Lo firmò subito e ridiede il contratto a Mister Sicurezza. Pensò che sarebbe stato inutile leggerlo da cima a fondo. Sapeva cosa si aspettava Rhys dalla loro "relazione", e non aveva nessuna intenzione di vendersi la storia ai giornalisti. Non aveva studiato legge, ma aveva imparato un paio di cose lavorando presso l'ufficio di suo padre, e quel contratto sembrava la varietà standard "tu non rompi le palle a me, e io non le rompo a te". E se non era così, beh, amen. Lei doveva andarsene di lì.

"Possiamo andare adesso?" Mister Sicurezza era ancora in piedi sulla soglia. Lei gli diede il contratto e lui annuì e diversi uomini apparvero fuori dalla porta della camera.

Ci vollero meno di quindici minuti prima che tutti i suoi possedimenti terreni fossero caricati su una flotta di SUV di lusso e, presto, l'edificio con dentro l'appartamento di Josh si allontanò nello specchietto retrovisore.

"Mi chiamo Thomas, signorina Woods." Mister Sicurezza si presentò non appena la macchina partì. "Lavoro per il signor Grant da quasi cinque anni. Se ha bisogno di qualcosa, la prego di farmelo sapere."

"Grazie, Thomas. Io mi chiamo Serena. E ciò di cui ho bisogno ora è che tu la smetta di chiamarmi 'signorina Woods'."

La macchina sembrò dirigersi verso Hollywood Hills. Forse Rhys la stava facendo tornare alla villa dove si era tenuta la festa durante la quale si erano conosciuti.

Serena non sapeva se loro vivevano lì o se avessero semplicemente affittato quel posto per farci le feste. O, cavoli, forse si erano intrufolati, quella sera. Ma quest'ultima ipotesi era a dir poco improbabile. Se non altro, la stanza in cima alle scale dove lei era entrata sembra abitata – per quanto fosse strano vivere con cinque rockstar, tre delle quali lei non aveva ancora conosciuto.

Il SUV continuò ad andare senza girare per imboccare la strada che conduceva al palazzo della festa, dirigendosi verso Bird Streets.

Le si asciugò la bocca. Lei era nata qui, ma non aveva mai osato avvicinarsi a Bird Streets. Su in cima alle Hollywood Hills, il posto che solo i più ricchi e famosi potevano chiamare "casa". Il SUV si fermò davanti a un cancello grigio che nascondeva tutto ciò che si trovava al di là.

Serena tirò fuori il telefono e, finalmente, lesse il messaggio che Rhys le aveva inviato dopo che era arrivato Josh.

Parole semplici che la fecero restare quasi senza fiato.

Nessun problema. Come ho detto, ci sono dei benefici. Mi prenderò cura di te, principessa.

10

Il cancello grigio si aprì lentamente e i SUV percorsero il lungo viale che terminava in una porta cochère. La fecero scendere davanti alle enormi porte che conducevano dentro la sua nuova casa – per il momento, quantomeno. Tutt'intorno alla facciata, c'erano un sacco di finestre enormi e passatoie di legno e piante e prati.

Thomas le disse di fare come a casa propria mentre lui e gli altri uomini si occupavano di tutte le sue cose. Le disse che il signor Grant sarebbe tornato a breve.

Lei allora si mise a esplorare la casa, che era a dir poco magnifica. Non era uno stile che si addiceva a tutti, certo, ma di sicuro si addiceva a lei. Le ricordava le lussuose case di Bali che aveva visto in foto, con finestre che occupavano un'intera parete affacciandosi su una magnifica vista dell'oceano Pacifico. C'era anche una piscina scintillante fiancheggiata non da una, ma da ben due aree per intrattenere gli ospiti.

Questa era la casa di Rhys? Il suo meraviglioso nascondiglio personale? Pensò a Thomas e ai suoi uomini che in questo preciso istante stavano scaricando le sue cose e si chiese brevemente se i suoi preziosi vestiti sarebbero finiti appesi nell'armadio di Rhys. Scosse il capo. Se Rhys avesse voluto andare a vivere con una ragazza, ne avrebbe trovate a bizzeffe.

Io sono qui con uno scopo ben preciso, ricordò a sé stessa. Niente di più, niente di meno.

Tornò indietro solo per trovarsi di fronte all'uomo in questione... accompagnato da tre donne.

"Serena," le disse abbracciandola. "Sono così felice che tu sia qui!"

Chi diavolo erano queste ragazze? Aveva cambiato idea? "Signore, lei è Serena, la mia fidanzata."

Quelle parole non riuscirono a far scostare le supermodelle che gli si erano avvinghiate al braccio non appena lui l'aveva messa giù.

La gelosia le attraversò le vene, per quanto malriposta potesse essere. Era sul punto di andarsene in camera per non dover assistere a quella scena, ma proprio in quel momento un altro membro dei Misery irruppe attraverso la porta.

Jett Green era attraente, ma non aveva la stessa qualità magnetica di Rhys. Jett si diresse dritto verso la piscina rivolgendole a malapena un cenno del capo, e quando si tuffò aveva a malapena fatto in tempo a togliersi i jeans.

Quando riemerse, nella piscina con lui c'erano già diverse ragazze in bikini, e un uomo con la faccia color prugna apparve sulla soglia.

"Deacon," le sussurrò Thomas alle sue spalle. "È il loro manager."

Avevano assunto questo tizio come manager? Sembrava essere in costante bisogno di un inalatore per l'asma, di un antiperspirante e di qualcosa che potesse renderlo felice.

"Quindi," ringhiò Deacon avvicinandosi a Serena e squadrandola sfacciatamente da capo a piedi. "Sei tu lei, eh? Ben fatto, Rhys."

Rhys si era liberato delle ragazze attorno a lui e andò incontro a Serena.

"Veramente, Serena, sono così felice che tu sia qui! Thomas

ti ha fatto vedere la tua stanza?" Rhys ignorò del tutto Deacon e la fissò con uno sguardo intenso e felice.

"Non ancora, stavano finendo di scaricare la mia roba. Ma mi sono fatta un giro."

"Certo, sì. Voglio che tu ti senta a casa. Se ti serve qualcosa, dillo a me o a Thomas, e ci pensiamo noi. Vieni, ti faccio vedere la tua stanza. C'è una vista mozzafiato!" La prese di nuovo per mano e la trascinò su lungo le scale, lanciando un'occhiataccia minacciosa a Deacon che lei forse non avrebbe dovuto notare.

Lei lo seguì, continuando a meravigliarsi di trovarsi in una casa tanto magnifica.

Rhys si fermò davanti a una camera quasi in fondo al corridoio. "Lì," indicò una porta in fondo, "ci sono io. Qui dormi tu."

Aprì la porta ed entrò. La stanza sembrava grande quanto l'appartamento di Josh, ed era decorata con lo stesso stile del resto della casa.

C'era un grosso letto, una zona con tanto di TV, una libreria piena di libri e armadio che occupava tutta una parete. Su un lato c'era uno stupefacente bagno bianco.

"Questa va bene? È la più grande, dopo la mia."

Lui la fissò, sinceramente interessato alla sua risposta.

"Sì, caspita, è fantastica." Si girò verso di lui e si perse nei suoi occhi.

"Allora è deciso. È tua." Lui continuava a guardarla negli occhi. Scosse impercettibilmente il capo e la condusse al piano di sotto, dove era cominciata una vera e propria festa.

Una giovane donna non in bikini era seduta su un divano nell'area per gli ospiti mentre sorseggiava un cocktail e osservava la scena dinanzi a lei con aria di disapprovazione.

"Ah, lei è Annie, il suo compito è assicurarsi che il pubblico ci ami," le disse Rhys sfoggiando un sorriso sarcastico. Serena non riusciva a vederle gli occhi – erano nascosti dietro un enorme paio di occhiali da sole – ma Annie si alzò dal divano con grazia e le porse una mano perfettamente curata. Indossava un completo beige con una camicetta bianca e dei tacchi bassi. Anche se si era appena alzata dal divano, non c'era nemmeno una grinza sul suo abito.

"Annie. Mi occupo delle pubbliche relazioni con quest'incubo che il mondo conosce come i Misery."

Serena accettò la sua mano e la strinse. "Serena. Io..."

"Sei qui per facilitarmi la vita, almeno per i prossimi mesi. Fammi un favore, non me la rendere ancora più difficile, okay? Ti ho inviato il mio numero. Salvalo. Io ti chiamo, tu rispondi. *Comprende?*"

"Sì. Okay. Certo," balbettò Serena.

Soddisfatta della sua risposta, Annie tornò a sedersi sul divano, lo smartphone già premuto contro l'orecchio.

Rhys la prese di nuovo per mano e la condusse verso il bar, dove un Jett fradicio e un altro tizio piuttosto alto stavano preparando i cocktail di fronte a una folla di donne adoranti. Serena pensò a questo punto si fosse abituata a sentire la mano di Rhys che stringeva la sua, e al calore che accompagnava sempre il suo tocco, ma si sbagliava.

Rhys accettò un tumbler con dentro quello che aveva l'aria di essere del bourbon e disse: "Jett, Anders, vi presento Serena."

Si presero entrambi un secondo per guardarla. Jett sfoggiò un ampio sorriso. "Non gli spezzare il cuore, Serena! Benvenuta in famiglia!" disse con nonchalance e subito tornò a fare i cocktail.

Anders, invece, non sembrò molto contento di conoscerla. Lei sapeva che lui era il fratello di Rhys, ma di persona era facile notare le somiglianze. Avevano la stessa mascella volitiva, gli stessi occhi verdi. Non erano della stessa penetrante tonalità di verde di quelli di Rhys, ma erano pur sempre bellissimi, per quanto poco amichevoli, quasi ostili. Era più alto e più grosso di Rhys, e senza un filo di grasso.

Si stava tamburellando le mani sulle gambe. Giusto, pensò lei, lui è il batterista.

"Che idea idiota," disse a Rhys e se ne andò. Non si prese nemmeno il disturbo di dirle qualcosa prima di andarsene.

"Sono arrivato. Prego, non c'è di che. La festa ora sì che può cominciare," proclamò una voce.

Serena sì girò e trovò un'altra delle facce che aveva osservato durante la sua breve missione di stalking. L'ultimo membro della band che ancora non aveva conosciuto.

Luc si diresse verso il bar, prese una bottiglia di vodka, ci si attaccò per bere una lunga sorsata e, solo allora, si girò verso Serena. Il suo sguardo acquoso ma calmo la squadrò da capo a piedi.

"Serena, io sono Luc," disse semplicemente prima che Rhys, visibilmente nervoso, lo interrompesse.

"Hai un aspetto di merda, fratello."

Quel commento non gli fece né caldo né freddo. Sollevò il mento verso Rhys, strinse la sua bottiglia di vodka e si diresse verso le donne in bikini che avevano seguito Jett e Anders dentro la piscina.

La giornata passò come passano tutte le festicciole in piscina, tranne che questa piscina costava forse un paio di milioni di dollari, e che era stata organizzata da delle rockstar in carne e ossa.

L'alcol veniva versato a fiumi e Jett, Luc e Anders, di quando in quando, tiravano su col naso della polverina bianca. Della musica a tutto volume veniva sparata da degli altoparlanti nascosti chissà dove.

Rhys si stava rilassando in piscina galleggiando a bordo di un enorme cigno gonfiabile, il bicchiere di bourbon che non lasciava mai la sua mano. Spesso si girava verso Serena per assicurarsi che avesse un drink in mano, ma altrimenti continuava a tenersi a distanza.

Quando il sole cominciò a tramontare, la festa non mostrò segni di rallentamento. Lei non riusciva a togliere occhi di dosso a Rhys, che ora stava parlando con Jett all'altro capo del giardino.

Il suo costume gli cingeva i fianchi in un modo delizioso. Il suo corpo abbronzato era tonico e muscoloso, ma non eccessivamente. Vide i tatuaggi che gli ricoprivano la schiena, il petto e le braccia. Non aveva ancora avuto modo di esaminarli da vicino, né aveva scoperto cosa significassero.

Le sue spalle larghe erano spinte all'indietro, e le braccia incordate erano conserte sul petto perfetto mentre annuiva a Jett. Serena non poté fare a meno di notare quelle braccia, il ventre piatto, e i peli che partivano dall'ombelico, oltrepassavano i muscoli a forma di V che lei non aveva mai visto dal vero e andavano a tuffarsi in un posto a cui lei non osò pensare.

Le sue lunghe occhiate lascive dal cantuccio dove era andata a rifugiarsi furono interrotte da Luc. Aveva un asciugamano avvolto attorno alla vita stretta, e gocce d'acqua sfuggivano dai suoi capelli bagnati per cadergli sulle spalle.

"Quindi, Serena," biascicò. Era fatto di qualcosa, ma lei non sapeva cosa. "Ti stai divertendo?"

"Ma certo Luc, sì. Grazie per avermelo chiesto." Si aspettava che lui se ne tornasse alla festa, e invece si sedette lì di fianco a lei.

Un paio di jeans – probabilmente i suoi, a giudicare dal modo in cui ora stava frugando nelle tasche – erano appesi sul divano lì vicino. Tirò fuori una bustina con dentro dell'altra polverina bianca.

"Vuoi divertirti un po' di più?" le chiese formando delle linee di quella roba sul tavolino davanti a loro.

Serena arrossì. Non voleva sembrare noiosa o bacchettona, ma non l'avrebbe mai fatto. Nemmeno con una rockstar. Una rockstar decisamente sexy. Non era Rhys, certo, ma ormai pensava che non avesse visto mai nessuno che potesse reggere il paragone con lui.

"No, sto bene, grazie. Grazie per l'offerta, però."

Lui le rivolse un'espressione incredula. Era chiaro che non era abituato a sentirsi dire di no.

"È solo che, io, uhm, non lo faccio."

"Non prendi droghe? Quindi sei vergine, non ti preoccupare. Te lo insegna lo zio Luc. Quindi, prima devi..." Non terminò la frase. Forse notò che, quando pronunciò la parola con la V, lei era diventata tutta rossa.

"Ma non me lo dire, ma che sei veramente vergine, cazzo?" E poi scoppiò a ridere e tirò su una striscia di polvere bianca.

"Dovrei andare da Rhys, vedere se va tutto bene." Ora non poteva vederlo, non era più lì in piedi con Jett. Si alzò per andare a cercarlo, ma Luc balzò su e la afferrò per il polso.

"Su, dolcezza. Lo zio Luc può aiutarti anche con quello, di problemino. Ti insegnerò tutto quello che c'è da sapere, e anche un sacco di altra roba!" La tirò verso di sé, senza mollare la presa, stretta come una morsa.

"Ma che cazzo succede?" disse Rhys.

"Rhys, rilassati, cazzo, mica te la devi sposare! Ci stiamo solo divertendo un po', non è vero, dolcezza?"

"Luc, lasciala andare. Non ti azzardare mai più nemmeno a guardarla. Hai capito, cazzo?" Gli occhi di Rhys si erano fatti scuri. Adocchiò lei, Luc, la polverina sul tavolo. Strinse i pugni, li rilassò.

Poi afferrò Serena per il polso e cercò di tirarla via.

"E tu? Cosa? Non ti basta uno di noi? Che è, hai intenzione di lavorarti tutto il gruppo? E ti fai anche di coca, ora?" Rhys aveva un'espressione omicida sul volto.

Le sue parole la scioccarono riducendola al silenzio. Non avevano il minimo senso. Anzitutto, lui non era suo. Era suo per finta. Secondo, non è che era stata lei a dire a un Luc completamente strafatto di stringerle il polso. Lei stava provando a divincolarsi!

Le parole non sembravano volersi formare e uscire, però, e così lei si limitò a fissare Rhys, sconcertata.

"Vai di sopra, Serena. La festa è finita," disse lui. Lei non sapeva se dovesse starlo a sentire o no, se dovesse aspettare che lui andasse con lei, oppure se doveva aiutare a far sgomberare via tutti gli invitati. Così restò ferma, a guardarlo. "Ti ho detto di andare di sopra, cazzo. Ora!"

Scossa, Serena si girò e si avviò timidamente verso la

camera da letto. Crollò sul letto, completamente vestita, aspettando che lui salisse e le parlasse. *Gli spiegherò tutto, non può arrabbiarsi, non è successo niente*, pensò. E perché poi avrebbe dovuto arrabbiarsi?

Ma lui non venne.

Lei inviò un messaggio sia a Katie che a Mary, dicendo loro che se ne era andata da casa di Josh e che era al sicuro, che voleva passare un po' di tempo con un tizio che aveva conosciuto alla festa. Era la cosa più vicina alla verità che poteva dire loro, considerano l'accordo di non divulgazione. Giocò col cellulare per un po', ma Rhys non si fece vedere.

La musica continuò a suonare, sebbene lei riuscisse a malapena a sentirla, con la porta chiusa. Dopo quelle che sembrarono essere ore, si addormentò, confusa, chiedendosi se l'avesse combinata grossa.

11

"Serena? Serena, svegliati." Qualcuno la stava scuotendo le spalle. Lei aprì gli occhi esitando, non voleva rinunciare al sogno che stava facendo prima di questa brusca interruzione.

Spalancò gli occhi quando si rese conto che il soggetto del sogno che non voleva smettere di sognare era ora seduto sul suo letto, con meravigliosi occhi verdi e irritati che la imploravano di svegliarsi.

Il Rhys del sogno era stato tenero, un amante gentile. Il Rhys della vita vera, invece... era uno da prendere a cazzotti.

"Ma che cazzo, Rhys? Sparisci per due giorni e ora non puoi lasciarmi dormire per un altro minuto?" disse lei furibonda.

"Sì, senti, Serena. Mi dispiace. Avrei dovuto chiamarti, dovevo dirti che mi sarei assentato per qualche giorno."

"Dove sei stato?"

La festa era stata due giorni prima. Due giorni prima lei si era addormentata mentre lo aspettava, dopo che lui l'aveva spedita in camera sua. Due giorni prima lei aveva girovagato per quell'enorme casa tutta da sola, senza che lui le dicesse una parola. Lei non era veramente la sua fidanzata, d'accordo, ma era una persona. Una persona reale che era rimasta tappata nella sua casa. Da sola. Per due giorni. Okay, va bene, se avesse voluto, avrebbe potuto uscire, ma una piccola parte di lei temeva che, se l'avesse fatto, non sarebbe mai più riuscita a rientrare.

E così invece aveva passato una marea di tempo davanti al computer, aveva letto più libri sul Kindle di quanti non ne avesse mai letti in vita sua, si era preparata da mangiare in quella splendida cucina e, in generale, era stata con le mani in mano aspettando il suo ritorno.

"Senti, Serena, mi dispiace. Okay? Mi dispiace veramente. Non succederà di nuovo. Avevo da fare, ma quantomeno avrei dovuto dirti quando sarei tornato." Sembrava sincero, ma ancora lievemente irritato con lei, per chissà quale ragione.

"Sì! Sì, Rhys. Avresti dovuto!" Non riuscì a impedire al dolore di intrufolarsi nella sua voce.

"Serena, ho detto che mi dispiace. Va bene? Cazzo, mi dispiace tantissimo, ma ora non posso farci niente!"

Restò in silenzio per un momento; poi proseguì. "Mi dispiace anche per quello che è successo l'altra sera. Ho parlato con Luc. Mi ha detto che non è stata colpa tua. Non sei stata tu a cominciare."

"Non lo farei mai, Rhys. Fidanzata o no, non ci proverei con tuo fratello. Mai!"

"Ora lo so. È solo che..." Non terminò la frase. "Lascia stare. Senti, mi dispiace di non averti dato la possibilità di spiegare. Ma dobbiamo darci da fare, okay?" Si passò le mani nei capelli e chiuse gli occhi con forza, come se stesse cercando di scacciar via un brutto ricordo. Oh, quanto voleva lei passargli la mano tra i capelli, scacciar via tutti i suoi brutti ricordi...

Invece si mise a sedere. "Eh? In che senso?"

"Dobbiamo far entrare Luc in riabilitazione. È lì che sono stato. È completamente fuori controllo. Finirà con l'ammazzarsi, se non lo aiutiamo."

Beh, quello spiegava la sua espressione preoccupata.

"I paparazzi saranno felicissimi di questo piccolo cliché.

'Rockstar in riabilitazione dopo fine del tour mondiale.' Ecco perché dobbiamo darci da fare. Dobbiamo distrarli."

"Vuoi dire che oggi io devo fungere da distrazione?"

"Sì. Usciamo, andiamo in giro a farci vedere, in tutti i posti che io di solito evito come la peste, ci teniamo per mano, ci baciamo. Tutto il necessario per dare un po' di respiro a Luc. Lui deve solo pensare a star meglio."

Lei gli strinse la mano. "Mi dispiace per Luc," cominciò a dire, ma lui si era già diretto verso la porta. "Preparati, va bene? Usciamo tra quaranta minuti," disse lui.

Okay, quindi era giunto il momento di pagare il conto. Era per questo che lei si trovava qui. "Creare una storia" per i paparazzi, come aveva detto lui.

Si fece una doccia veloce e si preparò al meglio delle sue possibilità per poter essere presentata al mondo. Dio, se era nervosa. In un paio d'ore, se faceva bene il proprio lavoro, ci sarebbero state foto di lei in ogni dove. Porca miseria. Perché aveva scelto proprio lei?

La stilista di Rhys era venuta ieri, un'elegante donna di mezz'età che le aveva assicurato di essere la migliore sulla piazza. Aveva dato uno sguardo al guardaroba di Serena e ne era rimasta colpita, ma poi le aveva le aveva lasciato lo stesso un mucchio di vestiti, scarpe e accessori.

"Il tuo stile mi piace, cara. Ma qui ora non si tratta di te. Il tuo look avrà un impatto su tutti quanti. A quanto capisco ti vesti da sola," le aveva detto, e Serena era rimasta sbigottita dinanzi all'insinuazione che, a ventidue anni suonati, non ne fosse in grado. "Ma chiamami se ti serve qualcosa, d'accordo? O fatti una foto prima di uscire, se non sei sicura." Serena, ribollendo di rabbia, si era detta che non l'avrebbe chiamata mai. Lo stesso, però, si era morsa la lingua e le aveva rivolto un sorriso gentile.

Ma ora non c'era tempo per i dubbi, per pensare alla stilista, o al perché lui avesse scelto lei. Stava quasi per fare tardi. Si mise la borsetta sulla spalla, prese un paio di occhiali da sole che le erano stati portati ieri e si diresse al piano di sotto.

Lui la stava aspettando nell'ampia cucina, incantevole come sempre. Il cuore di Serena mancò un battito, e un calore ormai familiare si espanse in tutto il suo corpo. Certo, era ancora incazzata con lui, ma non poteva fare a meno di essere un'umana. Era impossibile vederlo e non reagire in qualche modo... stronzo o meno.

Rhys indossava quella che Serena considerava ormai la sua uniforme. Jeans attillati che sembravano fatti su misura – cosa che, a ben pensarci, era probabilmente vera. T-shirt scura che gli fasciava il corpo e lasciava in bella mostra i sexy tatuaggi che le dita di Serena fremevano ancora dalla voglia di toccare. Appoggiato sull'isola in mezzo alla cucina, aveva un paio di occhiali da sole poggiati sulla testa. Controllò l'ora sul suo Tag Heuer.

Sollevò lo sguardò non appena lei entrò, la squadrò da capo a piedi e annuì.

"Sei una vera bomba sexy. Lo adoro. Perfetta." Le sorrise giocherellando con le chiavi e si diresse verso il garage. Lei lo seguì e si trovò davanti a quattro macchine.

Con sua enorme sorpresa, non erano tutte sfavillanti. C'era un vecchio furgone che, a un certo punto durante la sua esistenza, doveva esser stato rosso, prima che la vernice venisse via e il metallo si arrugginisse. Una berlina argentata con i finestrini oscurati. Una Range Rover nera. E infine una Aston Martin nera, la macchina che scelse Rhys. Serena si chiese se le Range Rover le regalassero a ogni persona famosa.

Lei di machine non sapeva quasi nulla, ma persino lei sapeva che l'Aston Martin su cui si stava infilando mentre lui le teneva la portiera aperta era costosissima ed extralusso.

"Non la guido quasi mai, ma oggi vogliamo farci notare, giusto?" Rhys sembrava deliziato ed entusiasta sentendo il motore che ruggiva e vedendo la porta del garage che si apriva.

Gli onnipresenti paparazzi che sembravano vivere fuori dal

suo cancello si scapicollarono cercando di fotografarli mentre uscivano. Molti di loro erano già a bordo di motociclette e li seguirono ovunque andassero.

"Che ne dici di un bel brunch? Le coppie fanno i brunch, no?"

"Penso di sì. E poi sto morendo di fame. Il mio fidanzato stamattina non mi ha lasciato il tempo di fare colazione." Si sentiva lo stomaco attorcigliato e non era sicura di poter mangiare, ma sapeva che, se c'erano i paparazzi, qualcosa la doveva pur mangiare.

"Sembra uno stronzo. Ti meriti di meglio," disse lui. Sembrava stesse scherzando solo a metà.

"No, si farà perdonare con un bel gelato più tardi," rispose lei provando ad alleggerire l'atmosfera.

Lei era lì per creare una distrazione. E più brava era nel farlo, più tempo avrebbe avuto insieme a lui. E quindi non avrebbe funzionato se, durante i loro primi giorni da "coppia", lui fosse uscito tutto imbronciato.

"Ah, sì? Un gelato? Basta quello?" le disse lui. Il suo sorriso rilassato era tornato.

Bene. Era così che doveva essere.

"Quindi, che cosa hai combinato mentre eri da sola?"

"Non molto. Ho letto, ho giocato online, ho esplorato la casa... ho rovistato nei tuoi cassetti e ti ho messo le mutande nel freezer per vendetta." L'ultima cosa era una battuta, ovviamente, ma Rhys sbiancò per un attimo.

"Pensavo ti piacessi in mutande," scherzò lui – o quantomeno lei pensò che stesse scherzando. Non poteva vedergli gli occhi dietro agli occhiali da sole, ma la sua bocca si era sollevata in un sorrisetto malizioso.

"Sto scherzando! Non l'ho fatto! Ho esplorato ogni parte della casa, tranne forse camera tua. Non invaderei mai la tua privacy in quel modo!"

"Te ne sono grato. In questo modo potrò essere io a mostrartela." Il cuore di Serena cominciò a battere all'impazzata. Voleva farle vedere la sua camera da letto? Caspita, questo tizio non faceva che confonderla... Era il principe della chitarra, ma per lei era il re dei messaggi ambigui e dei doppi sensi.

Rhys entrò nel parcheggio di un ristorante frequentato dalle celebrità che volevano mettersi in bella mostra e parcheggiò in un posto riservato ai VIP.

Sì, questo qui lo conosceva. Lui era sparito per due giorni, ma lei, mentre si leccava le ferite, aveva fatto i compiti a casa. Tutto il tempo passato davanti al computer le sarebbe tornato senz'altro utile...

Quando lui uscì dalla macchina circondato dai flash dei fotografi e fece il giro per andare ad aprirle la portiera, lei aveva ancora un nodo allo stomaco. Ecco. Ci siamo. Il momento della verità. Le veniva da vomitare.

Lui le offrì la mano e l'aiutò a scendere dall'auto, stringendola al suo fianco, quasi proteggendola con il braccio attorno alle spalle. I flash erano folli. Era giorno, ma lei venne accecata lo stesso.

"Rhys, chi è lei?" "Rhys, è vero che la band si è sciolta?" "Rhys, Rhys, Rhys..." era tutto quello che riusciva a sentire. Quelle persone andavano pazze per lui. Ma lui non rispose nulla, la tenne sottobraccio e si limitò a sorridere fino a quando, finalmente, non riuscirono ad entrare nel ristorante.

"Tutto bene?" le chiese tirando fuori una sedia dal tavolo chiaramente visibile dalle finestre dietro alle quali si accalcavano i paparazzi. Si sporse in avanti e le diede un bacio sulla testa, poi si sedette davanti a lei.

Non appena si fu seduto, subito allungò la mano per stringere la sua, e lei non esitò a ricambiare il tocco. Ecco di nuovo quelle scintille invisibili che lei sperava potessero sparire. Quest'uomo non voleva le scintille, solo le foto. Eppure, le scintille c'erano eccome. Almeno per lei.

"Sì, sto bene. Grazie per avermi tenuta vicino a te. Se non

l'avessi fatto, forse non sarei riuscita ad entrare. Quei flash non ti lasciano scampo!"

Lui le strizzò la mano. Aspetta, quel gesto non poteva essere a beneficio dei paparazzi, vero? Sì, il re dei messaggi ambigui.

"Vorrei tanto poterti dire che migliorerà. Ma non è così, ti ci abitui, in un certo senso."

Arrivò una cameriera con una bottiglia di acqua frizzante ghiacciata. Fece per poggiarla sul tavolo, ma ci mancò poco che non la facesse cadere per terra. Aveva gli occhi incollati su Rhys.

Doveva essere abituata a servire gente famosa se lavorava in un posto come questo, ma sarebbe stato impossibile capirlo a giudicare dagli occhi sgranati che le fuoriuscivano dalle orbite. Era carina, ma lui le rivolse a malapena un'occhiata quando lei mise giù la bottiglia. Rhys aveva occhi solo per Serena.

Serena si dispiacque per la cameriera. Quasi. Ma non troppo. Rhys era il suo uomo, dopotutto. Il suo uomo per finta, certo, ma la cameriera questo mica lo sapeva. Inoltre, non era garbato fissare l'uomo di un'altra donna, per quanto fosse impossibile non mettersi a fissare quest'uomo in particolare.

Ma Serena seguì l'esempio dettato dalla cameriera e tenne gli occhi incollati su di lui.

"Grazie," disse lui mentre la cameriera riempiva i loro bicchieri.

"Nessun problema. Non dovrei farlo, signor Grant, ma io adoro i Misery! Io..." Non terminò la frase. Il manager si avvicinò.

La cameriera assunse una parvenza di professionalità. "Posso portarvi qualcos'altro da bere, signor Grant?"

"Io gradirei un caffè, grazie. Principessa, e tu cosa vuoi?" Principessa. Di nuovo. Seriamente? Certo che Rhys si stava sforzando non poco. In ogni caso, il suo cuore mancò un battito nel sentirglielo dire. Qualcuno doveva dire al suo cuore che Rhys non lo diceva per davvero.

"Caffè anche per me, grazie."

"Certo. Ve lo porto subito. Pranzerete da noi quest'oggi?"

"Sì. Un brunch," rispose lui. Sembrava abbastanza orgoglioso di sé stesso, chissà perché. I menu apparirono come per magia, e la cameriera li lasciò ai loro caffè.

Rhys continuava a stringere la mano di Serena, ma ora i suoi occhi erano concentrati sul menu.

"Ti va di condividere del sushi?"

"Per il brunch? Pizza a colazione, e sushi per il brunch. Ma te l'hanno mai detto quali sono le pietanze che si consumano la mattina?"

I suoi occhi si scurirono per un brevissimo istante, tanto breve che lei pensò di esserselo immaginato. Poi ecco che riapparve il suo solito sorriso.

"Era una pizza da colazione. Si chiama proprio così. E nella parola 'brunch', ci sono più lettere per *lunch*, pranzo, che per *breakfast*, colazione. Quindi... sushi?"

"Ah, come posso competere con questa logica. Sì. Che sushi sia."

La cameriera prese l'ordine da Rhys. Sembrava ancora come se volesse chiedergli qualcosa, ma tenne il becco chiuso.

Il sushi era delizioso. Serena pensò che doveva essere delizioso per forza, visti i prezzi. Si stava divertendo a chiacchierare con Rhys.

Era sempre facile parlare con lui, e la loro piccola farsa significava che lui le stava prestando attenzione. Serena si dimenticò quasi delle macchine fotografiche. Quasi. Ma non del tutto.

Quante foto potevano scattare di due persone che se ne stanno sedute ferme immobili?

Riuscì a mangiare senza fare la figura della scema. Non fece cadere niente né si versò la salsa di soia sul vestito, e quindi la considerò una vittoria.

Rimase un unico pezzo di salmone. Rhys, con destrezza, lo prese con le bacchette. Il sushi se l'era mangiato quasi tutto lui, ma a Serena non importava. Anni di condizionamento sotto sua madre facevano sì che non mangiasse mai tanto in un'unica seduta. Con sua enorme sorpresa, però, Rhys le guidò le bacchette verso le labbra e le disse: "L'ultimo pezzo è tuo. Porta fortuna."

Lei si mosse in modo quasi meccanico. Aprì la bocca e accettò con delicatezza il salmone. Pensò brevemente che forse avrebbe dovuto provare ad assumere un atteggiamento più seduttivo, ma sapeva che, con ogni probabilità, avrebbe finito col ficcarsi una bacchetta in un occhio.

"Porta fortuna?" chiese lei dopo aver finito di masticare. "E a che mi serve la fortuna?"

"Per il resto della giornata. Ora che ci siamo rifocillati, andremo a fare shopping. Portò la mia ragazza a fare shopping da bravo, mite, zerbino innamorato quale sono."

Il cuore di Serena mancò un altro battito. Forse stava sviluppano qualche malattia cardiaca. Si disse che, quando avesse ricominciato a parlare con sua madre, doveva controllare se nella sua famiglia c'erano casi di cardiopatia.

"Fidati di me, tu non sarai mai mite, né assomigli neanche lontanamente a uno zerbino," disse lei mentre lui metteva la firma sul conto. Fedele alla sua abitudine di sorprenderla in ogni momento, autografò anche il tovagliolo e lo diede alla cameriera, che era in piedi lì vicino che li aspettava.

"Grazie per esserti presa cura di noi," le disse rivolgendole un sorriso che le fece girare la testa. Rhys si infilò gli occhiali da sole e prese sottobraccio Serena. *E si torna nella tana del leone*, pensò lei.

"Pronta per un po' di shopping, principessa?" le sussurrò all'orecchio. L'aveva chiamata un'altra volta principessa, e questa volta non c'era nessuno in giro a sentirglielo dire.

Il suo cuore saltò di nuovo un battito. Sì, doveva decisamente telefonare a sua madre e informarsi sulle malattie cardiache dei suoi familiari.

"Ma scherzi? Io sono nata per fare shopping!"

Gli rivolse un sorriso enorme che lui ricambiò prima di

stamparle un bacio inaspettato sulle labbra proprio mentre uscivano dal ristorante. Serena pensò che quella scena potesse far esplodere qualche fotocamera. Non poteva esserne certa, però, dal momento che nel momento in cui le loro labbra si toccarono ogni pensiero volò via dalla sua mente. Si ritrovò ridotta a essere una creatura tremante, bisognosa. Lui si ritrasse e, dopo aver esitato per un paio di secondi, la trascinò verso la porta.

I paparazzi li seguirono ovunque andavano, e la folla degli inseguitori si fece a mano a mano sempre più grande.

Rhys la teneva sempre vicina a sé, sempre toccandola. Le metteva il braccio attorno alle spalle, la teneva per mano, le poggiava la mano sulla zona lombare con fare protettivo o le dava dei baci. Si toccavano in continuazione, e le fotocamere catturarono ogni singolo istante della loro giornata insieme.

Fino a quando fosse rimasta concentrata su Rhys, non avrebbe avuto problemi. Non poteva nemmeno cominciare a pensare al fatto che, molto presto, quelle fotografie sarebbe finite ai quattro angoli del globo – sempre che non fosse già successo. Non voleva pensare a come avrebbe reagito sua madre, o Katie, o Mary... e soprattutto Josh. Cavolo, avrebbe dovuto dirglielo.

Non aveva ancora detto a Katie e Mary chi era quel "qualcuno" che aveva conosciuto alla festa. A causa dell'accordo di non divulgazione, non sapeva quanto potesse rivelare.

Beh, ma ora tanti saluti alla segretezza. Avrebbe dovuto chiamarle non appena fosse tornata a casa.

Passarono diverse ore a fare shopping. Se fosse possibile avere un modaorgasmo, lei lo avrebbe avuto. Lui realizzò tutti i suoi sogni più impossibili, insistendo col comprarle decine di vestiti. Se doveva essere onesta, Serena era incapace di resistere ai vesti proprio come era incapace di resistere a lui.

Poi Rhys mantenne la propria parola e si fermarono a prendere un gelato, tenendosi per mano mentre aspettavano di ricevere l'ordine e mentre si dirigevano al tavolino della piccola quanto graziosa gelateria. I paparazzi riuscivano ancora a vederli attraverso i vetri, ma Rhys scelse un tavolo che questa volta potesse dare loro un po' più di privacy, un tavolo in fondo al locale. Leccò il suo gelato al pistacchio e lei, mentre lo guardava, ci mancò poco che non si squagliasse insieme ai pezzi di cioccolato tra la menta. Lui la sorprese e dedicò al proprio cono una leccata volutamente lunga, seguito da un sorrisetto pieno di soddisfazione.

"Oggi sei stata perfetta, Serena," le disse quando salirono sull'Aston Martin per tornare a casa.

"Anche tu. Pensi se la siano bevuta?"

"A giudicare da come mi vibra il cellulare nella tasca, sì, pensò proprio che se le siano bevuta," disse lui sorridendo trionfante.

Lei si rese conto che non l'aveva mai visto controllare il cellulare. Tutta la sua attenzione era stata dedicata solo e soltanto a lei. Rhys era veramente fantastico.

"Mi sembra di avere un vibratore nei pantaloni," disse Rhys con nonchalance.

Non. Pensare. A. Un. Vibratore. Nei. Suoi. Pantaloni. Troppo tardi. Serena era umana, dopotutto, e lui era troppo, troppo sexy. Sentì un certo calore in mezzo alle gambe pensando ai "suoi pantaloni", un calore che non veniva ascoltato da fin troppo tempo.

Forse era arrossita, perché lui le chiese: "Ehi, tutto bene?" mentre attraversavano la folla di paparazzi accampata fuori dal cancello.

"Sì, tutto bene. Sto bene. Ero sovrappensiero. È stata una lunga giornata."

Una volta dentro, Rhys appese le chiavi al loro posto e si diresse in cucina. Tornò poco dopo con un bicchiere d'acqua.

"Hai da fare stasera?"

"Uhm, no. Devo solo chiamare mia sorella e la mia migliore amica prima che le loro teste esplodano quando scopriranno che non gli ho detto che mi sono fidanzata con la loro rockstar preferita." Inoltre, forse, aveva in mente di soddisfare il prurito che sentiva in mezzo alle gambe, ma non aveva di certo intenzione di dirglielo.

Lui ridacchiò. Dio, quella risata. "No, non vorremmo che qualche testa saltasse in aria. Vuoi guardare un film quando hai fatto? Preparo qualcosa da mangiare."

La casa aveva un piccolo cinema. Una cosa della quale, a quanto pare, le celebrità non possono fare a meno. Ovvio, mica potevano guardarsi i film in televisione come i comuni mortali.

"Certo, ti raggiungo quando ho finito."

Serena andò in camera, già rassegnata alla ramanzina che le avrebbero fatto sua sorella e la sua migliore amica, e Rhys se ne andò verso il bar e tirò fuori una bottiglia di bourbon.

12

"Il tizio che hai conosciuto è QUEL CAZZO DI RHYS GRANT e non me l'hai detto?" strillò Katie per rispondere al telefono quando Serena la chiamò. "Io lo adoro quel tizio! E pensavo che tu non sapessi nemmeno chi fosse. E ora te lo fai? Ah, quant'è ingiusta la vita!" si lamentò.

Prima che Serena potesse rispondere, Katie proseguì: "Aspetta. Ma ci vai a letto? Com'è? Scommetto che è perfetto! Deve esserlo! Quelle mani devono essere... dimmi che è il sesso migliore di tutti i tempi!" Continuò a blaterare senza che Serena avesse modo di pronunciare anche una sola parola.

Merda. Avrebbe dovuto pensarci. Ovvio che le persone partissero dal presupposto che loro due andavano a letto insieme. Rhys aveva fama di essere un donnaiolo, dopotutto. Sentì la faccia che le bruciava. Avrebbe dovuto chiedere a lui come dovesse rispondere a domande di questo genere. Non poteva deciderli da sola, certi dettagli!

Quando Katie finalmente si zittì, Serena emise un rumore vago e disse: "Sì, è Rhys Grant. Il suo secondo nome è Jason, però. Seriamente." Fu fiera di sé stessa per essersi ricordata quella piccola informazione dopo le sessioni di stalking sostenute giorni prima. Una fidanzata reale certe cose le avrebbe sapute.

Ovviamente l'accordo di non divulgazione le impediva di dire a sua sorella che non era veramente la fidanzata di Rhys, e così si sentiva come... se stesse mentendo a sua sorella. Tuttavia, continuò a rispondere alle sue domande. A quelle non scabrose, ovviamente.

Sì, è un bravo ragazzo. Sì, mi tratta bene. No, non mi ha costretta a far niente. Sì, vivo da lui. Sì, casa sua è un palazzo. Sì, ho conosciuto anche gli altri membri della band. Sì, anche loro sono fantastici. No, non fanno finta di essere uniti a favore delle telecamere, sono veramente come fratelli. Eccetera, eccetera.

Circa mezz'ora dopo, si rese conto che doveva dare un taglio a quella conversazione se voleva staccarsi dal telefono prima di mezzanotte.

"Katie, ora devo andare. Rhys mi sta aspettando, e devo ancora telefonare a Mary."

"Non vorrai mica far aspettare la tua rockstar, piccola. Ho sentito dire che non restano fermi per molto a lungo." Serena non capì cosa volesse dire, ma non aveva intenzione di chiederglielo ora.

"Grazie, Katie, ti voglio bene. Ci sentiamo presto, va bene?"

"Okay. Ti voglio bene. Ciao ciao!" Katie le rivolse il suo solito saluto e chiuse la chiamata.

Serena ebbe grossomodo la stessa identica conversazione con Mary, solo che Mary si dimostrò preoccupata quando Serena le disse che doveva andare.

"Dillo, Mary. Qualunque cosa ti frulla nella testa. Devo veramente andare."

"È solo che... sono passati tipo cinque minuti da quando hai rotto il fidanzamento con Bryan, e ora te la fai con una delle rockstar più famose del pianeta. Sono preoccupata per te. Non voglio che qualcuno ti ferisca di nuovo. Io questo tizio non lo conosco, ma so che ha una certa reputazione. Non è famoso per essere un monogamo, ecco. Non voglio che qualcuno ti spezzi di nuovo il cuore."

"Lo so, Mary. Grazie, ma va tutto bene. Veramente. So quello che sto facendo." O quantomeno pensava fosse così, ma non voleva che Mary si preoccupasse, e quindi non esitò a rassicurarla.

"E qui nessuno se la fa con nessuno. Ci divertiamo, passiamo del tempo insieme. Tutto qui. È un ragazzo fantastico," la riassicurò.

"Se lo dici tu, Ser. Sono felice che tu ti stia divertendo. Ma sta' attenta, va bene? E lo dico con tutto il rispetto," disse Mary severamente. Le orecchie di Serena arsero dinanzi a quell'insinuazione.

"Lo farò, Mary. Ti voglio bene. Ci sentiamo presto, va bene?" Le fece la stessa promessa che aveva fatto a sua sorella, e qualche secondo dopo nelle sue orecchie cominciò a ronzare un silenzio improvviso.

Era passata circa un'ora da quando era salita in camera. Trovò Rhys in soggiorno, seduto sul divano che sembrava quello più vecchio e da cui si poteva godere una magnifica vista delle scintillanti luci di Los Angeles. Ma il suo sguardo non rivolto verso il panorama.

Invece aveva gli occhi chiusi, le spalle ingobbite, e stava strimpellando una melodia sconosciuta su una chitarra rossa che teneva tra le mani con gentilezza, in modo quasi riverente. Le sue dita volavano sul manico senza la minima esitazione.

Non sembrò accorgersi di lei, così lei si prese un momento per guardarlo – e guardare i bicchieri vuoti sul tavolino da caffè lì di fianco a lui e una bottiglia mezza vuota di bourbon. *Questo ragazzo ne beve troppa, di questa roba*, si disse andando a sedersi sul divano lì vicino, senza volerlo disturbare.

"Te ne resterai seduta a guardarmi per il resto dei tuoi giorni?" le chiese lui, gli occhi sempre chiusi. Si era accorto che era arrivata.

Suonò un ultimo accordò e li aprì. "Com'è andata con le telefonate."

"Un sacco di urla. Ma sono sopravvissuta."

"Bene, sarebbe stato un vero peccato, se non lo avessi fatto. Suppongo che tutte le teste siano ancora intatte, eh? Niente esplosioni?" Sembrava compiaciuto riferendosi all'analogia che Serena aveva usato in precedenza.

"No... Beh, forse qualche piccola esplosione. Ma sono sopravvissute anche loro."

"Bene. Pronta per guardare un film?"

"Tra un attimo. Prima voglio chiederti una cosa." Serena fece una pausa. Aveva il viso che le bruciava.

"Spara, chiedimi qualsiasi cosa. Sono un libro aperto," scherzò lui.

"Uhm, è solo che... non ne abbiamo mai parlato. Ma mia sorella e la mia migliore amica sono partite dal presupposto che noi... sai... uhm..."

"Scopiamo?" disse lui senza la minima timidezza. Come se per lui fosse la parola più normale del mondo.

"Uhm, sì... quello." Il fatto che lui l'avesse detto al posto sua la fece sentire sollevata. "Non ho detto niente, ma ho pensato che dovremmo discutere della cosa. Cosa dire, no? Non voglio farti entrare nella mia immaginaria vita sessuale senza prima parlartene." Aveva le guance in fiamme.

"Mi piacerebbe saperne di più di questa immaginaria vita sessuale, prima o poi," disse lui con un balugino negli occhi. "Non ti preoccupare. Le persone penseranno quello che vogliono. Inoltre, io non ho nessun problema se la gente pensa che scopiamo. Sapevo l'avrebbero fatto. Ecco perché dovevi essere sexy," disse lui con un sogghigno, senza nessuna vergogna.

Lei non aveva pensato al fatto che lui doveva per forza aver pensato a questa parte quando aveva deciso di prendersi una fidanzata per finta.

"È un onore scoparti per finta, Serena. Se devi dire

qualcosa, di' a tutti che sono bravissimo, va bene?" I suoi occhi brillarono. Esitò per un secondo, poi disse: "Va bene? Pronta per il film?" Era già a metà della scalinata che portava alla sala di proiezione quando udì la voce di lei.

"Mi dici sempre cose così romantiche."

"Se sono i fiori e i cioccolatini quello che volevi, avresti dovuto far finta di uscire con un ragazzo in una boy band."

"Beh, dannazione. Dovrò far presente questo errore alla mia agenzia di finti fidanzati." La risata di Rhys rimbombò per tutta la scalinata.

Serena era stupefatta nel constatare quanto fosse facile stare insieme a lui. Era come se, finalmente, potesse essere la persona che non sapeva nemmeno di voler essere. Almeno non prima di aver incontrato lui. Lui aveva agito con una tale nonchalance che lei si rendeva conto soltanto ora di quanto lui l'avesse aiutata a trovare sé stessa. La stava aiutando a diventare risoluta, a dire quello che le passava nella mente, invece di fare buon viso a cattivo gioco e dire sempre la cosa più consona al momento.

Serena lo seguì lungo le scale, e si sentì grata. Gratitudine mischiata a qualcos'altro, qualcosa di sconosciuto che lei pensava che, una volta finita la farsa, le avrebbe fatto del male. Un male tremendo.

Si lasciò cadere su uno dei comodi divanetti della sala e guardò le dita di lui che scivolavano leggiadre sul telecomando. Nel giro di un secondo, Rhys cominciò a passare in rassegna una lista di film. Si girò verso di lei.

"Ti va bene quello nuovo della Marvel? Non ho ancora avuto modo di guardarlo. Ah, e ho preparato dei panini per cena." Si sporse verso un tavolino da caffè su cui erano poggiati due piatti con panini farciti con prosciutto, formaggio e lattuga. Avevano un aspetto delizioso.

"Marvel? I supereroi, giusto?" Sua madre non aveva mai approvato quel genere di film, e quindi lei non poteva dire che li conosceva. Ma sapeva che c'entravano i supereroi. Viveva su questo pianeta, dopotutto.

"Non conosci la Marvel? Dobbiamo rimediare. All'istante. Non posso mica avere una relazione farlocca con qualcuno che non conosce la Marvel." Serena sapeva che Rhys stesse scherzando, ma sentì lo stesso una morsa al cuore all'idea che lui potesse trovarsi un'altra fidanzata per finta.

Quindi anche l'uomo con milioni di fan in giro per tutto il mondo era anche lui stesso un fanboy. Mise il film in pausa non appena cominciarono i titoli di testa e le fece un breve sunto di quanto era accaduto nei film precedenti. Le passò un panino e poi premette play, abbassò le luci e si mise comodo sulla propria poltrona con un panino poggiato sulle ginocchia.

E così, con semplicità, l'aveva aiutata a trovare qualcos'altro che le ora le piaceva da matti. I film della Marvel. Quando il film finì, Serena era completamente rapita. Rhys mise il film in pausa e poi si girò verso di lei, le luci ancora soffuse.

"Quindi? Che ne pensi?" I loro visi ora erano vicinissimi. La voce di Rhys era soffice nell'oscurità.

"Io... lo adoro, Rhys! Non ci posso credere che non ne avevo mai visto uno!" sussurrò tutta eccitata. Non aveva idea del perché stesse sussurrano, non c'era nessun altro presente.

Lui la guardò per un altro secondo e poi si lasciò andare a un sorriso genuino, gli occhi gentili atteggiati a uno sguardo che lei aveva sempre visto rivolto verso di lei. "Fantastico! Allora dobbiamo continuare con il tuo programma di apprendimento. Ma non ora. Si sta facendo tardi, e domani ci aspetta una lunga giornata." Si alzò e raccolse i piatti. Lei notò che il bicchiere di bourbon che Rhys aveva poggiato sul tavolino quand'era sceso era rimasto intonso. Lui lo ignorò e la lasciò passare prima di spegnere le luci e risalire.

"Grazie per il panino, comunque. Non mi ero nemmeno resa conto di avere così fame. Sei un bravo paninaro," gli disse lei seguendolo in cucina.

"Sì, sono un paninaro decente. Ma sono più bravo a fare

altre cose." Serena arrossì. "So preparare un amok cambogiano coi fiocchi, e un *pho* vietnamita ancora più buono."

Lui le sogghignò notando che era arrossita. "Mi piace quando la tua mente vaga in luoghi oscuri, anche se preferirei che mi portassi con te. E qualunque cosa tu abbia pensato quando ho detto che sono più bravo a fare altre cose, posso garantirti che sono un mago anche in quello."

La mente di Serena venne strappata dall'abisso nel quale senza dubbio si trovava dopo il commento di Rhys e ora sentiva che le bruciava la faccia. Ma non l'avrebbe mai ammesso. E così lo negò.

"Gli unici luoghi oscuri visitati dalla mia mente sono i bassifondi delle città vietnamite o cambogiane. Ho sentito dire che Phnom Penh è lurida." Non appena pronunciò il nome della città che le era venuta in mente, pensò subito a un'altra parola molto simile a Penh e scoppiò a ridere. Ora non aveva via di scampo.

Anche Rhys si mise a ridere. Quando finalmente le loro risate si smorzarono, lui le disse: "Ti è scappato, eh? Ma sono contento che sia successo. Dovresti dire più spesso la prima cosa che ti viene in mente!"

"Sì, m'è scappato. Ho sempre voluto visitare il sudest asiatico, quindi ci sono un sacco di altre città che conosco. Un lapsus freudiano, immagino." Si asciugò le lacrime che le avevano bagnato gli occhi a furia di ridere e lui ridacchiò di nuovo.

"Sì, sì... ma è stato fantastico... Vuoi qualcosa da bere?" le disse poi. "O vuoi andare a dormire?"

"Una tazza di tè me la berrei volentieri, ma me la preparo da sola se tu vuoi andare a letto." Si diresse verso il bollitore, lo riempì e prese una tazza dalla credenza che aveva scoperto durante l'assenza di Rhys. Dentro c'era tutto l'occorrente per potersi preparare la sua solita tazza di tè serale.

Lui sembrò sorpreso, poi disse: "Sì, mi andrebbe una tazza di caffè." Niente bourbon?

Lei si diresse verso la sofisticata macchinetta per il caffè ed esaminò le varie capsule disposte lì vicino. Si era preparata un caffè ogni mattina durante la sua assenza, e quindi conosceva bene i gusti che più le piacevano. Ma lui non l'aveva mai visto bere del caffè, e quindi non aveva idea di quali fossero le sue preferenze.

Lui se ne rese conto e le disse: "Dark roast, grazie."

Si sistemò su uno degli sgabelli sistemati attorno all'isola della cucina e lei infilò la capsula nella macchinetta e si spostò verso il bollitore per prepararsi il tè.

"Quindi... hai sempre desiderato andare in Asia? Ma non ci sei mai stata?" La guardò attentamente mentre lei armeggiava in cucina, approntando tutto.

"No, non ho mai lasciato il Paese, a dire il vero. Ma ho sempre sognato andare in vacanza su un'isola. Thailandia, Vietnam, Indonesia... sembrano tutti posti così belli."

"Oh, lo sono," disse lui. "Ci siamo andati durante il nostro tour. Non abbiamo avuto molto tempo per esplorare le varie città, ma è qualcosa che voglio fare, prima o poi."

"Com'è, andare in tour? Dai video che ho visto su YouTube, sembra che ci siano sempre delle telecamere, una nuova città..."

"Video su YouTube?" Lui inarcò un sopracciglio, e lei si vergognò. "Ne ho guardati alcuni per capire in cosa mi stessi cacciando. Poi ho smesso, non volevo invadere la tua privacy come fanno tutti i fan," disse lei, ma poi si zittì.

Lui non sembrava arrabbiato, ma nemmeno felice. Confuso, forse. "Hai smesso perché non volevi invadere la mia privacy? Anche se ti avevo appena chiesto di essere la mia fidanzata per finta? E non avevi mai sentito parlare di noi?" Sembrava scettico.

Lei abbassò lo sguardo. Si vergognò, si sentì in colpa. "Te lo giuro, Rhys. Mi dissi che avrei lasciato che fossi tu e Milo e Jett e Anders e Luc a dirmi quello che volevo sapere, quello che voi volevate che io sapessi. E così smisi. Certo, mi sono imbattuta in voi mentre facevo le mie ricerche sulla vita delle celebrità, ma non ho letto niente. Lo giuro." Riusciva a sentire le lacrime che le irritavano gli occhi. Dannazione. Lo sapeva che non avrebbe dovuto invadere la sua privacy come una fan qualunque, e ora aveva rovinato tutto.

"Ehi, ehi. Va tutto bene, Serena. Ti credo." La abbracciò. "Ti prego, non piangere. Va tutto bene." Lei non si era nemmeno accorta che lui si era alzato e le era andato incontro, ma si rilassò premendosi contro il suo petto muscoloso, odorando quel che rimaneva della sua colonia, oltre a qualcos'altro che apparteneva unicamente al suo odore.

"Mi dispiace." Fece un respiro profondo e si scostò. Le ci volle tutta la sua forza di volontà, ma sapeva che doveva farlo.

"Va tutto bene, veramente. Anzi, sarei rimasto sorpreso se non l'avessi fatto. Ma sono ancora più sorpreso del fatto che tu ti sia fermata." Ora le stava parlando quasi a bassa voce.

"Su, andiamo a letto. È stata una giornata lunga. Ne riparliamo domani."

Uscì dalla cucina e cominciò a spegnere le luci.

"Buonanotte, Rhys," disse lei salendo su per le scale e sentendo ancora un po' di vergogna nonostante le sue parole di conforto.

"Buonanotte, Sese," sentì Serena provenire da qualche parte nell'oscurità.

13

Passò una settimana, e ogni giorno fu come il primo che passarono insieme sotto l'occhio del pubblico. Si svegliavano, facevano colazione prima di uscire – con Rhys che cucinava e Serena che lavava i piatti – si vestivano e uscivano per farsi vedere.

Centri commerciali, ristoranti, attrazioni turistiche: ovunque ci fosse un sacco di gente che potesse vederli. Lui la teneva sempre vicina a sé, la faceva sentire al sicuro nonostante le folle e i flash onnipresenti, pronti a catturare l'attimo.

Un paio di volte al giorno, Rhys si faceva un selfie insieme a lei e lo postava sui propri account social con tanto di emoticon. Si assicurava sempre che a Serena la foto andasse bene prima di postarla. Serena pensava che fosse il suo modo di essere un gentiluomo al passo coi tempi.

Aveva anche imparato che sui vari social erano comparsi non meno di duecento account falsi a nome di Serena Woods. "Folle" non bastava neanche lontanamente a descrivere questa scoperta.

Sebbene lei fosse esausta, la stampa si stava bevendo l'intera storia. Nessun giornalista aveva fatto menzione di Luc.

Rhys ieri le aveva detto che Annie stava ricevendo decine di richieste di interviste da parte dei rotocalchi. Ma lui le assicurò che Annie li stava tenendo tutti a bada.

Le loro foto erano presenti praticamente su tutti i siti di gossip dell'Internet, o quantomeno su quelli che lei riuscì a trovare.

Qualche giorno prima aveva impostato una Google Alert a loro nome e anche se le foto non le davano fastidio, c'erano delle persone che dicevano delle cose disgustose su di lei.

Dopo il primo giorno, il suo cellulare aveva cominciato a squillare all'impazzata. Persone che non si ricordava nemmeno di aver conosciuto che volevano essere le sue migliori amiche, e decine di messaggi da parte di tutte le ragazze delle superiori che erano state meschine nei suoi confronti. Su Facebook fioccavano le richieste di amicizia da parte di perfetti sconosciuti.

Ma quel pomeriggio si era arresa e aveva spento il cellulare. Rhys gliene aveva ordinato uno nuovo e lei aveva comunicato il nuovo numero soltanto a Mary e Katie. Dopo aver visto un post particolarmente inquietante su Twitter si era poi ripromessa di stare alla larga dai social. Il post era indirizzato a uno degli account falsi a suo nome e proveniva da una ragazza che affermava che Rhys le sarebbe sempre appartenuto.

Stranamente, non aveva avuto notizie né da parte dei suoi genitori, né da Josh. Katie le aveva detto che la loro madre era sotto shock e non riusciva a credere che lei potesse "farle una cosa del genere". Serena pensava che sua madre non avrebbe mai potuto farsi andare giù i tatuaggi o la reputazione di Rhys.

Quando non uscivano per metter su il loro solito spettacolino, restavano in casa a passare del tempo insieme. Milo li veniva a trovare ogni giorno, e si erano abbandonati a una confortevole intesa del tutto simile all'amicizia.

Milo stava diventando la cosa più vicina a un fratello che avesse mai avuto. Certo, era una bella schifezza il fatto che lui sarebbe stato il suo fratello surrogato solo fino a quando Rhys non metteva fine a quella storia. Forse però lui poteva sempre decidere di tenersi in contatto con lei anche dopo che le cose tra lei e Rhys fossero finite. Così sperava, quantomeno.

Proprio ieri Milo si era vantato di essere riuscito a mostrarsi in pubblico per quasi un'ora senza che ci fosse l'ombra di un paparazzo nei paraggi. Adorava stare lontano dai riflettori.

Jett era passato due volte, ma Anders una sola.

Il giorno prima, dopo essersi preparata uno spuntino in cucina, Serena era tornata da Milo e Rhys, e loro avevano subito smesso di parlare, ma non prima che lei avesse sentito Rhys che diceva: "Mi preoccupo per lui, cazzo."

Per la sera si erano creati una loro routine. Non appena i visitatori se ne andavano, si cucinavano la cena e se ne andavano nella sala di proiezione per il loro "Mar", come gli piaceva dire.

Era quasi una gioia domestica. Scherzavano, parlavano di tutto e di più, di argomenti leggeri e di argomenti più seri... Lei aveva cominciato a sentirsi pericolosamente a proprio agio attorno a lui. Col tempo, la cosa cominciava a sembrarle reale. Sì, era pericoloso, senza dubbio.

La mattina avevano cominciato ad allenarsi assieme. Rhys, ovviamente, aveva un personal trainer che arrivava a rompergli le palle al sorgere del sole.

Si chiamava Marco e aveva deciso che anche Serena doveva allenarsi, e aveva usato ogni mattina con Rhys per farle fare un culo così. Sebbene fosse passata più o meno solo una settimana, Serena cominciava già a sentirsi meno tesa, e cominciava ad apprezzare i muscoli che le bruciavano. Ovviamente, le piaceva anche mangiarsi Rhys con gli occhi, a torso nudo, sudato, perfetto...

"Quindi, come pensate di far andare tutti in brodo di giuggiole oggi? Avete qualcosa in mente per le vostre solite manifestazioni d'affetto in pubblico?" Non avevano detto a Marco come stavano le cose tra di loro. Lui sapeva solo che il suo normalmente solitario datore di lavoro aveva improvvisamente preso il vezzo di farsi vedere in pubblico e, nello specifico, di farsi vedere assieme a Serena.

Oggi era in programma un'altra replica del solito spettacolo. "Non ne sono sicura, a dire il vero." Serena guardò Rhys che stava completando la serie. "Gli piace decidere così, sul momento, a seconda di come gli gira," disse a Marco con più confidenza in sé stessa di quanta non ne avesse. Era abbastanza sicura che Rhys avesse già deciso dove andare per farsi notare, ma questo a Marco non poteva dirglielo.

"Un uomo a cui piace avere tutto sotto controllo. Capisco," le disse prima di gridare a Rhys: "Finito, fratello. Ottimo lavoro!" Si diedero il cinque e Rhys si tuffò in piscina.

Marco rivolse di nuovo la propria attenzione su Serena mentre lei lo accompagnava alla porta. "Beh, dalle foto sembra sempre che voi due ve la stiate spassando, quindi, beh, continuate a farlo. Mi piace l'effetto che hai su di lui. Quindi resta nei paraggi, intesi?"

"Ma certo, Marco." Non voleva mostrarsi confusa, ma non seppe se con l'ultimo commento ci era riuscita del tutto. "Grazie per oggi, ci vediamo domattina."

"Ciao."

Ritornando in camera, ripensò a quanto le aveva detto Marco. Si sfilò i vestiti sudati ed entrò sotto la doccia cercando di togliersi quel commento dalla testa. Non era così, sapeva che non era così. Certo, aveva notato che Rhys stava bevendo di meno, ma si davano un gran da fare cercando di mantenere le apparenze – cosa che non avrebbe funzionato se lui fosse stato sempre preda dei postumi di una sbornia. Lei lo aveva sempre visto in condizioni perfette, sempre bellissimo, ma sul web c'erano alcune foto di lui in cui aveva degli occhi a dir poco annebbiati.

A proposito di mantenere le apparenze: Rhys aveva pensato che sarebbe stato divertente se si fossero fatti sorprendere in un "atteggiamento compromettente", tipo con lui che le metteva una mano sotto la gonna o qualcosa del genere. A quanto pareva, lui aveva una "reputazione da mantenere", le aveva detto ieri sera ridendo.

Lei non sapeva per certo se stesse scherzando o no, e così si infilò un paio di mutande una culotte dello stesso colore del suo vestito turchese. Non si sa mai. Per finire, si infilò un paio di ballerine dello stesso colore e si mise gli occhiali da sole sulla testa.

Quando lui la vide mentre scendeva al piano di sotto, emise un lungo fischio. "Ah, se sei sexy, amore. Cazzo, uno schianto," le disse. Il suo complimento la fece avvampare. Era come se l'avesse toccata. Amore? Quella le era nuova. E in giro non c'era nessuno. Le farfalle nel suo stomaco minacciarono di nuovo di scappare. Sentì un brivido correrle lungo la schiena. Lei provò a contenere quelle emozioni. Probabilmente, non era niente di più di un lapsus, quindi... E quindi le spinse giù in fondo a tutto e fece un respiro profondo cercando di calmarsi.

"Quindi dove andiamo oggi?" gli chiese lei mentre la loro Aston Martin sfrecciava davanti ai paparazzi accampati fuori dal cancello.

"Pensavo che potremmo andare sulla spiaggia. Magari pranzare a Malibu."

"Ma sì, è una vita che non vado in spiaggia!" disse Serena rilassandosi sul morbido sedile in pelle.

Lui alzò il volume della radio e lei si lasciò investire dal rock, già pensando alla sabbia calda in mezzo alle dita dei piedi. Da quando era andata a vivere con lui, non aveva sentito altro che musica rock, e ora era diventata una vera e propria fan. Di una band in modo particolare più che delle altre, ma doveva pur cominciare da qualche parte, giusto?

In quel momento squillò il cellulare di Rhys. Sul display dell'autoradio apparve il nome di Milo e presto la sua voce rimpiazzò la voce melodiosa di chiunque stesse cantando quella canzone rock.

"Rhys, sei insieme ad Ander?"

"No, sto andando in spiaggia con Serena. Perché?" Aveva

pronunciato queste parole con eccessiva fretta, il suo volto era come stato invaso dal panico.

"È da ieri sera che provo a chiamarlo. Non mi risponde. Ora sono a casa sua. La sua macchina è qui, ma non risponde alla porta. Ho un brutto presentimento, Rhysie." La voce di Milo era ansiosa, e anche Rhys sembrò accorgersene. Aveva la mascella contratta, una vena gli pulsava nel collo.

Spinse sull'acceleratore e la macchina rispose all'istante con un balzo in avanti.

"Ci vediamo lì tra due minuti." Svolto verso sinistra, imboccando la curva senza rallentare.

"Provo la porta sul retro," gli disse Milo chiudendo la chiamata.

Rhys non disse nulla mentre sfrecciavano per la strada. E così anche lei.

Nel giro di appena due minuti accostarono davanti a un imponente cancello nero in ferro battuto che cominciò ad aprirsi non appena si avvicinarono. Serena notò che Rhys stringeva in mano un piccolo telecomando spuntato fuori da chissà dove.

La macchina di Milo, una mustang rossa che Serena ormai aveva imparato a riconoscere, se ne stava parcheggiata nel vialetto, ma Milo non c'era.

Rhys parcheggiò in fretta e furia, prese un mazzo di chiavi dal portaoggetti in mezzo ai loro sedili e corse verso la porta di Anders, aprendola subito senza nemmeno prendersi il disturbo di bussare.

Rhys scomparve all'interno della casa. Milo arrivò di corsa e lo seguì dentro. Serena non li aveva mai visti in questo modo.

Non sapendo cos'altro fare, li seguì dentro e li sentì entrambi che urlavano il nome di Anders. Poi sentì qualcosa di molto simile a un grido straziante. E poi le grida di Rhys: "Cazzo! Anders!"

Sentendo la voce di Rhys così ferita, così angosciata, il corpo di Serena si fece di ghiaccio e sentì una morsa straziante che le stringeva il cuore. Svoltò l'angolo e vide Rhys inginocchiato sul pavimento, che gridava il nome di Anders ancora e ancora, e quando si avvicinò vide che Rhys era inginocchiato di fianco al corpo immobile di Anders.

Milo sbucò fuori dal nulla e attraversò la stanza in un lampo. Andò subito vicino a Rhys e provò ad aiutarlo a svegliare il loro amico.

Serena ripensò che l'altro giorno Rhys e Milo stavano parlando di Anders, che erano preoccupati per lui.

Senza pensare, si guardò in giro. Bottiglie vuote di vodka e bourbon giacevano sparpagliate intorno al divano davanti al quale Anders era disteso, e c'erano anche diversi flaconi di pillole su un tavolino da caffè che sembrava ricoperto da un sottile strato di polverina bianca.

Cazzo. Anders era in overdose. Non c'era ombra di dubbio. Lei non perse tempo, tirò fuori il cellulare, chiamò il 911 e tartagliò l'indirizzo all'operatore, implorandolo di sbrigarsi.

Milo ora era sul pavimento e osservava passivamente il corpo immobile di Anders. Rhys continuava a scuotere Anders per le spalle e a prenderlo a schiaffi. Poi si lasciò andare a un grido ferino e cominciò a prendere a pugni tutto quello che gli capitava sottomano. La lampada sul tavolino da caffè, poi il tavolino stesso, rompendolo.

Senza essere del tutto cosciente di quello che stava facendo, Serena gli andò incontro, gli si inginocchiò vicino, lo abbracciò e se lo strinse forte al petto. Cominciò a cullarlo, un movimento quasi impercettibile.

Quando lei si rese conto di quello che stava facendo Rhys, con sua enorme sorpresa, aveva ricambiato il suo abbraccio e le si era accoccolato contro il petto, il respiro veloce, affannoso.

"Shhh," gli disse lei con quello che sperava essere un tono di voce confortante. Gli accarezzò i capelli, ancora e ancora. "I paramedici stanno arrivando. Starà bene. Stanno arrivando. Lo aiuteranno."

Continuò così per un po'. Milo se ne stava sempre seduto

sul pavimento, ma ora li stava guardando con una strana espressione sul viso.

"Milo, potresti prendere le chiavi e far entrare l'ambulanza quando arriva?" Serena si stava sforzando di continuare a parlare con una voce confortante, ma urgente allo stesso tempo, riuscendo a strappare Milo ai propri pensieri e a esortarlo ad agire.

Senza dire una parola, reso silenzioso dallo shock, Milo fece quanto lei gli aveva chiesto.

Stava rispondendo alle domande dei paramedici, gli occhi ancora selvaggiamente sgranati, ma la sua voce era più forte e stabile che mai.

"Rhys, dammi il cellulare, piccolo," gli chiese lei mentre i paramedici finivano di sistemare Anders su una barella.

Piccolo? Beh, Serena non sapeva da dove fosse venuta fuori quella parola, ma aveva funzionato.

Lui tirò fuori il cellulare dalla tasca e glielo diede senza fare domande. Lei lo sbloccò usando la sequenza che gli aveva visto immettere chissà quante volte negli ultimi giorni e inviò un messaggio veloce a Deacon e Annie per metterli al corrente di quanto successo.

Rhys la prese per mano e seguirono i paramedici verso l'ambulanza e la guardò negli occhi per un secondo prima di salirvi su.

"Milo ti porterà in ospedale da noi, okay?" La sua voce era confidente, risoluta. Non guardò Milo in cerca di conferma. Le portiere dell'ambulanza si chiusero e il veicolo partì a tutta velocità verso l'ospedale.

Milo chiuse a chiave la porta della casa di Anders e andò ad aprire la portiera della propria Mustang per farvi salire Serena.

Restò in silenzio per tutto il tragitto, ancora chiaramente sotto shock. Quando finalmente raggiunsero l'ospedale, si girò verso di lei per la prima volta e la fissò di nuovo con quella strana espressione.

"Sai, quello non era per finta. Grazie." E senza dire altro, scesero entrambi dalla macchina e corsero verso il pronto soccorso. Per quanto lei fosse preoccupata per Anders e si sentisse dilaniata pensando a quello che stava passando Rhys, non poté fare a meno di ripetersi nella mente le parole di Milo. Era sembrato così sicuro quando le aveva pronunciate. Non era per finta? Veramente? Lei non ne era così sicura. Certo, Rhys non provava niente per lei, vero? Le girava la testa. Entrarono nel pronto soccorso e lei spinse via quei pensieri.

Rhys stava facendo avanti e indietro lungo il corridoio. Non disse nulla. Abbracciò Serena e la tenne stretta per qualche secondo, facendo respiri profondi e accarezzandole la schiena prima di ricominciare a passeggiare. Milo si appoggiò al muro e chiuse gli occhi.

Qualche minuto dopo arrivarono Deacon e Annie. Annie era bellissima e sotto controllo mentre marciava sicura di sé verso di loro, urlando qualcosa al cellulare che le sembrava perennemente incollato all'orecchio. Anche Deacon stava parlando al cellulare e stava urlando qualcosa contro qualcuno.

Nessuno disse niente. Rhys ora passeggiava, ora la abbracciava. Milo era una statua contro il muro. Deacon e Annie continuavano entrambi a parlare al cellulare. Parlavano troppo veloce per riuscire a capire cosa stessero dicendo da quella distanza. Era come se i due non si fossero accorti di loro.

Chissà quanto tempo dopo, un dottore comparve di fianco a Serena. Lei si era persa fissando Rhys, felice di ogni momento che aveva per confortarlo.

"Signor Grant?" disse il dottore guardando Rhys, il quale, nell'esatto istante in cui era comparso il dottore, aveva smesso di

fare avanti e indietro e subito aveva preso sottobraccio Serena.

"Suo fratello starà bene. L'avete portato qui appena in tempo. Lo terremo sotto osservazione per qualche giorno, ma è fuori pericolo. Ora ha soltanto bisogno di un po' di riposo. Potete tornare a visitarlo domani."

Non appena il dottore se ne andò, Rhys, Milo e Serena emisero un collettivo sospiro di sollievo. Deacon e Annie rassicurarono Rhys dicendogli che avevano fatto e che avrebbero continuato a fare tutto ciò che era in loro potere per tenere Anders fuori dai notiziari.

Gli occhietti brillanti di Deacon guardarono Serena. "Fuori c'è una limousine per portarvi a casa. Non sarà facile impedire alla stampa di scoprire quello che è successo, Rhys. Forse è il caso di ricorrere a questa distrazione."

Per un minuto, Serena si era sentita parte della famiglia, ma le parole di Deacon riverberarono nella sua mente. Lei non faceva parte della loro famiglia, lei era la "distrazione", come le aveva eloquentemente ricordato Deacon.

"Non t'azzardare a chiamarla mai più così, cazzo!" disse Rhys. La rabbia emanata dal suo corpo era quasi palpabile. Sembrava seriamente di nuovo sul punto di far ricominciare a piovere pugni. Serena riusciva quasi a percepire quanto fosse teso, agitato, pronto a scattare.

Invece fece un respiro profondo e, senza dire un'altra parola, la trascinò verso la limousine che li aspettava. Riuscì a sentire dei sussurri furiosi dietro di loro, e poi sentì Milo che gridava: "Vaffanculo, Deacon!". L'urlo echeggiò per tutto il pronto soccorso. Per fortuna, era relativamente vuoto. I pochi presenti sembrarono allarmati solo per un istante prima di tornare a concentrarsi sulle loro occupazioni.

Quando raggiunsero la limousine, Rhys la lasciò andare giusto il tempo necessario per salire a bordo mentre un uomo di mezz'età con un cappello in testa teneva loro la portiera aperta. Non appena lui si sedette di fianco a lei, la strinse forse a sé, avvolgendole le spalle con il braccio, lo sguardo fisso rivolto dinanzi a sé.

Quando la portiera si aprì il separé era già alzato. Rhys le avvolse il viso con la mano e la fissò con il suo sguardo di fuoco, cercando qualcosa nei suoi occhi. Poi sembrò trovarla, perché le poggiò una mano sulla nuca, la attirò a sé e la baciò.

Serena aveva spalancato le labbra non appena aveva sentito il tocco caldo di lui sulla guancia, e così la lingua di Rhys poté scivolarle con facilità nella bocca. Le loro lingue danzarono insieme, esplorandosi, imparando a conoscersi. Il suo bacio la consumò, le fece vedere le stelle, le fece dimenticare del mondo intero, tranne delle sue labbra, del suo petto muscoloso. Il corpo di Serena irradiava calore. Ricambiò il bacio di lui con tutto ciò di cui disponeva nel proprio limitato arsenale, accarezzandogli i capelli. Lui emise un suono basso e la baciò con ancora maggior vigore, come se fosse sott'acqua e lei fosse l'aria di cui aveva disperatamente bisogno.

Serena sentì una mano che le accarezzava la coscia, che le stringeva la pelle sotto il vestito. Era quasi patetico il suo voler sentire quella mano che si avventurava ancora più su, che scivolava dentro di lei. Non aveva mai provato un desiderio del genere, questa disperazione di sentire le mani di lui su di sé.

Lui le accarezzò l'interno coscia con la mano callosa, baciandola come se la sua vita dipendesse da quel bacio. In qualche modo, senza interrompere quel bacio che le stava infiammando le vene, lui le si mise addosso e lei riuscì a sentire l'asta dura di lui premuta contro di lei. Le sfuggì un gemito dalle labbra pensando che quest'uomo bellissimo ce l'aveva duro per lei. Era come una sbarra d'acciaio contro la coscia. Un trionfo!

Sentendo il suo gemito, Rhys emise un ruggito e si avventurò sotto il suo vestito. Le sfiorò con le dita la clitoride sensibile, e il corpo di Serena cominciò a tremare, pervaso da un bisogno quasi doloroso di continuare ad essere toccata. Le dita di Rhys danzarono lievi lungo i bordi delle mutandine di lei, stringendole i fianchi mentre continuava a dominarle la bocca con il suo bacio. Serena sapeva che Rhys riusciva a sentire il calore che lei irradiava, gemette di nuovo sentendo le dita di lui che si affondavano sotto l'elastico delle sue mutandine.

Poi Rhys mise la quinta, accarezzandole il sesso con una mano e denudandole il seno con l'altra. Le accarezzò il capezzolo turgido con il pollice e inarcò la schiena e lei provò a premersi contro di lui. Lei lo voleva, ne aveva bisogno.

Il suo corpo rispondeva come mai prima d'ora alle mani talentuose di Rhys. Sentì un calore che le si espandeva in mezzo alle gambe.

Lui le sfilò le mutandine zuppe, sempre continuando ad accarezzarle il sesso, interrompendo il loro bacio giusto per un istante, giusto per sussurrarle: "Dio, come sei bagnata," e poi subito dopo torno di nuovo a baciarla, come un uomo che stava morendo di fame. Le accarezzò la clitoride e lei vide i fuochi d'artificio, e un altro gemito – questa volta molto più forte – le scappò dalle labbra. La toccò con gentilezza, con la giusta quantità di pressione, poi la penetrò con le dita. Una sensazione paradisiaca. Serena si contorse, ma aveva ancora bisogno di altro. I suoi fianchi cominciarono a ruotare di propria volontà, e lei sembrò incapace di fermarli – non che volesse provare a farlo.

Allungò una mano e gli strinse l'asta dura attraverso i jeans, strizzandola e muovendo la mano su e giù. Lui emise un altro ruggito. "Cristo, Serena, che cazzo mi fai?" Lei gemette, incoraggiata dalle sue parole. Lo strizzò con ancora più forza, massaggiandolo con il palmo della mano e sbottonandogli i pantaloni, tirando giù la zip e infilandogli la mano nei boxer.

Quando la mente in preda all'eccitazione di Serena comprese quanto stesse accadendo, lui riuscì a tirarsi giù i jeans e le mutande. Sentiva il suo cazzo duro in mezzo alle gambe, premuto contro il suo sesso, poi sentì la sua stessa voce che diceva:

"Aspetta!"

Lei restò sorpresa quanto lui. Interruppe il miglior bacio della sua vita, la mente annebbiata dalla lussuria e la voce pregna di desiderio, nonostante la parola che aveva appena pronunciato. Lui si fermò all'istante e si ritrasse, e a lei venne quasi da piangere dinanzi alla sua improvvisa assenza.

"Non posso, Rhys. Non così," lo implorò lei a bassa voce. Ovviamente lui non sapeva che Serena si riferiva al perdere la propria verginità sui sedili posteriori di una limousine, ma lo stesso Rhys comprese il messaggio e, nel giro di un secondo, si rivestì e si sedette lontano da lei, senza toccarla.

"Rhys, è solo che..." cominciò a dire lei.

"No, Serena. Non avrei dovuto. Non lo so nemmeno io a cosa stessi pensando."

"Rhys, ti prego, non è quello, io..." provò di nuovo a dire lei, ma lui non la fece finire.

"Serena, lascia stare. Cazzo." Si passò la mano nei capelli e si lasciò andare a un lungo sospiro frustrato.

Arrivarono a casa senza scambiarsi nemmeno una parola. Lui non la guardò nemmeno.

Cazzo. Avrebbe dovuto gestirla meglio di così.

14

Passarono diversi giorni da quando Serena per poco non aveva perso la propria verginità sul sedile posteriore di quella limousine. Subito dopo, Rhys era sparito di nuovo, senza dirle né che stava partendo né dove stesse andando. O insieme a chi fosse... ogni volta che pensava a Rhys e alle persone che forse erano con lui, sentiva un nodo allo stomaco. Quando erano tornati a casa, lui era visibilmente nervoso, e per essere un uomo non esattamente famoso per la propria monogamia, un uomo che di fatto era single, senza legami, Serena era piuttosto sicura che lui non avesse passato la nottata a ciabattare in giro per la stanza e a frignare come aveva fatto lei.

Dopo quanto successo nella limousine, non si erano scambiati poi molte parole. Lui sembrava non avere alcun interesse nel parlare con lei, e le loro conversazioni consistevano di pochissime parole. Continuavano a uscire ogni giorno, certo, ma mai per più di un'ora alla volta.

Ieri erano andati velocemente al supermercato per comprare della roba di cui non avevano bisogno. Lui di solito si faceva consegnare tutto a domicilio, e l'ultima consegna era arrivata perfettamente in tempo.

A Serena era chiaro che Rhys non volesse passare troppo tempo insieme a lei. Aveva provato a parlargli, a spiegarsi, ma lui, ogni volta, la zittiva e si rifiutava di starla a sentire.

Ogni volta che lui la toccava, la sua pelle formicolava. Dopotutto, dovevano mantenere le apparenze, e lei moriva dalla voglia di farsi baciare di nuovo ma, quando non era fuori, lui a malapena la guardava, e quando lo faceva c'era qualcosa di differente. Era circospetto. Anche quando uscivano, i loro baci si erano ridotti a dei veloci bacetti sulla guancia o sulla fronte.

Ogni volta che aveva ripensato a quanto successo nella limousine, Serena aveva provato a soddisfare la brama che ancora le persisteva in mezzo alle gambe, ma non ci era mai riuscita. Era sempre lì. Se la sua vagina avesse potuto parlare, l'avrebbe ricoperta di insulti e maledizioni. Infatti, Serena era abbastanza sicura che la sua vagina si stesse vendicando negandole ciò che entrambe bramavano disperatamente, rifiutando di trovare soddisfazione nel suo semplice tocco.

Anders era stato dimesso dall'ospedale ma, a parte quello, Rhys non le aveva detto poi molto. Non le diceva cosa faceva o dove andava. A parte quando doveva portarla in giro per mantenere viva la loro solita routine e quando poi la riportava a casa, Rhys era sempre fuori, sempre da qualche altra parte.

Il giorno prima lei si era avventurata nella palestra della casa sperando di potersi sfogare un po' per la prima volta dalla loro ultima sessione di allenamento con Marco. Rhys ora si allenava con Marco da qualche altra parte.

Ormai non era più una novità stare lì senza di lui, e l'unica cosa di cui aveva bisogno era di una distrazione. Non era mai stata una patita dell'esercizio fisico, ma in quel momento le sembrava un ottimo modo per pensare ad altro. Una distrazione. Una parola che ora le appariva indecente, che le riverberava nel cranio insieme alla voce derisoria di Deacon.

Non l'aveva visto, ma era chiaro che fosse stato lì.

Eppure, lei aveva questo folle bisogno di stargli vicino, e

così prese una maglietta che lui aveva gettato Dio solo sa quando sul pavimento e inalò il suo odore. Odore di sudore, odore del suo dopobarba. Tutto – tranne l'odore del suo corpo.

Milo le aveva scritto la mattina dopo il disastro della limousine, ma l'aveva lasciata con più dubbi che risposte. Rilesse la loro breve conversazione, fissando il telefono come se fosse in grado di fornirle tutte le risposte di cui aveva bisogno.

Milo: Ma che cazzo è successo, Sese?

Serena: Che vuoi dire?

Milo: Tra te e Rhys. Che è successo?

Serena: Niente! Veramente... un'incomprensione, ma lui non mi permette di spiegarmi...

Milo: Cazzo. Okay.

Serena: Perché? Sta bene?!

Milo: No, sembra un cazzo di animale in gabbia. Devo andare. Ci sentiamo, Sese.

E POI NIENT'ATRO. Silenzio radio. Lei aveva provato a contattarlo, ma l'uomo che lei aveva cominciato a vedere come fratello surrogato la stava ignorando. Lei sapeva che lui leggeva i suoi messaggi: semplicemente, stava scegliendo di non risponderle.

Deacon e Annie, come promesso, avevano fatto un ottimo lavoro nell'evitare che l'overdose di Anders finisse sui giornali, ma ora che gli avvistamenti pubblici di Rhys e Serena erano diminuiti bruscamente e per giunta in così breve tempo, i pettegolezzi avevano cominciato a diffondersi in modo selvaggio.

Serena aveva parlato con Mary e Katie ed entrambe le avevano detto che erano molto preoccupate per lei, ma lei era riuscite a calmarle. Loro avevano provato ad andarla a trovare, ma fuori dal cancello c'erano ancora accampati i paparazzi. E poi, in ogni caso, Serena non avrebbe saputo cosa dire loro. Quindi, invece, gli aveva detto che lei e Rhys avevano già programmi per la giornata e poi lei si era messa a cercare tracce di lui online.

È ridicolo, pensò scorrendo i vari articoli pubblicati ieri. Alcuni giornalisti speculavano che lei e Rhys si fossero lasciati, mentre secondo altri stavano pianificando un matrimonio segreto.

Un giornalista particolarmente creativo era piuttosto sicuro del fatto che i membri della band avessero costretto Serena ad abortire il figlio di Rhys. Diceva che i suoi amici non approvavano e che non erano pronti al "figlio dei Misery".

Ma da dove la tiravano fuori certa roba?

C'erano anche alcuni articoli che speculavano sui motivi dietro alla scomparsa di Luc, che ormai non si faceva vedere da settimane, con svariati giornalisti che, senza saperlo, centravano il bersaglio in pieno, speculando a proposito di centri di riabilitazione e dicendo che Anders era finito in ospedale, anche se il motivo dell'ospedalizzazione restava incerto.

La notizia dell'overdose era rimasta al sicuro, ma era chiaro che gli avvoltoi erano lì che volteggiavano sulle loro teste. La gente moriva dalla voglia di avere notizie della band e, siccome dalla band stessa di notizie non ne arrivavano, alcuni giornalisti avevano semplicemente cominciato a inventarsele.

Serena, in un certo senso, comprendeva la loro frustrazione. Anche lei era stata tagliata fuori. Nonostante vivesse con il Principe della Chitarra in persona.

Poi il suo cellulare vibrò. Le era arrivato un messaggio.

Ora non posso parlare, *ti chiamo dopo. Oggi non posso venire a prenderti. Chiederò ad Annie di lanciare un osso ai giornalisti, ho in mente qualcosa di grosso.*

-R

. . .

Ma che romantico! Lei fece un sorrisetto leggendo il messaggio una seconda volta. Che osso aveva intenzione di lanciare? Erano giorni che non uscivano come si deve. E così si arrese...

Rassegnata a dover passare un'altra giornata tutta da sola, prese il cellulare, le cuffie e il Kindle e se ne andò fuori. Negli ultimi giorni aveva passato così tanto tempo da sola che ormai aveva esplorato ogni pertugio e anfratto della casa e del giardino ed era abbastanza sicura che conoscesse la proprietà meglio di quanto non la conoscesse Rhys.

Si distese su uno dei divanetti di fianco alla piscina assicurandosi di essere completamente sotto l'ombrellone e cominciò a leggere. Poi forse si appisolò, perché di colpo si ritrovò con il cellulare che squillava e la faccia di Rhys – erano giorni che non vedeva il suo sorriso – la osservava da dietro lo schermo.

Quali sono le probabilità che a svegliarti sia proprio la persona che stavi sognando? Quasi zero. Così rispose al telefono costringendosi ad apparire rilassata, ma non del tutto convinta di non star sognando.

"Ciao," disse quasi sottovoce.

Da qualche parte dentro di lei c'era una vocina che le diceva che probabilmente Rhys le avrebbe presto detto che se ne doveva andare. Lei sperava solo che quel giorno non fosse oggi.

"Ehi, principessa," disse lui. E quello da dove diavolo veniva fuori? Era tutta la settimana che si scambiavano a malapena qualche parola, e ora lui era tutto rilassato e aveva ricominciato a chiamarla principessa?

Sentì una risatina maliziosa in sottofondo e qualcuno che fischiava – qualcuno che sembrava sospettosamente Milo. Quantomeno ora sapeva che Rhys era insieme al resto del gruppo. Serena aveva fatto diversi incubi, incubi in cui lui ogni notte faceva sesso con una ragazza diversa, sempre dormendo a casa della sua ultima conquista così da poter evitare di parlare con Serena. Forse l'aveva fatto e solo ora aveva raggiunto gli altri membri della band... Il solo pensiero le fece dolere il cuore. Non lo aveva visto con nessuna ragazza. Niente sulle sue pagine social, niente su di lui a parte le loro uscite poco entusiasmanti – ma ciò non era prova di quello che avesse o non avesse fatto.

"Senti, mi dispiace veramente per l'altra sera. Non avrei dovuto farlo. Ero fuori di testa, okay? Non avrei mai dovuto impormi su di te! Mi dispiace veramente tantissimo. Riuscirai a perdonarmi?"

Sconcertata. Quella era l'unica parola per poter descrivere come si sentiva lei ora.

"Caspita, frena, cowboy." Ma che era, un'idiota? Avrebbe potuto dire qualsiasi cosa, e con cosa se n'era uscita? *Frena cowboy*? Ma veramente? Ora era troppo tardi per rimangiarselo, e così ignorò la risatina all'altro capo del telefono e disse:

"Tu non hai fatto niente di male, Rhys! Fidati di me! Io lo volevo tanto quanto te! Ero decisamente una partecipante volontaria. È solo che... non volevo... ah, se solo le circostanze fossero state differenti. Allora non ti avrei fermato." Lui ridacchiò e poi tirò un sospiro di sollievo, ma non disse nient'altro.

"Quindi, continuiamo con la... nostra cosa?"

"Sì, Rhys. Sì, per quanto mi riguarda."

"Bene. Ottimo, anzi. Perché ho una distrazione coi fiocchi in programma per stasera. E tu mi servi!"

"Okay, posso aiutarti in qualche modo?"

"Stanno per consegnare delle cose. Scegli quello che ti piace di più e fatti trovare pronta per le nove."

"Tutto qui?"

"Sì, principessa. Per ora. Non posso passarti a prendere, così ti accompagnerà Thomas, va bene?"

"Certo, sì. Mi piace Thomas."

Sentì qualcuno che suonava al cancello.

"Penso che la consegna sia arrivata, quindi devo andare."

"Ci vediamo dopo, principessa!"

Ma cos'era questa cosa della principessa, tutt'insieme?

Certo, lei la adorava! Ma perché lo stava facendo? La sua band avrebbe dovuto chiamarsi Mistery. Sospirò ed entrò in casa per aprire il cancello.

A giudicare dagli scatoloni e dalle buste che vennero portate in soggiorno, sembrava che Rhys avesse comprato un intero negozio.

Firmò la ricevuta e aspettò che il cancello si fosse chiuso dietro al van prima di tornare in soggiorno. Cominciò ad aprire i pacchi lì, senza esitare. Perché no? Tanto era da sola. E la donna delle pulizie non sarebbe venuta oggi.

Poco dopo essersi trasferita lì, Serena aveva detto a Rhys che non c'era bisogno di qualcuno che si prendesse cura della casa ventiquattr'ore al giorno, almeno per il breve lasso di tempo durante il quale lei sarebbe rimasta qui. Rhys tuttavia continuava a pagare la donna di servizio come se lavorasse a tempo pieno, e così Serena l'aveva incoraggiata a studiare durante il proprio tempo libero e, magari, scoprire cos'era che l'appassionava. La donna delle pulizie l'aveva riempita di baci e Rhys si era messo a ridacchiare mentre la vedeva borbottare qualcosa sui bambini e correva fuori. Ogni giorno, tuttavia, passava a controllare che fosse tutto a posto con le provviste.

Serena rimase senza parole quando vide il primo vestito che le aveva spedito Rhys. Ma che...? L'ultima volta che lui le aveva spedito dei vestiti, si era trattato di eleganti capolavori firmati. Questi vestiti erano qualcosa di completamente diverso.

Cinque vestiti in tutto. Uno più scandaloso dell'altro. Voleva che si vestisse come una showgirl?

Il primo vestito che esaminò era fatto tutto di perline bianche tenute insieme da uno strato di tessuto quasi invisibile. Serena era abbastanza sicura che quelle perline non sarebbero bastate nemmeno a coprirle il culo. La scollatura era talmente profonda che bastava a malapena a coprire i capezzoli di una donna meno prosperosa e, per quanto lei non fosse stata in prima fila quando erano stati distribuiti i seni, di certo non era stata nemmeno in fondo. Quel vestito non le avrebbe mai coperto il seno, era impossibile.

Poi c'erano altri tre vestiti che erano altrettanto corti e succinti ma, al posto delle perline, avevano delle piume. Un sacco di piume colorate e lustrini e corpini strettissimi che lei pensava che non avrebbero coperto un bel niente.

Scelse l'ultimo vestito: le piaceva il colore.

Anche quello aveva delle piume, ma solo una manciata di piume di pavone che adornavano la scollatura profonda. Il corsetto sembrava strettissimo, ma era di un bellissimo turchese brillante che lei adorava.

La "gonna" era di tulle nero che di certo sarebbe divenuto trasparente sotto la luce, ma lei aveva un meraviglioso paio di mutandine nere che lei riteneva sarebbero bastate a coprirla e che, oltretutto, sembravano fatte apposta per essere indossate con questo vestitino.

Il resto delle scatole e dei pacchi conteneva accessori, trucchi, profumi, gioielli e scarpe.

Con calma, rovistò ed esaminò tutto l'armamentario a propria disposizione e completò la propria *mise* per la serata. Se doveva avere un aspetto ridicolo, doveva essere ridicolo nel modo giusto.

Lo stesso, avrebbe dovuto assicurarsi che questo non fosse uno scherzo, che questi erano veramente le cose che lui voleva che lei indossasse.

Tirò fuori il cellulare da sotto la pila di piume, lustrini, pizzo e Dio solo cos'altro e gli mandò un messaggio.

Serena: Ma sei serio? Una showgirl?? Ma sembrerò ridicola!
La sua risposta fu quasi istantanea.
Rhys: Tu non sembri mai ridicola. Sarai così sexy.
Serena: Sexy? Veramente?
Rhys: ;)

Rhys: Non ti preoccupare, non sarai l'unica vestita in un certo modo

Serena: Anche tu ti vesti da showgirl? Che vestito ti metti?

Rhys: Ahah. Un bel vestito. Scommetto che mi starà d'incanto. Io sono sempre bello.

Serena: A quello è vero, mister. Senza dubbio. Ma penso che presto dovremo mettere alla prova questa tua convinzione.

Rhys: Ora devo andare principessa. Un sacco di cose da fare. Poi ne riparliamo di testare la mia teoria...

Per qualche motivo, l'ultimo messaggio le aveva fatto seccare la bocca.

Serena: Ok. A dopo.

Se doveva fare le cose come si deve, allora faceva meglio a darsi una mossa. Se chiunque altro le avesse chiesto di indossare questa roba, non lo avrebbe mai fatto. Ma glielo aveva chiesto Rhys, e così si limitò a sospirare, prese tutto ciò di cui aveva bisogno e si diresse verso il bagno al piano di sopra.

15

Si era quasi rotta due costole cercando di infilarsi quel vestito, ma erano le 21:00 spaccate e lei era pronta. Finalmente. Con tutte le ossa intatte.

Si diede un'ultima controllata allo specchio e uscì raggiungendo Thomas e la macchina che l'avrebbe portata da Rhys.

Circa quindici minuti dopo scese dal SUV che Thomas aveva parcheggiato proprio di fronte a un club e sgranò gli occhi.

Si era data da fare col trucco e aveva passato quasi un'ora a truccarsi gli occhi per darsi uno sguardo fumoso. Si era messa persino un po' di brillantini. Aveva preso i suoi lunghi capelli scuri e li aveva legati in uno chignon che poi aveva ornato con una piccola piuma di pavone. Orecchini turchesi con piume le penzolavano dalle orecchie, e ai piedi indossava un paio di scarpe con dei tacchi vertiginosi.

Si sentiva oltraggiosa fuori dal locale ma, una volta entrata, vide che anche il locale era oltraggioso tanto quanto lei. Era allestito come un locale di burlesque, e chiunque stesse foraggiando questa bisboccia non aveva badato a spese per far sì che la location fosse accurata fin nel minimo dettaglio.

C'erano camerieri che andavano in giro con coppe di champagne, ballerini arlecchini che si esibivano in danze aeree appesi a drappi di seta. C'era persino una ragazza sul palcoscenico che si stava esibendo spogliandosi fino a rimanere come mamma l'ha fatta.

Entrando, non scorse nessun viso conosciuto, ma poi, come se lui la stesse chiamando a sé, si sentì attratta dalla parte sinistra del palco. E fu proprio lì che lo trovò.

Era vestito come un gentiluomo degli anni '20 e sembrava appena uscito da una festa a casa di Jay Gatsby. Quel look gli stava bene. Ma chi voleva prendere in giro... ogni look gli stava bene.

Lui la squadrò in modo sfacciato mentre lei gli andava incontro. Si incontrarono a metà strada, lui subito la abbraccio come se non volesse lasciarla andare mai più, e poi le sussurrò all'orecchio: "Uno schianto!"

Lei gli si appoggiò contro e sentì un brivido correrle su e giù lungo la schiena. Le piaceva sentire il suo respiro caldo sull'orecchio, le piaceva da impazzire. E le piaceva stringersi a lui. Possibile che piacesse anche a lui? A giudicare dal modo in cui lui la stringeva, sembrava fosse proprio così, ma...

I suoi pensieri si bloccarono quando vide il primo flash. Seguito poi da tipo un altro milione. *Giornalisti?*, pensò, confusa. Chi aveva invitato i giornalisti?

Ripensò a quello che lui le aveva detto quel pomeriggio. Ho in mente qualcosa, le aveva detto. Li aveva invitati lui. Faceva ancora tutto parte della loro recita. I deliziosi brividi che aveva sentito correrle lungo la schiena solo qualche secondo fa si imposero sul suo stomaco come un blocco di ghiaccio. Cazzo.

Quando lui finalmente la lasciò andare, uno stormo di ragazze vestite in modo decisamente succinto gli si fecero incontro e lui si lasciò toccare e abbracciare. Proprio di fronte a lei. I giornalisti ora si erano dispersi, e Rhys sembrava non aveva il minimo pensiero per la testa. Serena prese un bicchiere di champagne da un cameriere di passaggio e se lo scolò tutto d'un fiato. Poi per fortuna ecco che passò un altro cameriere ed ecco che lei bevve un altro bicchiere di champagne.

Si girò e vide i quattro membri dei Misery appollaiati attorno a un tavolo lì vicino. Sì, tutti e quattro. Che ci faceva Luc qui? E perché Anders si trovava in un locale del genere, subito dopo essere stato dimesso dall'ospedale?

Milo la salutò e tutti la abbracciarono calorosamente, tranne Anders. Lui si limitò a salutarla con un cenno del capo.

"Luc! Ma che sorpresa! Che ci fai qui?"

"Sono tornato a casa a inizio settimana. Basta con quel posto, non ce la facevo più. È noioso. E poi io sto bene. Inoltre, pare proprio che sia tornato a casa giusto in tempo. Non abbiamo avuto un attimo di riposo con tutta la nuova roba di Rhys. Sembra proprio che sia tornata la magia!"

Rhys aveva scritto delle nuove canzoni durante questa settimana? La cosa la incuriosiva.

"Mi fa piacere vederti. Come stai?"

"Sto bene, veramente. Ti devo delle scuse, Serena. Quando ci siamo conosciuti mi sono comportato in modo tremendo. Mi dispiace tantissimo. Mi perdoni?"

I membri dei Misery oggi non facevano altro che prodigarsi in mille scuse. Eppure lui sembrava sincero, e così lei annuì e Milo e Jett esultarono.

"Un'altra è fatta. Ora te ne mancano solamente altre due milioni," scherzò Jett dando delle pacche sulla schiena di Luc. O quantomeno Serena pensò che stesse scherzando. Era impossibile che Luc dovesse due milioni di scuse, vero?

"Siamo di scena tra un minuto, ragazzi," disse Anders.

"Suonate stasera?" chiese lei. E quando era stato deciso?

"Eh, sì. Un concertino improvvisato per vedere come reagiscono i fan alle nuove canzoni. Prima lo facevamo di continuo, ma poi abbiamo dovuto smettere perché negli ultimi anni eravamo sempre in tour. Non c'era materialmente il tempo. È stata un'idea di Rhys, e abbiamo pensato perché no? Ormai è un mese che non saliamo su un palcoscenico. Non vediamo l'ora!" le spiegò Milo, la voce piena di entusiasmo, gli occhi brillanti.

"È ora, signori. Ci vediamo dopo, Serena. Goditi lo spettacolo," le disse Luc facendole l'occhiolino. Che era quello? Questi erano gli uomini più enigmatici del mondo! Nessuno di loro le aveva parlato per quasi una settimana, e ora eccoli che si comportavano da amiconi e le facevano l'occhiolino e facevano finta di essere amici di vecchia data... persino quelli con cui non era mai stata amica!

Jett guardò Rhys negli occhi e gli indicò il palco con un cenno del capo. Rhys capì e subito si divincolò dalle ragazze che continuavano a cascargli addosso.

Non appena salirono sul palco, la musica nel locale si zittì e ogni occhio si girò verso di loro. Serena ora sapeva che i Misery erano abituati a suonare in stadi tutti esauriti, e che quindi un paio di centinaia di persone in un locale sarebbe stata una passeggiata, per loro. Tuttavia, era nervosa.

Jett si posizionò sotto un cerchio di luce al centro del palco e per lei fu veramente dura credere che quello fosse lo stesso uomo che fino a un paio di minuti prima stava scherzando e ridendo insieme a lei. Si sollevò un boato fragoroso non appena si avvicinò al microfono.

Da così vicino, Serena riusciva a vederli tutti, anche se Jett era l'unico illuminato dall'occhio di bue. Jett aspettò che la folla si acquietasse e lei sfruttò quei pochi secondi per osservarlo a dovere.

I Misery, in tutta la loro gloria, su un palcoscenico che senza ombra di dubbio tra un paio di minuti avrebbero dominato, erano veramente uno spettacolo per gli occhi. D'improvviso, sperò che Mary o Katie fossero lì con lei per condividere assieme quel momento.

Ora per lei era facile capire come mai fossero diventati gli dei del rock, il suo cervello non riusciva a capacitarsi del fatto che quei tizi sul palco fossero gli stessi con cui stava scherzando un paio di minuti prima.

Rhys portava a tracolla la Gibson rossa che gli aveva visto suonare a casa, gli occhi cocenti fissi sulla folla. Per quanto lei fosse sicura che lui non potesse vederla, si sentiva come se il suo sguardo penetrante fosse posato proprio su di lei. Ormai era sparito l'affabile quanto complicato ragazzo che amava divertirsi, il ragazzo con cui lei aveva passato un'infinità di ore a guardare film e a far finta di essere fidanzata. Il ragazzo che lei aveva imparato a conoscere e – forse – ad amare. Era mozzafiato, forte, determinato. Trasudava confidenza e sex appeal.

Luc era in piedi dall'altra parte del palco, con in braccio la sua, di chitarra, aspettando che il cantante finisse di fare quello che doveva fare. Lo sguardo fisso sulla folla, sembrava in pace con sé stesso. I suoi occhi erano vigili e attenti, non più acquosi e irrequieti come la prima sera in cui si erano conosciuti.

Milo era in piedi dietro alle tastiere, i biondi capelli che scintillavano, il viso concentrato, gli occhi socchiusi. Sembrava irradiare supremazia da ogni poro, come se essere vicino al proprio strumento gli desse tutta la forza di cui avesse bisogno.

Anders aveva preso le bacchette con un sorrisetto e sembrò quasi sollevato quando si sedette dietro alla sua batteria. Quando lei era giovane, suo padre aveva sempre la stessa espressione quando tornava a casa e trovava l'intera famiglia ad aspettarlo. Era strano che ora quell'espressione fosse sul viso di Anders. Era come fosse tornato a casa.

"Abbiamo scritto un paio di canzoni nuove e vi abbiamo invitato tutti qui stasera perché vogliamo che siate voi i primi a sentirle," disse Jett parlando al microfono.

Senza tergiversare ulteriormente, Rhys fece un passo in avanti immergendosi in un bagno di luce, il capo chino e gli occhi chiusi, mentre pizzicava le corde con la mano destra e con la sinistra, senza il minimo sforzo, articolava degli accordi sul manico. Lei rimase senza fiato. Guardarlo lì, in piedi sul palco, sicuro di sé, forte, pervaso da una bellezza impossibile da esprimere a parole.

Qualche secondo dopo tutti gli altri componenti del gruppo

cominciarono a suonare e Jett cominciò a cantare i primi versi della loro nuova canzone.

La folla, Serena inclusa, li ascoltarono, rapiti.

A circa metà della canzone, un pensiero che lei non riusciva a comprendere del tutto si fece strada nella sua mente. Questa canzone, in qualche modo, sembrava personale. Lei non aveva molta esperienza in fatto di composizione musicale – d'accordo, non ne aveva nessuna – ma nelle ultime settimane aveva letto qui e là che le persone usavano le loro esperienze personali per comporre.

Ripensò a quello che le aveva detto Luc, che queste erano canzoni scritte da Rhys, anche se lei non sapeva se lui le avesse scritte interamente da solo o no.

Serena aveva gli occhi fissi su Rhys e, mentre lo guardava, Jett cominciò a cantare di una ragazza che lo aveva sorpreso e per cui provava sinceramente qualcosa, qualcosa che non aveva provato mai in vita sua. Serena vide che Rhys si era girato leggermente verso di lei e ora la stava guardando negli occhi.

Fu allora che capì: era possibile che quella canzone parlasse di lei? No! Il suo cuore mancò diversi battiti mentre questo pensiero le martellava nella mente. Si ritrovò senza fiato. Merda. Doveva veramente chiamare sua mamma per informarsi sulle patologie cardiache della loro famiglia. Era abbastanza sicura di dover andare dal dottore.

16

I Misery suonarono tre nuove canzoni in tutto prima di lasciare il palco tra acclamazioni assordanti. Jett, Milo e Anders avevano perso le loro magliette durante lo spettacolo, con estremo apprezzamento da parte dei membri femminili della folla, e Jett aveva detto che stasera le mutandine andavano strette, e Rhys aveva risposto sollevandosi leggermente la maglietta prima di scuotere il capo e sfoggiare un sorrisetto che aveva lasciato Serena con la testa che le girava. Assieme a tutte le altre donne e alla maggior parte degli uomini del pubblico.

Appena sceso dal palco, Rhys le era andato dritto incontro e l'aveva abbracciata con forza. Era veramente sudato, ma a lei non importava. Era decisa a godersi questi momenti insieme a lui a prescindere da tutto, questi momenti in cui tutto le sembrava reale. Inalò il suo odore, sudore e bourbon e quella cosa che era completamente e unicamente Rhys.

"Ti sono piaciute?" le chiese all'orecchio senza lasciarla andare.

Lei si ritrasse per poterlo guardare negli occhi, ma lui le mise le mani sui fianchi così da non interrompere il contatto fisico. Lei gli disse: "Le adoro. Sono meravigliose, Rhys! Tu sei meraviglioso!"

Udito ciò, lui la strinse di nuovo a sé e cominciò a saltellare. Un abbraccio in salto? D'accordo...

Ma l'abbraccio in salto non durò a lungo. Qualcuno si schiarì la gola e Serena si girò ritrovandosi davanti il sorriso divertito di Milo. Jett, Luc e Anders erano in piedi dietro di lui, tutti rivestiti e con in mano delle bottigliette d'acqua. Tirarono una bottiglietta d'acqua a Rhys che l'afferrò con una mano e se la scolò tutta d'un fiato, mentre l'altro braccio era ancora saldamente ancorato attorno alla vita di Serena.

Serena li seguì verso un tavolino in un angolo e si sedette di fianco a Rhys. Rhys, Jett e Milo ordinarono ognuno un bourbon da una cameriera che sembrava sul punto di svenire quando i tre le rivolsero la parola. Rhys ordinò un bicchiere di vino per Serena mentre Luc e Anders dissero che avrebbero bevuto solo acqua.

Serena si appoggiò allo schienale dalla sedia di fianco a Rhys e li sentì battibeccare, sorseggiando il suo vino e godendosi la loro compagnia. Si era abituata a loro, si sentiva più a suo agio qui con loro di quanto non si sentisse a casa con i suoi genitori. Era un pensiero spaventoso.

Un pensiero reso ancora più spaventoso dal fatto che, per quanto lei si sentisse parte della loro famiglia, le cose non stavano così. A un certo punto, Rhys avrebbe messo la parola fine a questo gioco a cui stava giocando con loro e lei non li avrebbe mai più rivisti. Aveva assaporato quest'evenienza negli ultimi giorni, e aveva un sapore che faceva veramente schifo!

Dannazione, riuscì a sentire le lacrime che le bruciavano gli occhi. Ma nessun'altro sembrò notarle. Lei si sforzò di sorridere prima che qualcuno se ne accorgesse e deglutì con forza. Quantomeno lei aveva pensato che nessuno se ne fosse accorto, ma Rhys la stava guardando con uno sguardo strano negli occhi, e quindi forse sì, lui se n'era accorto. Lui le sorrise e la guardò negli occhi, e lei sentì un nodo allo stomaco. No, non si sarebbe mai e poi mai abituata a quel suo sorriso.

"Vieni, principessa, andiamo a ballare!" Rhys balzò in piedi e la trascinò sulla pista da ballo. Ecco cosa fecero per diverse ore, bevvero e ballarono, e i deprimenti pensieri che prima le avevano attanagliato la mente scomparvero come per magia. Oggi lui era ancora suo. Doveva solo godreselo finché durava.

Dopo una canzone particolarmente sfiancante che aveva ispirato una sana dose di folli saltellamenti, lui la condusse fuori dalla pista da ballo e tornarono al tavolo. Il tavolo ora era vuoto, gli altri membri della band spersi chissà dove.

"Torno subito, principessa. Vado a prendere qualcos'altro da bere." Sparì nella folla e lui sorrise guardandolo mentre si allontanava. Era così dolce stasera...

Si rilassò e si guardò attorno, osservando una variegata varietà di vestiti ornati di piume e lustrini. Ormai erano diverse ore che era circondata da vestiti di quel tipo e, dopo aver bevuto abbastanza vino da riuscire a sopportare il loro essere così succinti, cominciò a scorgervi una certa bellezza che solo ora era in grado di apprezzare.

Ciò che non apprezzava, tuttavia, era la persona – o le persone – che l'avevano appena vista e che ora le stavano andando incontro. Sentì una fitta al cuore, un fischio nell'orecchio. Bryan. Bryan e la ragazza dai capelli corvini che lui si stava scopando quando lei era entrata nel suo appartamento di nascosto.

Perché mai le stava andando incontro insieme a lei? Eppure eccolo che camminava verso di lei. Serena si alzò per evitare che lui la guardasse dall'alto in basso. Fisicamente, quantomeno.

"Serena, che ci fai qui? E perché sei vestita come una puttana? Ora che hai litigato coi tuoi ti sei messa a servire ai tavoli? Oh, e ti ricordi di Andrea? Vi siete quasi incontrate quella sera nel mio appartamento." La mano di Bryan era salda sul culo di Andrea. Pronunciò quelle parole come se stesse sputando veleno.

Sentì, più che vedere, Rhys che ritornava al tavolo e come per magia appariva lì al suo fianco nell'esatto istante in cui Bryan terminava quella frase. Serena si girò verso di lui, gli avvolse il braccio attorno alla vita e lo baciò con passione.

Posto che Rhys restò sorpreso, non lo diede a vedere. Anzi, mise su uno spettacolo niente male, stringendola a sé con una tale forza che non ci sarebbe entrato nemmeno un foglio di carta in mezzo ai loro corpi. La lasciò completamente senza fiato, e tutti i pensieri che fino a quel momento le avevano riempito la mente se ne volarono via.

Interruppe il bacio con gentilezza, ma senza lasciarla andare. Lei, sempre stretta tra le braccia di Rhys, si girò verso Bryan. "Uhm, no, a dire il vero non servo ai tavoli. Lui è il mio nuovo ragazzo. Rhys. Rhys, ti presento Bryan e Andrea," disse con dolcezza.

Bryan restò senza parole rendendosi conto di chi fosse Rhys. Impallidì quando poi lui gli porse la mano. "Piacere di conoscerti. Qualsiasi amico della mia principessa è anche mio amico," disse Rhys con nonchalance.

Senza dire una sola parola, Bryan giro i tacchi e se ne andò tirandosi dietro un'Andrea a dir poco riluttante.

Mentre guardavano Bryan e Andrea che si allontanavano sparendo in mezzo alla folla, Rhys continuò a stringerla a sé. "Sai," le sussurrò nell'orecchio, "non ero proprio pronto a interrompere quel bacio, a rinunciare all'effetto che stava avendo su di me. Ti va di andare da qualche parte?"

Lei si girò verso di lui. "Sì. Fammi strada." Era sicura che lo avrebbe seguito anche all'inferno. Bastava che continuasse a toccarla.

17

Rhys la condusse verso un'area privata del locale che si trovava sul secondo livello di cui lei non si era nemmeno accorta. Non c'era nessuno, completamente deserto a parte loro.

La fece sedere su un divanetto imbottito e riprese da dove avevano interrotto, infiammandola a suon di baci, infilandole la lingua in bocca e facendosela sedere in grembo. Lei sentì un certo calore che le sbocciava in mezzo alle gambe e i suoi fianchi, come mossi da vita propria, cominciarono a strusciarsi su di lui, facendole sentire la sua asta dura che le premeva contro il corpo.

Le accarezzò la coscia, carezze lente che le fecero montare una pressione insopportabile in mezzo alle cosce. Con l'altra mano le abbassò il vestito e cominciò immediatamente ad accarezzarle il capezzolo sinistro.

La mano che le stava accarezzando la coscia scivolò verso il suo sesso, e il fatto che avesse ancora indosso le mutandine non fece nulla per frenare le stelle che stava già vedendo, o i gemiti che le stavano già scappando dalle labbra.

Anche lui aveva il respiro ansimante, e sembrava coinvolto

e concentrato tanto quanto lei. Le scostò le mutandine e cominciò a toccarle la clitoride disegnando dei lenti cerchi.

Prima aveva pensato che avrebbe potuto seguirlo anche all'inferno. Si sbagliava: questo era il paradiso. I suoi gemiti si fecero sempre più forti. Serena inarcò la schiena interrompendo il loro bacio ma offrendogli i propri seni. Lui inalò a fondo e si prese un momento per guardarli, le pupille dilatate e la bocca leggermente spalancata. Poi portò le sue labbra deliziose sul capezzolo già turgido.

Li stimolò alternando la mano e la bocca, mentre usava l'altra mano per penetrarla lentamente, sempre senza smettere di toccarle la clitoride con il pollice.

Era un musicista, ma quest'uomo sapeva decisamente il fatto suo quando si trattava del corpo femminile. Le tornarono alla mente tutte quelle battute e quei commenti che lei aveva letto su quanto lui fosse bravo con le mani, a giudicare da come suonava la chitarra. Provò a non pensare a come era venuta a sapere di tutto questo e si concentrò solo sull'effetto che lui aveva sul suo corpo.

Gli unici orgasmi di tutta la sua vita erano quelli indotti dalle sue sole mani. Bryan non aveva mai fatto nemmeno lo sforzo, ma le sensazioni che Rhys le stava donando erano qualcosa di completamente diverso, qualcosa che lei non era mai stata in grado nemmeno di immaginare. La pressione che sentiva montare dentro di sé era quasi dolorosa. Si stava arrampicando verso una sommità diversa da tutto il resto.

Rhys continuò a toccarle la clitoride e a succhiarle i capezzoli e, prima che lei se ne accorgesse, il suo corpo si frantumò in un milione di pezzettini e raggiunse il climax.

Lui si fermò solo per un secondo, lasciandole assaporare la sensazione prima di tornare a reclamare la sua bocca. La fece girare e distendere sul divanetto, emettendo un suono basso dal profondo della gola.

Rhys, le pupille ancora dilatate, gli occhi sgranati pieni di bramosia, guardandola come se volesse divorarla, si slacciò la cintura.

Poi Serena si rese conto che il cazzo di Rhys era nuovamente posizionato contro il suo sesso. Ma questa volta non voleva fermarlo. Questa volta lo voleva.

"Prendi la pillola?" le chiese lui, la voce bassa, pregna di desiderio.

"Ho cominciato a prenderla da un po', quindi ora penso vada bene. Ma sii gentile, Rhys, ok? Ti prego... Non l'ho mai fatto prima d'ora."

Lui si immobilizzò. "Sei seria? Sei vergine?"

"Uhm... sì, lo sono... ma voglio farlo con te, lo voglio davvero. Quindi sii gentile, va bene?"

"Merda." Rhys emise un suono frustrato. "Non lo faremo qui, così. È la tua prima volta, principessa, ti meriti di meglio di un divanetto in un qualche club dopo che abbiamo passato la serata a bere."

Si tirò su i pantaloni e la aiutò a sistemarsi il vestito. La baciò di nuovo, ma più gentilmente, questa volta.

"Voglio veramente farlo con te, Rhys," gli sussurrò lei guardandolo dritto in quei suoi occhi verdi, i loro volti a meno di un paio di centimetri di distanza. "Lo capisco che non vuoi farlo ora, qui, ma promettimi che sarai tu il primo. Ti prego..."

"Principessa, sì che lo voglio. Cazzo, credimi, lo voglio. Ma ti meriti qualcosa di meglio. E sì, voglio essere io il primo. Nessun altro. Tu sei mia, okay? Mi hai sentito? Essere il primo uomo con cui fai l'amore mi renderebbe immensamente felice. Ma ora dobbiamo tornare alla festa."

La guardò con uno sguardo intenso, accarezzandole il viso e baciandola dolcemente prima di prenderla per mano e condurla di nuovo in mezzo alla folla.

18

Il mattino dopo si svegliò nel letto di Rhys. Non nel proprio letto a casa di Rhys, quello nella stanza che lui le aveva dato. Ma proprio nella stanza di Rhys, nel letto di Rhys, con il suo braccio muscoloso e tatuato che la avvolgeva. Non era mai entrata in camera sua, ma ora vedeva quanto assomigliasse a quella dove dormiva lei. Era più grande, con più finestre panoramiche e foto di lui e degli altri membri della band. C'erano vestiti buttati dappertutto, oltre a una collezione di chitarre sistemata vicino alla finestra.

Su una parete, vicino alla porta del bagno, c'era un enorme cabina armadio che Serena era sicura contenesse dei vestiti firmati che l'avrebbero mandata in brodo di giuggiole.

Riuscì a riposizionarsi con gentilezza, senza svegliarlo. Rhys respirava a fondo. Sembrava più giovane mentre dormiva. La sua espressione spesso guardinga ora era rilassata, e sulle labbra aveva un piccolo sorriso.

Si prese il suo tempo per guardarlo, ora senza preoccuparsi di venire sorpresa a sbavare dietro a un uomo che per lei era stato sempre off limits. Serena indossava una canotta e un paio di pantaloncini e aveva un vago ricordo di lui che la aiutava a sfilarsi il vestito e la lasciava quindi da sola per cambiarsi prima di averla trascinata nella propria stanza, nel proprio letto, assieme a lui.

Erano tornati tardissimo. Lei aveva fatto il pieno di vino e lussuria, e la sorprendeva il fatto che riusciva a ricordare di essere arrivata a casa e tutto quello che era successo dopo.

Lui si era spogliato restando solo con i boxer, senza prendersi la briga di mettersi nient'altro addosso. Rhys aveva sorriso quando lei aveva sussultato vedendo il suo corpo perfetto così vicino all'essere nudo. Si era disteso su di lei, premendo il proprio corpo duro e muscoloso su quello di lei, e poi aveva ricominciato a riempirla di baci. Poi aveva sospirato e si era disteso di fianco a lei, e se l'era stretta al petto, premendole il membro eretto contro il culo. Lei si era contorta contro di lui, e lui le aveva sussurrato: "Domani, principessa. Te lo prometto. Ora dormi, prima che non ce la faccia più a resistere e ti faccia tutto quello che fino ad ora ho solo sognato."

Si ricordava si essersi addormentata nel suo forte abbraccio, incredula per avergli sentito dire che lui aveva sognato di farle chissà cosa.

Ora, sotto la dolce luce del mattino che si riversava nella camera da letto, lui indossava ancora solo i boxer, e il suo corpo duro e mozzafiato era lì in bella mostra per lei. Lo sguardo di Serena si spostò dal suo bellissimo viso addormentato verso il suo petto e le sue braccia muscolose e tatuate, e poi sul suo stomaco definito, fino a posarsi sulla V perfetta, e poi ancora più in basso, verso... oh, sembrava che fosse vero quello che si diceva a proposito dell'alzabandiera mattutino.

Si lasciò scappare un piccolo sussulto e arrossì. Per fortuna Rhys era ancora addormentato, o così pensò lei. Lo guardò velocemente in faccia, solo per sentire che arrossiva dieci volte di più quando si ritrovò a guardarlo dritto in quei suoi occhi ipnotizzanti, assonnati ma spalancati, un sorrisetto sulle labbra.

"Ti piace quello che vedi, principessa?" La sua voce ancora rauca ma, oh, era così bella!

"Uhm, sì. Mi piace... molto. Mi dispiace. Non dovrei guardarti mentre dormi."

Lui le accarezzò il viso, le scostò i capelli dagli occhi, glieli infilò dietro l'orecchio, sempre fissandola con i suoi occhi penetranti.

"Va tutto bene. Mi piace quando mi guardi. Mi piacerebbe che tu mi guardassi di più."

"Sì, d'accordo, ma è scortese fissare qualcuno che dorme." Distolse lo sguardo e prese a guardarsi il ginocchio.

"Principessa, tu puoi fissarmi per tutto il tempo che vuoi. Finché sono io quello che guardi, sono felice. In estasi, cazzo." Le strinse il mento così da guardarla negli occhi e sostenne il suo sguardo. Restò immobile, senza nascondere nessuna parte del proprio corpo.

"È bello che tu sia curiosa. Cazzo, sono onorato che sia io l'oggetto della tua curiosità." Il modo in cui la guardava, praticamente nudo, lo sguardo oscuro carico di desiderio, rilassato riguardo il suo corpo esposto... era forse la cosa più erotica che lei avesse mai visto in vita sua.

Le sue parole la fecero ansimare. Ormai non provava più nessuna vergogna per essere stata sorpresa. Lui la metteva a suo agio in un modo meraviglioso. La faceva sentire a casa, desiderata.

La stava ancora guardando con tenerezza, in attesa della sua risposta. Lei non sapeva cosa dire e così cominciò ad accarezzargli il tatuaggio che aveva sul petto, e poi quello sulle braccia, giù fino a toccargli le mani. Poi gli passò le dita sullo stomaco muscoloso, muovendosi verso i suoi fianchi. Rhys inalò a fondo, e Serena vide il suo cazzo che pulsava. Ma potevano fare una cosa del genere? Aveva letto qualcosa a proposito, certo, ma non credeva che fosse possibile. Ma poi, mentre lei gli accarezzava lo stomaco dirigendosi verso l'elastico dei suoi boxer, ecco che lo fece di nuovo!

Lei sussultò e lui emise un gemito grave.

"Principessa, sto facendo di tutto per lasciarti fare quello che vuoi. Ma mi stai uccidendo, cazzo."

Lei lo stava uccidendo? Sembrava impossibile, eppure la prova era proprio davanti ai suoi occhi. Un brivido eccitato le percorse la spina dorsale. Le sue parole la fecero bagnare.

"Cazzo," disse lui ansimando mentre lei gli accarezzava il cazzo eretto attraverso la stoffa dei boxer. "Non vedo l'ora di penetrarti."

La fece distendere sulla schiena e premette il proprio corpo contro il suo, baciandola con passione e accarezzandole la scollatura della canotta e passandole la mano su e giù lungo la coscia.

Lei gemette sentendo la mano di lui che le toccava i pantaloncini e che afferrava il tessuto prima di farli rotolare verso il basso, lungo le sue gambe. Lei scalciò sfilandoseli senza smettere di baciarlo.

"Serena," disse lui dolcemente. "Guardami un attimo negli occhi." Lei aprì gli occhi e lui la osservò, accarezzandole il fianco e facendole venire la pelle d'oca.

"Ora voglio rallentare. Ma tu dovrai parlarmi, okay? Se faccio qualcosa che non ti piace o, cosa ben peggiore, se ti faccio male, me lo devi dire. Va bene? Mi prometti che me lo dirai?"

Lei lo guardò negli occhi, in quegli occhi così grandi e onesti, e annuì lentamente.

"Devo sentirtelo dire, Serena."

"Sarò onesta. Te lo prometto, Rhys. Te lo dirò," disse lei ansimando.

"Va bene allora, principessa. Ma ricordatelo, va bene?" Cominciò a riempirle il collo di baci, baci gentili alternati a morsi altrettanto gentili.

"Te l'hanno mai leccata?"

Lui la guardò speranzoso, accarezzandole il capezzolo attraverso la maglietta. Lei scosse il capo. Le sensazioni che lui le provocava la rendevano incapace di parlare.

"Che vergogna. Scommetto che hai un sapore paradisiaco."
Un brivido le attraversò il corpo a quelle parole. Come faceva a pronunciarle con tanta facilità? Senza la minima vergogna?

"Ti è piaciuto quello che è successo ieri sera, però?"

Continuava a stuzzicarle i capezzoli, baciandole la pelle nuda dello stomaco.

Lei riuscì a malapena ad annuire. Aveva la pelle in fiamme, in goni punto, e bramava ben altro. Ogni volta che lui le toccava il capezzolo, il suo sesso si contraeva. Era abbastanza sicura che ormai le sue mutandine fossero zuppe. Fosse stata in grado di pensare, si sarebbe imbarazzata. Ma i suoi pensieri erano completamenti presi dal modo in cui lui la faceva sentire.

Le abbassò le mutandine e fece sparire la sua canotta. Ora era completamente nuda di fronte a uno degli uomini più belli del pianeta. Oddio! Se ci fosse stato qualcun altro, avrebbe provato a coprirsi, ma il modo in cui lui la guardava, con quei suoi occhi resi scuri dalla libido, la facevano sentire sexy, desiderabile e bellissima, e così tutta la sua pudicizia se ne volò fuori dalla finestra.

Lui la mangiò con gli occhi, ruggendo dolcemente mentre le accarezzava il sesso.

"Dio, Serena. Sei così bagnata, cazzo." Si portò le mani lucide alle labbra e le leccò ripulendole dai suoi umori. Chiuse gli occhi, gemette e sentì il suo sapore sulle labbra. "Delizioso, principessa. Così dolce... voglio leccartela. Va bene?"

Lei sapeva che lui era in attesa di una risposta, ma non riuscì a trovare le parole che lui stava aspettando. Riuscì solo a concentrarsi sulle dita di lui che ora stavano giocando con la sua clitoride.

La baciò con passione, con fare famelico, e lei sentì il cazzo di lui che premeva contro il suo corpo. Gemette, ancora incapace di parlare.

"Cazzo, Serena. Non sono mai venuto grazie a dei suoni, ma se continui a fare così... succederà presto. Respira, principessa... non farò nulla fino a quando non sarò certo che a te va bene. Quindi devi darmi una risposta." La sua voce era rauca, bassa.

Lei seguì il suo consiglio, fece un respiro profondo per schiarirsi la mente – la sua mente eccitata in modo patetico, ridicolo – e poi sussurrò. "Sì, ti prego, Rhys! Ti pregò!" lo implorò.

Fece a malapena in tempo a pensare che non si era fatta la doccia. Subito la bocca di lui cominciò a leccarle il sesso con fare famelico. Su e giù, succhiandole le grandi labbra, penetrandola con la lingua e poi ricominciando tutto daccapo. Rhys gemette di nuovo. "Come sei dolce, Serena…" Poi cominciò a succhiarle e a leccarle la clitoride.

La sua lingua la ridusse a una maniaca che fremeva e gemeva. Provò a muovere i fianchi verso la sua bocca, ormai incapace di trattenersi, ma le forti mani di lui glielo impedirono. La leccò e la succhiò fino a quando lei non vide altro che stelle e fuochi d'artificio, fino a quando non si sentì come se fosse sul punto di volare via. C'era solo lui ad ancorarla al suolo. Fin troppo presto, la pressione che stava montando dentro di lei esplose in una sfera di luce, la sua mente andò in frantumi sparpagliandosi in tutte le direzioni e lei gridò il suo nome, affondandogli le dita nelle spalle e tirandogli i capelli.

Lui continuò a leccarla, la leccò fino all'ultima goccia, e solo allora le montò sopra. Ora i boxer se li era tolti. Serena riusciva a sentire la punta del suo cazzo che premeva contro il suo sesso, perfettamente posizionata per penetrarla. Ma Rhys non lo fece, la baciò con passione e lei sentì il proprio sapore sulle sue labbra. In qualche modo ciò la eccitò ancora di più. Serena gemette e lui emise un suono profondo di gola.

"Hai detto che prendi la pillola. Io sono pulito. Mi faccio i test ogni mese. Vuoi vedere i risultati? Ce li ho sul telefono. E non sono stato con nessuna dall'ultima volta che mi sono fatto le analisi." Lui la guardò, gli occhi pieni di desiderio, le pupille dilatate. Eppure, nei suoi occhi brillava anche l'onestà. Serena sapeva che la sua era un'offerta seria, sincera, e che lui non sarebbe rimasto offeso se lei gli avesse chiesto veramente di farle vedere i risultati delle analisi.

"No, Rhys, ti credo. Ti voglio dentro di me. Ora! Ti prego, Rhys, ti prego."

Lui ruggì ma non disse nient'altro, e lei sentì il suo cazzo che, lentamente, a poco a poco, la penetrava. La penetrò guardandola negli occhi, come se stesse valutando la sua reazione.

"Cazzo, ce l'hai così stretta," disse lui ansimando. Serena sentì la punta del suo membro che entrava dentro di lei, e poi la fitta di dolore che arrivò con la rottura dell'imene. Non fu così doloroso come pensava e, per quanto si sentisse indolenzita, si sentiva anche deliziosamente piena, e il piacere che derivava dall'averlo dentro di sé era maggiore del dolore. Si avvinghiò a lui e gli passò le mani tra i capelli e sulla schiena.

Quando lui la penetrò fino in fondo, si fermò, lasciandola abituare a questa nuova sensazione. I muscoli di Rhys erano tesi, gli occhi pieni di un desiderio infuocato. Ma, comunque, restò immobile. Ce l'aveva enorme, ma lei aveva bisogno di sentirlo che si muoveva dentro di lei.

"Tutto bene, principessa?"

"Sto bene, Rhys. Devi muoverti, però!" riuscì a dire lei, ansimando.

E allora lui cominciò a muoversi. All'inizio si mosse lentamente, ma era la cosa più bella che lei avesse mai provato in vita sua. Il piacere le riempì il corpo, conquistò ogni centimetro del suo essere. Il mondo intero era scomparso, e tutto quel che esisteva erano le sensazioni che lui le dava, il corpo di lui sopra al proprio mentre ansimava e ruggiva dolcemente e le gemeva nelle orecchie, baciandola e sussurrandole parole dolci.

Rhys si muoveva con un ritmo perfetto, con la giusta quantità di pressione, e lei cominciò a sentire di nuovo quella pressione che le montava dentro al corpo.

Era quasi dolorosa, a questo punto, ma Serena sapeva che lui non si sarebbe fermato. Il respiro di Rhys si era fatto ansimante, e lei riusciva a sentire i muscoli del suo corpo che tremavano mentre la penetrava con maggiore vigore, ma sempre stando attento a non farle del male. C'era quasi, e lei era lì con lui.

Poi, di colpo, il mondo di Serena andò in frantumi, in un milione di minuscoli pezzettini, e il nodo che s'era andato formando dentro di lei si sciolse, e tutte quelle cose che aveva letto o sentito dire riguardo agli orgasmi sconvolgenti divennero realtà.

Lui le morse il labbro inferiore e ruotò gli occhi all'indietro, flettendo le spalle e le cosce muscolose mentre la riempiva. Lei sentì il suo orgasmo che si riversava dentro di lei, il suo cazzo che pulsava. E fu la sensazione più bella che avesse mai provato in vita sua.

Rhys la baciò sulle labbra. Un bacio lungo, appassionato. Era ancora sopra di lei, dentro di lei. La guardò con uno sguardo preoccupato. "Tutto bene, Serena? Scusa se ho perso il controllo alla fine, io..." Lei lo zittì con un altro bacio.

"Va tutto bene, Rhys. Veramente. Non penso di essermi mai sentita meglio in vita mia. È stato..." Provò a trovare le parole, ma non le vennero. Poi agguantò l'unica parola che le attraversò la mente. "Incredibile. Rhys, è stato incredibile." Gli accarezzò il viso. "Non mi sono mai sentita così prima d'ora. Mi è sembrato come se mi stessi disfacendo. Le cose che mi fai..."

"Non eri mai venuta prima d'ora?" le chiese lui, incredulo.

Lei lo zittì prima che potesse saltare a conclusioni errate riguardo quanto successo la sera prima. "Beh, ieri sera, sì, e poi da sola. Ma mai niente del genere."

Lui le accarezzò i capelli e la baciò di nuovo. Quando si staccarono per riprendere fiato, gli occhi di lui brillavano maliziosi. "È dal primo giorno che ti ho incontrata che volevo farlo, sai? Ho pensato di farti certe cose..." Ridacchiò.

"Veramente? Anche io volevo farlo. Ma non pensavo lo volessi anche tu."

Lui le baciò le labbra, e il collo, e la clavicola. "Come potrei non volerlo? Sei la ragazza più bella e vera che abbia mai visto in vita mia," le mormorò all'orecchio.

"Quindi era questo quello che intendevi nella limousine, eh? Quando hai detto ' non così'? Io pensavo che l'avessi detto perché non mi desideravi."

Lui la guardò di nuovo dritta nell'anima.

"Sì, volevo dirtelo. Ma non sapevo come fare." Lei gli parlò a bassa voce, e sentì che il ricordo di quello che era quasi successo nella limousine lo eccitava tanto quanto eccitava lei.

"Cazzo, Serena. Vorrei che tu me lo avessi detto. Che stronzo che sono, che non ti ho dato il tempo di spiegarti. Ma pensavo che se l'avessi fatto, mi avresti detto che ero uno stronzo fatto e finito e che te ne saresti andata perché quello non faceva parte dei nostri accordi. L'avevi detto fin dall'inizio che certe cose non volevi farle. E io mi sono comportato da vero egoista, e non volevo che tu te ne andassi... sono uno stronzo. Avrei dovuto avere più fiducia in te."

"Va tutto bene, Rhys. Ci ha condotti a questo momento, no? E questo momento mi sembra abbastanza magnifico."

Lui le sorrise. "Vero. Sei pronta per un altro round, o ti fa male?"

"Ma che scherzi? Sono settimane che aspetto. Forza, secondo round!" disse lei con voce acuta mentre lui le poggiava le labbra attorno al capezzolo e ricominciava a muovere i fianchi disegnando dei cerchi lenti e deliziosi.

Troppo presto Serena sentì di nuovo la medesima pressione montare dentro di sé, una pressione che le annodava il corpo, creando dei nodi che solo lui avrebbe potuto sciogliere, e proprio sapendo che lui avrebbe potuto farlo, lui mantenne tutte le promesse che aveva fatto al suo corpo e i muscoli di lei si contrassero attorno a lui e lei gemette in preda all'estasi.

19

Passarono i due giorni successivi a letto, sul divano, in piscina, nella sala proiezioni e persino sul ripiano della cucina. Ignorarono i cellulari e, sebbene lui le avesse detto che tutti i membri della band avevano i telecomandi delle case degli altri, non si fece vedere nessuno.

Rhys era un uomo attento e amorevole. Si assicurava sempre che lei fosse a suo agio – prima, durante e dopo. Le preparava dei bagni caldi per dare conforto ai suoi muscoli indolenziti, solo per infilarsi nella vasca con lei e indolenzirglieli ancora un altro po'.

Rhys insisteva dicendo che dovevano restare perlopiù nudi. Al massimo permetteva l'uso delle mutande, anche se poi gliele sfilava quasi subito dopo. Era un uomo insaziabile. Ma gli bastava toccarla per far sì che lei divenisse insaziabile tanto quanto lui. Rhys aveva chiamato Marco e la donna delle pulizie e aveva detto loro di prendersi qualche giorno di riposo.

Marco aveva protestato, fino a quando Rhys non aveva strizzato il culo di Serena dopo che si era fatta la doccia e lei aveva risposto lanciando un gridolino. Allora Marco si era messo a ridere e aveva detto: "Va bene, mi è dato capire che vi state esercitando in modo diverso."

Nella testa di Serena, questi erano i loro giorni perduti. Erano completamente presi l'uno dall'altra, e il mondo esterno era praticamente svanito.

Ora gli si era inginocchiata davanti, l'acqua che colava sui loro corpi uscendo dai due soffioni della doccia. Lei l'aveva appena fatto venire, in piedi nella doccia, mentre la guardava con occhi carichi di desiderio.

Lei non l'aveva mai fatto e moriva dalla voglia di sentire il suo sapore in bocca. Negli ultimi due giorni, Rhys aveva fatto sì che tutto ruotasse attorno a lei. Voleva imparare cosa le piacesse e voleva farglielo. Ma ora il suo cazzo era duro come la pietra, e lei non vedeva l'ora di mettersi in bocca.

Serena aveva provato una volta a fare un pompino a Bryan, ma lui aveva assunto un'espressione disgustata non appena le labbra di lei si erano chiuse attorno al suo cazzo, tanto che si era spostato con uno scatto e le aveva detto di smetterla di comportarsi come una puttana.

Rhys, d'altro canto, la guardava con una malcelata espressione di bisogno e desiderio. Aveva il respiro pesante, e la guardava come se lei fosse sul punto di consegnargli chissà che ricompensa. Lei gli leccò la punta del pene con cautela, mulinando la lingua come se fosse un cono gelato quello che aveva davanti. A lui piaceva, però, e così spinse il cazzo leggermente in avanti. Lei si mise la punta in bocca e lui tirò un sospiro di sollievo. Serena lo succhiò lentamente, usando la mano come estensione della bocca. Il membro di Rhys era enorme.

Rhys ringhiò infilandoglielo dritto in gola, le mani nei capelli di lei, senza guidarla, senza spingerla, solo tenendola ferma, massaggiandole la testa. Lei glielo leccò e glielo succhiò e mosse la mano insieme alla bocca fino a quando lui non cominciò a gemere e a muovere i fianchi. "Cristo, Serena, sto per venire. Forse dovresti..." Non terminò la frase. Lei non avrebbe mai e poi mai staccato le labbra dal suo membro. Voleva ogni goccia del suo sperma nella bocca, giù nella gola.

Un'ultima leccata nella parte inferiore dell'asta – proprio lì dove piaceva a lui – e Rhys gemette e le sparò un fiotto caldo di sperma nella gola. Era il sapore più buono del mondo, pensò Serena.

Lui la fece rimettere in piedi e la baciò con passione, per niente disgustato dal sapore che ora le pervadeva la bocca.

"Sei la donna più sexy del mondo," gemette lui chiudendo l'acqua e avvolgendola con un asciugamano morbido.

"Sei tu che mi rendi così, Rhys. Non potrei mai essere così con qualcun altro, nemmeno tra un milione di anni."

"E io non voglio che tu lo sia, principessa. Tu sei mia, hai capito?" Pronunciò queste parole guardandola dritta negli occhi. Il cuore di Serena galoppò di nuovo lontano... Non aveva idea di cosa volesse dire. Ma le piaceva il suono di quelle parole, e così non disse nulla. Non era disposta a sacrificare questo momento dicendo qualcosa di stupido.

Si asciugarono e si vestirono, per la prima volta dopo diversi giorni. "Per quanto vorrei restare qui per sempre con te, devo andare a vedere Anders e gli altri. Abbiamo un'intervista programmata per oggi pomeriggio."

Lei si infilò un vestito viola e per poco non lo perse non appena lui la vide. La baciò fino a farle perdere il senno e le infilò le mani sotto l'orlo, e Serena si trovò quasi incapace di formare un pensiero razionale, e per poco non lo portò in camera da letto prima che lui le sussurrasse: "Devi avere pazienza, principessa. Dobbiamo andare da Anders e fare quell'intervista. Questo vestito ti rende sexy come non mai."

Lei lo seguì in garage e si diresse verso l'Aston Martin. Ma Rhys scelse la Range Rover. "Non oggi, Serena. Prendiamo questa. Non voglio attirare l'attenzione."

Beh, quella sì che era una cosa nuova. Lei non era proprio lì per fornire una distrazione e attirare l'attenzione su di loro? Negli ultimi giorni sembrava che qualcosa tra loro fosse cambiato, ma lei non era ancora del tutto sicura. Lei provava qualcosa per lui, su quello non c'erano dubbi, ma lui non provava la stessa cosa per lei, vero? Il sesso tra loro era fenomenale. Ma per lui il sesso, probabilmente, era semplicemente il sesso. Era stato chiarissimo al riguardo, fin da subito: lei era qui come distrazione. Eppure ora lui diceva che non voleva attirare troppa attenzione...

Non diede voce a nessuno di questi pensieri e salì sulla Rover, accendendo l'aria condizionata e la radio, gli occhiali da sole inforcati: il ritratto della calma e della sicurezza.

Arrivarono a casa di Anders e Serena vide che non sarebbero stati da soli. Sul vialetto c'erano le macchine di tutti gli altri membri, oltre a un paio di veicoli che non sapeva di chi fossero.

"Merda," disse Rhys. "Non riesco a crederci che abbiano portato le groupie. Abbiamo un'intervista tra quindici minuti, cazzo."

"Di solito le interviste le fate a casa?" Serena restò sorpresa scoprendo che l'intervista si sarebbe tenuta qui. Aveva pensato che il piano era di incontrare tutti qui prima di raggiungere il luogo designato. Tutto ciò grazie alla sua infinita conoscenza in materia di intervista alle rockstar, ovviamente... Serena non aveva la più pallida idea di come funzionassero queste cose.

"Diamine, no. È la prima volta. Ma girano delle voci su Anders. Annie pensa che dobbiamo come 'invitare della gente a casa'. Se lo chiedi a me, è una stronzata. Ma lei pensa sia un'ottima idea. E così eccoci qui."

Rhys aprì la porta ed entrò in casa di Anders tenendo Serena per mano. Gli altri membri del gruppo erano seduti sui divani, circondanti da groupie in preda all'estasi. Quando Rhys e Serena entrarono tenendosi mano nella mano, i ragazzi cominciarono a fischiare, Luc e Jett si abbandonarono a un lento applauso e Milo si mise a ridere battendo anche lui le mani. "Solo tre giorni, Rhys?" disse. "Mi deludi. Pensavo che avessi più resistenza."

Rhys gli sorrise, ma il sorriso gli morì presto sulle labbra quando vide Anders, con una birra in mano, che guardava lui e Serena in cagnesco, come se per colpa loro dovesse finire la festa. Rhys si diresse verso lo stesso divano davanti al quale non molto tempo prima avevano trovato Anders svenuto e gli tolse la birra dalla mano.

"Ma che cazzo di problemi hai?"

Anders non disse nulla. Si limitò semplicemente a guardarlo male. Poi guardò le ragazze sparpagliate in giro per la stanza e ordinò loro di sgombrare. Milo, Jett e Luc guardarono prima Rhys e poi Anders. Dopo un secondo, uscirono anche loro.

"Mi fa piacere vederti, Sese," disse Milo abbracciando Serena mentre usciva dalla stanza. Luc e Jett si limitarono a sorriderle e a farle l'occhiolino prima di sparire.

Anders continuava a guardare Rhys. "Quindi," disse. "La fidanzata quindi resta?"

"Sì, Andy. Lei resta. E se hai qualche cazzo di problema al riguardo, puoi anche andartene a fare in culo."

Anders non disse nulla. Guardò Serena come se fosse un'aliena.

"Anders. Alcol? Ma fai sul serio? Devi andare in riabilitazione, fratello. Te lo dico con tutto il rispetto. Non puoi continuarti a farti questo!"

"E perché mai dovrei andare in riabilitazione, Rhys? Io non ho nessun problema. A meno che non ce l'hai tu." Anders sbuffò. Rhys si fece visibilmente teso. "Nel qual caso, puoi andartene fare in culo." Ripeté con fare beffardo le parole usate da Rhys un attimo prima.

"Andy, ascolta. Lo so che non è stato facile. Ma devi affrontare quello che ti hanno fatto, Anders. Non è stata colpa tua, dannazione. Devi andare in terapia, cazzo. Devi prenderti cura di te stesso. Devi cambiare."

Anders allora lo interruppe. "Fanculo, Rhys. Non ho bisogno delle tue cazzo di prediche. Vattene e basta. E portati via quella tua troietta."

Rhys fece un respiro profondo. Sembrava sul punto di dare un cazzotto in faccia ad Anders.

"Non ti azzardare a chiamarla così, cazzo! Mai! Mi hai sentito?" Lo afferrò per la maglietta. "E sì, noi ce ne andiamo, Anders. Ma nel caso in cui te lo fossi dimenticato, abbiamo un'intervista tra quindici minuti. Quindi datti una cazzo di controllata!" Mentre sbraitava, ecco che arrivò Annie, come se l'avessero chiamata.

"Giusto, signori. Ho Drew Prince seduto insieme agli altri sul balcone. Se la smettete di menarvi per un secondo, abbiamo un'intervista da fare." Annie non sembrò sorpresa di quanto stesse accadendo. Ma poi guardò Serena e lasciò trapelare tutto il proprio fastidio.

Rhys lasciò andare subito Anders, si avvicinò a Serena e le diede un bacio sulle labbra. "Facciamo subito, principessa, giusto un quarto d'ora. E poi leviamo le tende."

Uscì sul balcone. Anders le rivolse un'occhiataccia e poi lo seguì.

"Beh," disse Annie a Serena. "Vieni?"

I membri della band erano stravaccati sui divani sul balcone e un uomo di mezz'età dall'aspetto amichevole era seduto su una sedia di fronte a loro. Lo circondavano le telecamere e svariati cameraman e altri che controllavano senza sosta i cavi e l'inquadratura e tutto il resto. Poi uno gli fece di sì con la testa. "In onda tra... cinque, quattro, tre..." Smise di parlare e finì il conto alla rovescia con le dita.

L'intervistatore guardò dritto nell'obiettivo e disse: "Eccoci dal vivo con i Misery, signore e signori. Siamo nientepopodimeno che sul balcone della casa di Anders Grant in persona. Come va, Misery?" chiese girandosi verso di loro. "È passato un po' dal vostro ultimo tour, quindi quali sono le novità? Uscirà presto un nuovo album?"

Jett si prodigò in una risposta, interrotto di quando in quando da Luc e Milo. Rhys e Anders restarono in silenzio, senza però che la tensione tra di loro fosse visibile. L'intervista sembrò andare liscia come l'olio. Serena capì che la band aveva un proprio ritmo ben definito, una facilità con cui affrontare situazioni di questo genere, a prescindere da quello che stava succedendo a livello personale. Rimase decisamente colpita di fronte alle loro personalità pubbliche.

"Quindi, Rhys, di recente ti abbiamo visto spesso insieme a una certa signorina. Vuoi dirci cosa sta succedendo? Non sei mai stato così aperto al riguardo prima d'ora. Alcuni dicono che è solo un modo per attirare l'attenzione. Ti va di spiegare?"

"La gente può dire quello che vuole. Serena è una ragazza fantastica. È un onore per me poter passare del tempo insieme a lei, e continuerò a farlo fino a quando non si stuferà di me." Annuì con fare arrogante e sparò un sorrisetto dritto nell'obiettivo, ma poi il suo sguardo si ammorbidì quando incrociò gli occhi di lei, in piedi dietro alla telecamera.

"Quindi nel prossimo futuro assisteremo a un matrimonio?"

Il cuore si Serena si fermò. I suoi polmoni si rifiutarono di far entrare l'aria.

Rhys si limitò a ridacchiare, come se quella fosse una domanda del tutto normale. Senza scomporsi, disse: "Ci frequentiamo solo da poche settimane, Drew. Non mettiamo il carro davanti ai buoi, ok? Non vorremo mica farla scappare a gambe levate."

Dopo quella risposta, l'intervistatore non fece più nessuna domanda su Serena – ma lei aveva ancora la testa che le girava. Rhys non aveva detto di no!

La band proseguì la propria chiacchierata rilassata con Drew Prince per un po' prima che Annie facesse un cenno al cameraman, che subito avvisò il signor Prince.

"Beh, gente, ringraziamo i Misery, per oggi è tutto. Fateci sapere cosa pensate usando l'hashtag #miseryontwo!"

E così la lucina rossa che indicava che le telecamere erano accese si spense e Rhys balzò in piedi. "Mi ha fatto piacere rivederti, Drew," disse stringendogli la mano. Poi fece un cenno col capo al resto della band e, senza dire nient'altro, prese Serena per mano e la trascinò verso la macchina.

20

"Rhys, perché stiamo facendo le valigie? Dove andiamo?"

Rhys non aveva detto una parola per tutto il viaggio di ritorno verso casa. Aveva sospirato alle onnipresenti telecamere che li stavano aspettando davanti al cancello e, non appena erano entrati, al sicuro, si era infilato gli occhiali da sole nei capelli, le aveva rivolto uno sguardo infuocato e le aveva detto di fare le valigie, ché sarebbero partiti per qualche giorno.

"Andiamo dove potremo scappare da tutto questo caos." Emerse dalla sua cabina armadio, un borsone da palestra sulla spalla, e le diede un bacio appassionato. Quando poi lo interruppe, continuò a guardarla per qualche istante, uno sguardo che lei non comprese fino in fondo. Poi lui sbatté le palpebre e, qualunque cosa ci fosse stata nei suoi occhi in quel momento, scomparve.

"Dobbiamo andar via da tutto per questo. Giusto per un po'. Sei fortunata, perché conosco proprio il posto che fa al caso nostro." Il suo sorrisetto sicuro di sé era tornato al suo posto, e la tenerezza non era svanita solo dai suoi occhi, ma nemmeno dalla sua voce.

"Dove andiamo?"

"Vedrai. Porta dei vestiti comodi e leggeri. Non voglio trascinarmi una tonnellata di roba in giro."

Girò i tacchi e lei sentì la sua voce che le diceva: "Ci vediamo in cucina tra quindici minuti!"

Dannazione. Pensava che ormai quella fase della loro relazione fosse finita. Era chiaro, però, che si era sbagliata. E non era la prima volta che succedeva con quest'uomo. Dio, come la confondeva!

Ciononondimeno, Serena doveva evitare di deludere la sua rockstar, per quanto fosse lunatica e disorientante. Sospirò e prese uno dei borsoni più piccoli e lo riempì alla velocità della luce.

Rhys la stava aspettando a bordo della Range Rover, e stava parlando al telefono. Non appena lei salì in macchina, lui chiuse la chiamata e uscì dal garage.

Alzò la musica a tutto volume e rallentò a malapena per permettere ai cameramen di sgombrare il viale prima di premere il piede sull'acceleratore e allontanarsi con uno stridio di gomme, lasciandosi tutto – la casa, le telecamere – alle spalle. Aveva la mascella contratta, la bocca chiusa e le labbra serrate, guidando a tutta velocità verso qualunque fosse la loro meta.

Una volta raggiunta l'autostrada costiera, sembrò cominciare a rilassarsi. La sua bocca si ammorbidì, e le sue spalle si rilassarono. Non aveva rallentato, non aveva abbassato la musica né le aveva detto dove stavano andando, ma più si allontanavano dalla casa, maggiore sembrava la tensione che fuoriusciva dal suo corpo. Dopo aver guidato per un po', abbassò il finestrino e mise il braccio fuori, lasciandosi scivolare l'aria sulla mano e muovendola su e giù, in un movimento fluido, come fanno i bambini quando fanno finta che la loro mano sia un delfino.

Alla fine abbassò la musica e si girò verso Serena.

"Scusa, Serena. Non ho nessun diritto di prendermela con te. Ma Anders a volte mi fa uscire fuori dai gangheri, sai? E quello che ha detto di te... Diciamo solo che mi ha fatto venire voglia di ricominciare a sistemare le nostre beghe come facevamo un tempo, e non come facciamo ora."

"E te ne sei dovuto andare per non farlo?"

"Sì... ma non si tratta solo di quello. Questi ultimi mesi sono stati intensi. Ho bisogno di un paio di giorni per schiarirmi le idee. Lontano da tutti."

"Sai, se hai bisogno di schiarirti le idee puoi lasciarmi da Mary. Posso stare con lei per qualche giorno..." Una piccola parte di lei appassì non appena quell'offerta le uscì dalle labbra. Non voleva allontanarsi di nuovo da lui, nemmeno per qualche giorno, non ora che le cose tra loro cominciavano finalmente a sembrare reali, e soprattutto non ora che avevano speso gli ultimi giorni avvinghiato l'uno all'altra. Ma lui sembrava avere un bisogno disperato di stare da solo e "schiarirsi le idee", per dirla come lui.

Lui si imbronciò. "Non vuoi venire con me?" La sua voce era dura come l'acciaio.

"No! No, Rhys, certo che voglio. Dio, non hai idea di quanto lo voglia. È solo che capisco che tu abbia bisogno di stare da solo, ti sto solo dando l'opzione di farlo. Lo so che forse hai pensato che non ho nessun posto dove andare, e che con te..."

Lui la interruppe con una risatina. "Non ho bisogno di stare lontano da te, principessa. Io ho bisogno di stare da solo *con* te. Lontano da tutte quelle stronzate. Non pensare mai più che io non ti voglia insieme a me, va bene? Non ho ti ho detto di fare i bagagli perché ho pensato che non avessi un altro posto dove stare. Penso che ormai tu l'abbia capito che non sono così gentiluomo. Ti ho detto di fare i bagagli perché volevo che tu venissi con me."

Cosa? Lui la voleva con sé? "Beh, allora, eccomi qui. Sono con te."

"Sì che ci sei," le mormorò lui dolcemente.

Il cuore di Serena mancò un battito. Non intendeva in quel senso, vero? Ma ora era inutile mentire a sé stessa. Lei voleva che lui l'avesse detto in quel senso. Che lei fosse veramente insieme a lui. Che lei era sua.

Raggiunsero la spiaggia. Rhys percorse stradine e tornanti fino a parcheggiare davanti a una bellissima casa in una proprietà a ridosso della spiaggia. Il sole aveva appena cominciato a tramontare. Rhys spense la macchina e uscì. Le aprì la portiera e poi andò a prendere i loro bagagli e la condusse lungo un breve viottolo di pietra che conduceva alla porta principale. Tirò fuori le chiavi, aprì la porta e la fece entrare.

Lei inspirò a fondo entrando nella stanza principale, dove trovò altre finestre panoramiche e la vista sgombra di un portico, una piscina e l'oceano sullo sfondo. La stanza principale era a mo' di loft, con una sala da pranzo collegata a un bar e a una cucina all'ultima moda.

Rhys girò a sinistra, percorse mezzo corridoio che continuava ad offrire panorami sul prato e sull'oceano attraverso le pareti di vetro ed entrò in una suite grande abbastanza da contenere più di una volta l'appartamento di Josh. Accese le luci e Serena restò senza fiato dinanzi allo splendore di quel posto.

La camera padronale aveva un letto enorme, un letto degno di un imperatore, con lenzuola bianche e immacolate, una zona con una televisione e un'altra con tre chitarre e una marea di CD. Più in là c'erano le porte di vetro che conducevano a una vasca idromassaggio sul prato esterno e alla spiaggia e a una vista meravigliosa del sole che tramontava sull'oceano.

Serena trattenne il fiato ammirando il panorama. Sentì le braccia di Rhys che la avvolgevano e la stringevano a sé. "Bello, eh?"

"Sì... Forse è la cosa più bella che abbia mai visto in vita mia."

"Sono d'accordo," disse lui con fermezza. Ma quando lei si girò verso di lui, si accorse che lui la stava fissando.

"Ma non hai paura che la gente che passi ti veda? Con tutti questi vetri..."

"Se le porte sono chiuse, non si può vedere dentro. Ad ogni modo, questa è l'ultima casa del cul-de-sac, e su questa parte della spiaggia non passa mai nessuno. È anche per questo che l'ho comprata."

"Questa casa è tua?" chiese lei balbettando.

"Sì. E tu sei ufficialmente la mia prima ospite. È il mio nascondiglio personale. Nemmeno gli altri ne sanno niente. Ho completato il pagamento mentre eravamo in tour. C'è uno studio di registrazione dall'altra parte, però. E quindi presto anche gli altri la vedranno."

"Ti va di fare un giro della casa?"

Lei gli strinse la mano e gli diede un bacio casto e gli disse: "Puoi scommetterci!"

La condusse attraverso la casa, le fece vedere la palestra, la cantina con i vini, quattro camere da letto e lo studio di registrazione. Poi, infine, tornarono in cucina, il centro della struttura.

Serena aveva la testa che le girava. Era una cosa mai vista prima d'ora!

"Veramente? Ti piace così tanto?"

"L'ho detto ad alta voce?" chiese lei sentendo la punta delle orecchie che le si accaldavano.

"Sì, l'hai detto." Lui le sorrise, le fece inclinare il volto all'indietro e la baciò. Tutti i pensieri sullo splendore di quella casa vennero immediatamente cancellati dal tocco delle sue labbra, dal suo sapore, dal modo in cui lui mosse i fianchi contro i suoi, dalla mano che le accarezzava la guancia e dall'altra che le toccava il collo...

E poi le borbottò lo stomaco. Con forza. Lui interruppe il bacio, le mordicchiò il labbro inferiore e le sorrise.

"Beh, sembra che tu abbia anche altri appetito... E io che mi credevo che l'unica cosa che ti servisse fosse una dieta a base di me." Inarcò le sopracciglia e le rivolse un sorriso malizioso, facendo un balletto e alzandosi la maglietta mettendo a nudo quei suoi addominali scolpiti, la V perfetta, tutta da leccare... *Sì, stanotte devo leccarla!*, pensò Serena.

Lui si schiarì la gola e lei si rese immediatamente conto che lo stava fissando. "Potrebbe il tuo ego essere più grande di così?" gli disse Serena alzando gli occhi al cielo.

"Sì. Ma io non penso che tu fosse al mio ego che stavi pensando, e nessuno si è mai lamentato delle dimensioni al riguardo. Anzi, mi pare di ricordare di una certa fidanzata che qualche giorno fa mi ha detto quant'è grande."

Fidanzata! L'aveva chiamata la sua fidanzata! Serena venne pervasa dalla voglia di mettersi a ballare, di saltare e far schioccare i tacchi, ma era già successo che entrambi scherzassero sull'intera faccenda del fidanzato/fidanzata, e quindi forse per lui era ancora quello, una semplice battuta. Meglio non farsi false speranze.

Lei gli andò incontro, gli rivolse il suo sguardo più seducente, si sfilò la bretellina del vestito, con lentezza, e gli si parò davanti. La bocca di lui si era aperta, giusto un po'. Inspirò vedendola che si muoveva.

"Sai, forse alla mia memoria serve una rifrescata. Ti spiace ricordarmi quanto fosse grosso?"

Gli occhi di Rhys si fecero scuri di lussuria. Il suo respiro si era fatto ansimante. La strinse di nuovo a sé, strusciandosi contro di lei e facendole sentire l'erezione contro il ventre e baciandola con ardore.

Durò solo un secondo, poi lui gemette e indietreggiò. "Penso che quello che hai sentito contro lo stomaco dovrà bastarti come promemoria. Ora vediamo di sfamarti."

"Vuoi ordinare da asporto?" gli chiese lei.

"No, ho chiesto alla donna di servizio di fare la spesa. Ho intenzione di tenerti qui, per me, per tutto il tempo umanamente possibile. Vediamo cosa c'è." I suoi occhi si illuminarono. "Che ne dici di fare colazione?"

"Per cena?"

"Perché no? Uova e bacon sono sempre buoni, a prescindere dall'ora," disse tirando fuori gli ingredienti dal frigo.

"Oh, mi hai convinto col bacon, piccolo."

"Piccolo?" Rhys sollevò le sopracciglia e poi sorrise, lasciandosi andare al ghigno più felice che lei gli avesse mai visto in faccia. "Ci ho pensato, e mi piace!"

"Veramente?" Lei non l'aveva detto seriamente, ma se a lui piaceva così tanto, forse allora le piaceva anche lei... Si sentì speranzosa. Fino a quando non tornò a provare i soliti dubbi. "Forse non ci hai pensato per abbastanza a lungo?" Lui la zittì con un bacio che fece uno *smack* quando poi si staccò da lei. Stava giocando? I suoi occhi e la sua bocca erano ancora sorridenti.

"Niente forse, d'ora in poi io sono 'piccolo'. Non si torna indietro." Le fece la linguaccia e subito dopo cominciò a fischiettare e a adagiare il bacon in una padella.

Bene, bene. Durante gli ultimi giorni a Hollywood Serena aveva avuto modo di vedere questo lato di lui, ma ora, guardandolo, vide che era ancora più rilassato, più luminoso del sole stesso mentre danzava in giro per la cucina. Si era persino tolto le scarpe e la maglietta.

Le linee dure del suo corpo muscoloso la ipnotizzarono all'istante. Aggiungici pure il suo atteggiamento rilassato, svagato, e quel sorriso... Siete pregati di scusarla mentre lei diventa una poltiglia e cerca di riassumere la sua solita forma...

"Ahia!" gridò lui strappandola via dai suoi pensieri. Si massaggiò un punto poco al di sopra dell'ombelico. "Per la cronaca: cuocere il bacon senza la maglietta non è l'idea migliore che mi sia mai venuta!" Rhys stava ancora sorridendo, ridendo un po' e facendo scivolare il bacon su un piatto pulito. Tirò fuori i toast che lei non si era nemmeno accorta che fossero entrati nel tostapane e ruppe quattro uova nella padella ancora sul fuoco.

"Fammi un favore, ti spiace? Imburra i toast. Grazie."

"Va bene." Serena, più guardando lui che pensando a

quello che stava facendo, prese le fette di pane tostato e cominciò a raffreddarle sventolandole come bandierine a una gara di Formula 1.

"Che fai?" le chiese lui, chiaramente divertito dai suoi movimenti.

Lei divenne rossa come un peperone prima di dirgli: "È così che si mangiano i toast," lo informò. "Bisogna raffreddarlo prima di imburrarlo, così da farlo restare croccante."

"Mi tormenti perché voglio fare colazione al posto della cena, e poi eccoti qua che sventoli due fette di pane per aria." Rhys ridacchiò, scosse il capo e tornò a concentrarsi sulle uova che sfriggevano.

Quando Serena pensò che i toast fossero freddi a sufficienza, li imburrò e, non appena finì, lui ci fece scivolare sopra le uova. Ci misero sopra un po' di bacon e se ne andarono in sala da pranzo.

Mangiarono perlopiù in silenzio, entrambi con una fame da lupo dopo la lunga giornata che avevano avuto e senza aver mangiato quasi niente, solo qualche frutto per colazione.

Dopo cena, Serena sparecchiò e caricò la lavastoviglie, come da routine.

"Ti va di vedere un film?" le chiese lui quando lei tornò. Si era già sistemato sul divano e stava passando in rassegna i vari titoli.

"Ma certo." Lei gli si accoccolò contro e lui, d'istinto, la strinse a sé. Vedendolo così rilassato, Serena ebbe un tuffo al cuore, e sentì una vampata di calore che le si espandeva dalla testa fino alla punta dei piedi.

Uno dei titoli le ricordò di qualcosa che aveva detto lui prima riguardo ad Anders, sulla casa, sulla terapia.

Il calore che aveva sentito solo qualche secondo prima venne rimpiazzato da un certo disagio che le attanagliò lo stomaco.

"Ehi, Rhys." Lui le diede un bacio sulla testa senza pensarci e la guardò. "Stavo pensando a quello che hai detto ad Anders, a come le cose sono state difficili per voi."

Lui si mise a sedere come se lei lo avesse scottato. Il Rhys rilassato e a cuor legger sparì nel giro in un secondo.

"E quindi?" le chiese lui, cupo. "Siamo cresciuti in una casa. In varie case, a dire il vero. Su, continua, mettiti a ridere, patiscici. Ne siamo usciti, cazzo!" le disse lui.

Lei rinculò per un secondo davanti alla sua reazione inaspettata, ma poi lo guardò dritto negli occhi, fece un respiro profondo, e proseguì. "Non è così, Rhys. Non è questo quello che ti ho chiesto. Non ti deriderei mai! Volevo solo sapere se ti andava di parlarne. Dopo che ce ne siamo andati, mi è sembrato che tu avessi bisogno di qualcuno con cui parlare. Non farò finta di sapere che cosa abbiate passato, come sia stata la vita per voi. Ma posso ascoltare. Sono un'ottima ascoltatrice."

Lui la guardò con fare circospetto, come se stesse ispezionando il suo volto alla ricerca del giudizio che, chiaramente, si era abituato ad aspettarsi dalle persone quando queste venivano a sapere della sua infanzia. Apparentemente soddisfatto dalle sue intenzioni, si rilassò, le strinse le mani, le diede un bacio e si girò verso di lei.

Fece un respiro profondo e sembrò immergersi nei ricordi. "Io e Anders, ti ho detto quando ci siamo conosciuti che avevo vissuto in luoghi che al confronto, l'appartamento del tuo amico sembrava una reggia. Siamo cresciuti in affidamento. Rimbalzati da un posto all'altro. Era difficile trovare delle famiglie disposte ad accogliere due fratelli, a tenerci insieme, specie quando ci comportavamo male. Cominciammo a fare a pugni quando praticamente eravamo ancora nella culla, e di lì in poi le cose non hanno fatto altro che peggiorare. È stata dura per me, ma per Anders..." La sua voce si affievolì. Il dolore era palpabile. Proseguì.

"Quando avevamo circa quattordici anni, cominciò a frequentare dei tipi che sapevamo tutti che ci andavano pesanti con le droghe. Cazzo. Non è che prima di allora fossimo dei santi, fumavamo un po' d'erba e qualche altra cosa, ma non era niente di regolare. Lo sapevo che c'era qualcosa che non andava con lui. Un paio di mesi prima ci eravamo trasferiti in una nuova casa, ma lui si rifiutava di starmi a sentire. Continuava a dire che stava bene. Fino a quando un giorno si conciò così male che finì in ospedale. Ebbe un crollo mentre era sotto sedativo. Ti risparmio i dettagli... A quanto pare, abusavano di lui. Della roba da malati, cazzo. È fu allora che incontrammo il dottor Kent e tutto cambiò."

Un momento. "Il dottor Kent della serata di beneficienza?"

"Lui in persona. Ci ha salvati. Ci ha trovato una casa dove vivere. I nostri genitori adottivi erano insegnanti di musica. Non gliel'ho mai detto, ma penso che lo sapessero. Ci hanno insegnato a suonare. Io ho preso subito la chitarra, e Anders si è affidato al caos controllato e al baccano della batteria. Penso che così riesca a soffocare il rumore che ha nella testa. Incontrammo Milo nella nuova scuola. Poi, a un certo punto, incontrammo anche Luc e Jett. E il resto, come si dice, è storia."

Aveva gli occhi lucidi. Lei lo abbracciò e gli si sedette sulle ginocchia. "Cazzo," disse lui ansimandole nell'orecchio. "Non l'ho mai raccontata a nessuno questa storia. Nemmeno gli altri conoscono tutti i dettagli. Milo ne sa più degli altri, ma non sa tutto."

Restarono seduti così per quella che sembrò un'eternità prima che lei cominciasse con la propria, di storia.

"Come hai detto, ne siete usciti. E guarda dove cazzo siete arrivati! Sei la persona più forte che abbia mai conosciuto in vita mai, Rhys." Lo guardò negli occhi, in quei suoi bellissimi occhi, grandi, onesti. E fu allora che capì. Lei lo amava, lo amava di un amore vero e folle. Il suo cuore mancò un battito di fronte a questa comprensione e Serena si sciolse tra le sue forti braccia. Ma non poteva dirglielo. Lui la guardò incuriosito.

"Va tutto bene?"

"Sì, pensavo a quanto sei forte, a quello che hai passato. E cosa sei riuscito a fare della tua vita. Voglio dire, guardati...

guarda cos'hai ottenuto. Mi lasci senza fiato, Rhys. Letteralmente. E non perché sei famoso e tutto il resto. È per come sei."

Lo guardò a lungo, sempre seduta sulle sue ginocchia, avvolta tra le sue braccia. Lui le premette l'orecchio contro il cuore, gli occhi chiusi.

"La mia vita è stata l'opposto, in un certo senso," cominciò a dire lei. Non sapeva perché glielo stesse dicendo, ma si sentiva come se dovesse dargli un pezzo della propria anima in cambio di quanto lui le aveva appena detto.

"I miei genitori hanno sempre controllato la mia vita... fino a quando non ti ho incontrato sul balcone. Controllavano quello che facevo, quello che mangiavo, dove vivevo. Il college non è mai stato un'opzione per me. Mio padre mi diede un lavoro nella sua azienda subito dopo il diploma, così che mia madre potesse tenermi vicina a sé, potesse scegliermi un marito che mio padre potesse addestrare nella speranza di farlo diventare il proprio successore. Mi dicevano quando e cosa mangiare, la musica più appropriata da ascoltare... decidevano tutto loro. Ad essere onesta, prima del nostro incontro alla Villa Festaiola dei Misery, non avevo mai sentito parlare della band. Forse avevo solo sentito il tuo nome alla radio, di sfuggita."

"La Villa Festaiola dei Misery?" le chiese Rhys inarcando un sopracciglio.

"Beh, io ci sono stata solo quell'unica volta, e quindi ho pensato che..." Non terminò la frase.

"No, no, ce l'ha affittata l'agenzia, ma Jett, Luc e Milo ancora ci vivono. Anders e io ci siamo trasferiti non appena abbiamo avuto abbastanza soldi per farlo. Non ne potevamo più di vivere con altra gente. Non vedevamo l'ora di avere una casa tutta nostra. Ma poi era tutto così silenzioso... dopo le prime ore il silenzio era diventato quasi insopportabile, e quindi mi ero ritrasferito insieme agli altri, almeno fino a quando non mi hai chiamato tu e mi hai chiesto se l'alloggio faceva parte del nostro accordo." Giocherellò con una ciocca dei capelli di lei e gliela infilò dietro l'orecchio con un gesto quasi riverente. "Aspetta. Io ti ho incontrato alla festa circa una settimana dopo l'evento di beneficienza. Come sei passata dall'essere la cocca di tua mamma a vivere con il tuo amico e andare addosso alla gente a una festa dei Misery?"

Serena fece una smorfia ripensando a quello che era successo. "Beh, te l'ho detto che avevo litigato con i miei, ricordi."

Gli occhi di Rhys luccicarono. "Certo che me lo ricordo, Serena. Mi ricordo ogni minuto che abbiamo passato insieme." Le accarezzò il viso. "Ma ciò ancora non spiega come è successo."

Serena fece un respiro profondo. Espirò lentamente, a denti stretti. Ora doveva parlargli di Bryan.

"Quella sera, dopo l'evento di beneficienza, ho preso un taxi e sono andata a casa del mio fidanzato." Lui si irrigidì, i suoi occhi si fecero severi, le mani che le stavano accarezzando i capelli si bloccarono.

"Fidanzato?"

"Ex fidanzato. Stammi a sentire," disse usando la voce più confortante a cui potesse far ricorso.

"Mi faceva male la testa e così me la sono svignata il prima possibile. Poi, una volta salita sul taxi, mi resi conto che i miei non sarebbero tornati a casa prima di diverse ore, e Bryan mi aveva detto che doveva lavorare fino a tardi. Così pensai di fargli una sorpresa e farmi trovare nel suo appartamento." Non gli disse perché fremeva di andare nel suo appartamento. Rhys già sapeva di essersi preso la sua verginità, e al momento sembrava inutile opprimerlo con i dettagli.

"Ero così eccitata... solo che... lui... si stava sbattendo un'altra donna."

"Aspetta, quella sera al club. Quel tuo amico, non si chiamava Bryan?"

"Non è un mio amico. È lo stesso Bryan. Oh, e Andrea è la ragazza che si chiavava." Era così imbarazzata che faticava a guardarlo negli occhi. Quanto ci sarebbe voluto prima che lui, proprio come aveva fatto Bryan, si rendesse conto di quanto lei fosse noiosa? La voce di Josh che le diceva l'esatto opposto risuonò vagamente nella sua mente, ma lui era pur sempre il suo migliore amico... non esattamente un osservatore imparziale.

"Avresti dovuto dirmelo. Lo avrei preso a cazzotti per averti fatto star male, e poi lo avrei ringraziato per avermi regalato la cosa migliore che mi sia mai capitata in vita mia." La strinse forte a sé, guardandola dritta negli occhi.

"La cosa migliore?" chiese lei, incredula.

"Sì, principessa. Ora grazie a te c'è qualcosa nella mia vita che non c'era mai stato fino ad ora." La guardò rivolgendole un'espressione buffa prima di mettersi a ridacchiare. "E quindi, cos'hai fatto? Hai dato un calcio nelle palle a lui, o un cazzotto in faccia a lei?"

"Mi imbarazza dirtelo, ma non feci nessuna delle due cose. Fuggii. E così finii da Josh, mi scolai decisamente troppi bicchieri di vino, piansi un fiume di lacrime e poi crollai nella sua stanza degli ospiti."

Gli occhi di Rhys si scurirono sentendo parlare di Josh. La sua stretta si fece leggermente più forte aspettando che lei proseguisse.

"Il mattino dopo andai a casa, ancora in preda ai postumi della sbornia, e appena entrai mi trovai di fronte mia madre e Bryan che mi urlavano contro. Bryan ebbe la faccia tosta di rimproverarmi per aver dormito a casa di un altro uomo, di essere tornata a casa con indosso gli stessi vestiti che indossavo la sera prima. E mia madre mi gridò contro dicendomi che non mi sarei dovuta azzardare a presentarmi da lui senza dirglielo. E così feci l'unica cosa sensata da fare: lasciai Bryan, gli tirai l'anello di fidanzamento sulla testa e me ne andai. Solo che l'anello andò a finire dritto nel caffè di mio padre, e mia madre svenne." Ora il ricordo la faceva ridacchiare. Quel che solo qualche settimana prima era sembrata la fine della sua vita, ora le appariva come l'inizio.

Lui si mise a ridere e la strinse a sé. "Quindi sei tornata da Josh e lui ti ha detto che potevi restare da lui?"

Serena rimase sorpresa nel vedere come lui fosse giunto così velocemente a quella conclusione.

"In un certo senso. Rimasi a casa per qualche altro giorno. Mia madre era rimasta sconvolta dal mio comportamento, riteneva che fosse inaccettabile che avessi rotto il fidanzamento senza lasciare che Bryan si spiegasse. Non riusciva a concepire come mai non potessi perdonarlo. Alla fine dissi ai miei che volevo andare a studiare design, e fu allora che diedero di matto. A giudicare dall'espressione di mio padre, sembrava come se avessi rubato i soldi dalla cassaforte di famiglia. Mia madre era dell'opinione che l'avevo tradita e che non era mai stata mia intenzione di seguire il piano che lei aveva tanto accuratamente ordito per me. Allora capii che, se volevo vivere la mia vita, me ne dovevo andare. Così feci i bagagli e andai da Josh. Katie non aveva dove ospitarmi, e Mary era fuori città. Josh mi disse che potevo dormire da lui fino a quando non avessi capito cosa volevo fare della mia vita. Ma è andato fuori di testa quando gli ho parlato di te, e mi ha detto che potevo vivere con lui solo se rimanevo single. E fu allora che ti chiamai. E, come dici tu, il resto è storia."

Rhys restò in silenzio per un secondo, assorbendo tutto ciò che lei gli aveva appena detto.

"Rispondimi, principessa. Ti sentiresti allo stesso modo se io ti tradissi?"

Il cuore di Serena smise di battere, le orecchie presero a martellarle. Gli diede uno schiaffo sul petto e fece per alzarsi.

"Ma certo!" esclamò, ma lui non fece altro che stringerla a sé, impedendole di fuggire via. "Aspetta un attimo. È un tuo modo idiota per chiedermi se la nostra è una relazione esclusiva?"

Il sorriso di Rhys si allargò. "Solo se tu vuoi che lo sia."

Lei guardò i suoi occhi onesti. Lui forse la stava prendendo un po' in giro, ma c'era anche qualcos'altro, dietro. E così si sporse in avanti. "Solo se mi baci."

Lui la guardò in faccia solo per un istante prima di reclamare la sua bocca con un bacio, un bacio che riuscì a sgombrarle la mente da ogni pensiero.

La fece girare per farla distendere sul divano e la baciò con passione. "Grazie per avermelo detto, principessa. Lo so che non è stato facile per te," le sussurrò all'orecchio baciandole e la mascella e il collo.

"Lo stesso per te, piccolo." Provò il nuovo nomignolo che lui si era scelto e si accorse che le piaceva, per quanto fosse generico. *Ne troverò uno più originale quando lui non... oddio...* Il suo pensiero volò via di colpo quando lui cominciò ad accarezzarle il capezzolo con il pollice e le mise la mano sul ventre, e poi in mezzo alle gambe.

Prima che lei potesse rendersi conto di quello che stava succedendo, lui le sfilò il vestito e si distese sopra di lei. I loro baci si fecero roventi, cominciarono a strusciarsi l'uno contro l'altra. Lei gemeva di bisogno. Aveva bisogno di lui. Avevano fatto l'amore questa mattina, ma il corpo di Serena era già tornato a pulsare di desiderio, e Rhys aveva il respiro ansimante.

Si baciarono e si toccarono fino a quando lei non si scostò e allungò le mani verso i suoi pantaloni. Rhys era ancora a torso nudo dopo aver cucinato e, in un lampo, si era tolto i jeans. Ora a separare i loro corpi c'erano solo i boxer di lui e le mutandine di lei. Lui ringhiò sentendo la pelle nuda di Serena e si strusciò con forza contro di lei. Le stuzzicò i capezzoli attraverso il reggiseno di pizzo, fino a quando entrambi non si prodigarono per tirarlo via. Lui si sbrigò a denudarle i seni, e altrettanto subito le avvinghiò il capezzolo tra le labbra. Con la mano destra continuava a stuzzicarle il capezzolo destro, ma la sua mano libera danzò sul ventre di Serena e giocherellò con l'orlo delle sue mutandine, tirandolo e sfiorandole la clitoride di quando in quando.

"Ah, mi stuzzichi," gemette lei, un gemito che si fece subito più profondo quando lui le succhiò il collo e le sfilò le mutandine.

"Ah sì?" le disse lui. "Non ti unisci a me?" Le sue mani si fermarono.

Lei gemette in preda al desiderio. Voleva che lo dicesse. Serena lo sapeva.

"Vuoi che mi fermi?" le chiese con fare serioso.

"Se ti fermi ti prendo a cuscinate," lo minacciò lei spingendogli un cuscino contro il viso.

"Non posso permetterlo," ringhiò lui giocosamente. La penetrò.

Erano passate meno di ventiquattro ore dall'ultima volta che l'aveva riempita, ma lei emise subito un sospiro di sollievo. Lui gemette e la penetrò ancora più a fondo. Cominciò a muoversi in modo lento ma insistente e, ben presto, lei si ritrovò a gemere il suo nome e a spingere i propri fianchi contro i suoi. "Lo so, principessa." Il respiro di Rhys si fece sempre più ansimante e i muscoli della sua schiena tremolarono e lui allungò una mano e le massaggiò la clitoride, spingendola oltre il precipizio. Rallentò e la baciò.

"E tu?" gli chiese lei, la mente ancora in preda a una nebbia orgasmica.

"Oh, principessa, non ho neanche lontanamente finito." La sollevò e la porta in camera da letto.

Ore dopo, Serena pensò di essere sul punto di svenire. Il suo corpo era sul punto di arrendersi. Glielo aveva detto due orgasmi fa, ma lui non si era fermato. Ora, però, lui si tirò via, la pelle ricoperta da un velo di sudore.

La abbracciò e le sussurrò qualcosa e lei si addormentò.

21

Serena si rese conto che il letto era vuoto ancor prima di aprire gli occhi. Le venne quasi un attacco di panico, ma poi si ricordò di dove si trovavano. Probabilmente Rhys era andato a farsi una nuotata, o qualcosa del genere.

Tirò fuori un paio di pantaloncini e una canotta, se li infilò e andò a cercarlo. Trovò dei French toast nel forno, se ne mise un paio in un piatto, li ricoprì di sciroppo d'acero e formaggio e si sedette al tavolo fuori sul portico. Era un tavolo dove potevano accomodarsi facilmente dieci persone, ma questa mattina c'era solo lei.

Il French toast era delizioso, e proprio mentre stava mandando giù l'ultimo boccone vide Rhys che attraversava la spiaggia correndo per tornare a casa.

Tirò un sospiro di sollievo. Non pensava sul serio che lui potesse abbandonarla qui – e aveva persino controllato se la sua macchina ci fosse ancora – ma nelle ultime settimane era già sparito più di una volta. Le cose erano cambiate, certo, ma lei doveva ancora convincersene. Lui la strinse in un abbraccio sudato, ma a lei non importò. Lo voleva il più vicino possibile a sé. Inalò il suo profumo di muschio e sentì le farfalle che le svolazzavano nello stomaco.

"Ti piacciono i french toast?" le chiese. "Hai detto che non vuoi una domestica a tempo pieno, e così li ho preparati io." Le rivolse il suo solito sorrisetto, orgoglioso di vedere il suo piatto pulito.

"Ma veramente? Erano fantastici, piccolo!" Gli gettò le braccia attorno al collo sudato e lui la baciò con passione.

"Sono contento che ti siano piaciuti! Mi vado a dare una lavata. Marco mi fa il culo a strisce se batto la fiacca, ma tu intanto pensa a quello che vuoi fare oggi. A me va bene tutto, basta che non dobbiamo andarcene di qui." La baciò di nuovo e le fece l'occhiolino dirigendosi verso la camera.

Dopo aver sparecchiato, Serena si accomodò su uno dei divanetti sotto al tetto del portico.

Si rilassò ascoltando il rumore dell'oceano e dei gabbiani, e poi sentì la porta della camera che si apriva nuovamente.

"Hai pensato a quello che vuoi fare?" La voce di Rhys permeò ogni cellula del suo rilassato essere.

"Sì, mi vado a lavare e poi possiamo andare a nuotare." *Avrei dovuto farmi la doccia insieme a lui*, pensò Serena entrando in bagno. Presa com'era da quei deliziosi French toast, non ci aveva pensato.

Si lavò, lasciò i capelli sciolti e si mise il bikini e un prendisole. Quando uscì, vide che Rhys era già in piscina, i vestiti ammucchiati lì vicino. Si girò e vide che lei stava fissando il mucchio di vestiti. Serena capì quello che stava succedendo. Aveva messo l'ombrellone che copriva la piscina. "Ti va di unirti a me, amore?" Eccolo di nuovo, quel nomignolo che lui fino ad ora aveva usato una volta sola e che, lo stesso, riusciva ad annodarle lo stomaco.

"Entra con il bikini, te lo sfilo una volta in acqua. Anche se passa qualcuno, non vedranno niente."

Un delizioso brivido le percorse la schiena. Fece come lui le aveva suggerito. L'acqua era calda.

Lui la guardò, le nuotò incontro, si sedette sui gradini della piscina e se la fece sedere in grembo. Poi i suoi occhi guardarono lontano, rivolti verso l'oceano.

"Una volta mi hai chiesto com'era andare in tour, ti ricordi?"

"Certo che me lo ricordo. Hai visto i posti più belli ed esotici del paese, Rhys. Certo che voglio sapere com'è."

Lui le rispose senza guardarla negli occhi, ancora incantato dall'oceano. "Sì, è vero. Siamo stati in quei posti. Ma non abbiamo mai avuto modo di conoscerli per davvero. Vedevamo solo le stanze degli hotel. Un paio di volte siamo riusciti a scappare e a fare i turisti. E ovviamente vediamo la strada dall'aeroporto, la strada che conduce al concerto, quella che porta all'hotel. Ma nient'altro. I fan e la stampa ci impediscono di vedere altro." I suoi occhi erano ancora posati sull'oceano.

"Siamo fortunati, cazzo. Non lo dubitare mai, venendo da dove vediamo noi, siamo fortunati a vedere il mondo." Proseguì baciandole di quando in quando il collo. Ma non era ancora con lei. Non del tutto. "Ma si fa tutto confuso... i paesaggi, gli stadi, i fusi orario... dopo un po' non ha più importanza. L'unica cosa che cambia è il nome del posto che Jett grida al microfono all'inizio del concerto."

Finalmente la strinse a sé e la guardò. "Ti sembrerà strano, eh? Che viziati che siamo! Per dei ragazzi che vengono da dove veniamo noi, viaggiamo e ci lamentiamo pure!" Era un'affermazione amara, ma sincera. Come se si odiasse per pensare cose del genere.

"Non è così, Rhys. Dev'essere frustrante riuscire a realizzare i propri sogni, viaggiare in giro per il mondo senza poter mai godersi niente. Visiti i posti più belli del pianeta, ma ti ritrovi in gabbia dentro a una stanza d'hotel o a un camerino. Io la vita fino ad ora l'ho a malapena assaporata, piccolo, ma lo so che è più difficile di quanto sembri. Non ti scusare mai per questo. Non ti scusare perché provi quello che provi."

Lui le poggiò la testa sul petto, mentre le gambe di lei erano avvolte attorno alla vita di lui.

"Ecco perché dovevi essere tu, Serena. Tu mi vedi – diamine, ci vedi tutti – per le creature piene di difetti, per le creature incasinate che siamo. Eppure sei ancora qui. Non te la sei data a gambe. Chi sono non ti ha fatta scappare via..."

Lei lo baciò con passione. "Non andrò da nessuna parte fino a quando non sarai tu a mandarmi via, piccolo," gli sussurrò lei. Rhys ruotò i fianchi strusciandosi contro di lei e cominciò a stimolarle i capezzoli. Alla fine le tolse la parte di sotto del bikini e la gettò via insieme ai propri vestiti e la fece venire con le dita. Poi tolse via le dita e le sostituì col suo cazzo duro come la pietra e con movimenti lenti e languidi le donò piacere fino a farle scordare di tutto e di tutti.

22

Serena si svegliò e trovò Rhys che suonava dolcemente una delle sue chitarre e guardava l'oceano fuori dalla finestra della camera da letto. La parte inferiore del suo corpo era nascosta dalla sedia sulla quale era seduto, ma la parte superiore era nuda, con i muscoli e i tatuaggi che si contraevano mentre suonava. Avevano passato diversi giorni in quella casa, e ogni giorno era stato più perfetto del precedente.

Lei restò distesa in silenzio, godendosi la perfezione in carne e ossa che era – pensò lei – il suo fidanzato. Di certo lui si era comportato da fidanzato, negli ultimi tempi. Sin da quella festa burlesque, due settimane fa. Erano successe così tante cose in così poco tempo che il solo pensiero le faceva girare la testa.

Il suo cervello era totalmente incapace di elaborare la cosa. Non solo era entrata in quel locale da vergine – cosa che di certo ora non era più – ma ora anche il suo cuore apparteneva interamente all'uomo perfetto che aveva lo sguardo fisso fuori dalla finestra.

Pensando a queste cose, le vennero in mente Katie e Mary. Si sentiva in colpa. Era passata più di una settimana dall'ultima volta che aveva parlato con loro. Gli aveva scritto che stava bene, che lei e Rhys si prendevano un po' di tempo per stare da soli, ma siccome Katie e Mary pensavano che lei e Rhys praticamente non stessero facendo altro, c'erano alcuni messaggi che lei aveva ignorato e che necessitavano decisamente di una risposta.

Il telefono di Rhys squillò. Lui si girò di scatto verso Serena e poi rispose.

"Milo," disse. "È un po' presto per svegliare me e Sese, non credi?"

Lei sorrise sentendo il nomignolo che Milo le aveva dato diverse settimane fa. Rhys, accorgendosi che lei era sveglia, le si distese di fianco.

Serena riusciva a sentire la voce di Milo, ma non riusciva a capire cosa stesse dicendo. Rhys si limitò a sospirare e la guardò, rassegnato a qualunque cosa gli stesse dicendo Milo.

"Giusto, no, non va bene. Arriviamo, fratello. Ci vediamo tra due ore." Restò in ascolto per un altro paio di secondi prima di dire: "No, Milo, non ce la faccio ad arrivare prima. Ci vediamo tra due ore, cazzo. Digli che se ne facciano una ragione."

"Problemi in paradiso, piccolo?" Si sporse verso di lui e gli diede un bacio sul petto.

"Penso che la nostra luna di miele finisca qui, principessa. Dobbiamo vederci con gli altri. Il prima possibile. Abbiamo una riunione..."

Si fecero un'ultima doccia insieme – per quanto non fosse divertente tanto quanto tutte le altre docce che si erano fatti insieme in quella casa– poi fecero i bagagli e si chiusero la porta di casa alle spalle. Serena fece una breve pausa per guardarla, provando a scolpirsi ogni dettaglio nella mente. Poi salirono sulla Range Rover e partirono a tutta velocità verso le Hills.

Rhys la tenne per mano per tutto il tempo, baciandone ogni tanto il dorso, ma senza mai dire troppo. Sembrava concentrato, ma molto più rilassato di quando avevano guidato all'andata.

Parcheggiarono davanti alla "villa festaiola" dei Misery dove lei ora sapeva che ancora vivevano Jett, Luc e Milo. La villa era in gran fermento. Sembravano esserci macchine dappertutto, persone che si affrettavano trasportando svariate attrezzature, altri che urlavano ai propri smartphone, e ovunque c'erano ragazze che sorseggiavano un cocktail.

Rhys, a un certo punto durante gli ultimi giorni, le aveva detto che in questa villa c'era uno studio di registrazione dove loro avrebbero dovuto registrare il prossimo album, ma che poi lui aveva approntato uno studio nella casa sulla spiaggia, con l'intenzione di convincere solo la band e la gente strettamente necessaria ad andarlo a registrare lì. In un posto tranquillo, dove potessero concentrarsi, suonare in santa pace. A quanto pare quel piano era andato in fumo.

Rhys la prese per mano e la condusse attraverso la folla. Sembravano esserci groupie, avvocati, pubblicisti e altri che lei non conosceva.

Deacon e Annie andarono loro incontro. Avevano un'aria stressata quanto infastidita. "Rhys," disse bruscamente Deacon. "Ci fa piacere averti tra noi. Serena, sei... ancora qui," fu tutto ciò che le disse.

Rhys la tenne al proprio fianco e le diede un bacio sulla fronte. Poi, sempre tenendo Serena sotto a un braccio, usò l'altro per abbracciare Annie.

"Abbiamo un sacco di cose fare stamattina, Rhys," disse Annie. "E siccome i tuoi cavolo di fratelli non riescono a passare una serata tranquilla da soli a casa e il tuo manager sente il bisogno di accrescere il proprio ego infilando quanta più gente possibile in uno studio di registrazione già di per sé affollato, dobbiamo cominciare subito a darci da fare." Annie lanciò un'occhiataccia a Deacon.

Rhys baciò Serena con fare possessivo. Sospirò. "Amore, mi dispiace, ma il dovere mi chiama. Va' a metterti comoda nella mia vecchia stanza. La porta davanti a quella dove ti ho portato la prima sera. Ti raggiungo appena posso," le sussurrò all'orecchio concludendo il tutto con un piccolo morso.

Gli altri membri della band le passarono di fianco, diretti verso la sala da pranzo, e la salutarono tutti con un abbraccio, tutti tranne Anders, che la saluto con un cenno sbrigativo del capo. Sembravano diversi, senza la loro solita energia. Non appena furono tutti entrati, la porta si chiuse con click deciso.

Lei sospirò e si diresse verso la scalinata su cui era salita solo una volta fino ad ora. Passando per la cucina, notò un gruppetto di ragazze sedute sul bancone.

"Ma che diavolo state facendo?" gli chiese Serena.

"Shhh!" disse quella più vicina. "Si possono quasi sentire le loro voci attraverso il condotto di aerazione," sussurrò tutta eccitata. "È l'unico modo per sapere cosa sta succedendo di preciso." Si spostò per farle spazio e le fece cenno di avvicinarsi.

Ogni parte del suo essere le urlò di ignorarla, di andarsene in camera e di mettersi comoda come lui le aveva chiesto di fare, ma la parte di lei che era più curiosa – chiaramente la parte dominante – la fece avvicinare al condotto di aerazione, verso le groupie appollaiate sul ripiano.

La band stava discutendo di qualcosa, ma Serena non riusciva a capire di cosa. Poi sentì Rhys che strillava: "DEACON, DEVE ANDARE IN RIABILITAZIONE, CAZZO!"

Cadde il silenzio. Poi si sentì la voce di Deacon. "Ci andrà," dichiarò. "Dopo che avrete registrato il vostro nuovo album. Il tour lo rimandiamo."

Cominciarono a parlare tutti insieme, la conversazione sembrava essere ripartita a tutta forza. "Basta," ordinò la voce di Annie.

"Accadrà tra mesi, Deacon. E lo sai. E se si ammazza a furia di bere prima di allora? Pensi che troveremo un rimpiazzo così, in un attimo?" Era la voce di Rhys, che aveva schioccato le dita per enfatizzare le ultime parole. "Non permetterò che lui rischi la vita solo per un cazzo di album, per non parlare del fatto che, non appena lo pubblicheremo, dovremo ricominciare a dare interviste, ad andare in tour..."

Si sentì una risata che rimbombava nel condotto di aerazione. *Anders*, pensò Serena. Parlò sbiascicando un po'. Era chiaro che trovasse tutto molto divertente.

"So quello che faccio, fratello. E tu, Rhysie? Io so gestirmi. L'ho sempre fatto. Tu, d'altro canto, che te ne vai in giro mano nella mano con quella troia della tua finta fidanzata? Ma che cazzo dovremmo farcene? Non fa altro che attirare l'attenzione su di noi. Abbiamo appena finito un tour di nove mesi, e la gente ci avrebbe lasciati in pace se non avessi messo su tutta quella scenata. Per come la vedo io, è di te che dovremmo preoccuparci! Che è, non ti bastava più la fica?"

Serena trattenne il fiato, aspettando che Rhys la difendesse, che difendesse loro. Il silenzio fu assordante. Poi Rhys urlò: "Vattene a fanculo, Anders!" La sua voce tremava di rabbia. Poi pronunciò le parole che spinsero la sua testa e il suo cuore in una spirale verso profondità sconosciute. La vista le si annerì.

"L'unico cazzo di motivo per cui l'ho portata, l'unico motivo per cui ho cominciato quella cazzo di relazione è perché volevo che la stampa ti lasciasse in pace. Non volevo che scoprissero che sei un tossico!"

Le si spezzò il cuore. Esattamente al centro. Lo stomaco le divenne di ghiaccio, e un groppo grosso come una casa le si formò nella gola. *Basta, non voglio sentire più niente. Non riesco a crederci... anzi, no, ci credo, ma non voglio pensarci qui...*

Scivolò giù dal bancone e scappò via dalla cucina, ignorando gli sguardi delle altre ragazze. Si precipitò su per le scale, quasi credendo che fuggire dalle sue parole potesse fare la differenza.

Spalancò la porta della camera e la guardò. La stanza era pulita, immacolata. Non c'era niente di Rhys in quella camera.

Crollò sul divanetto nell'angolo. Chiuse gli occhi e ripensò a tutto quello che era successo nelle ultime settimane. Era come guardare un film. Come aveva potuto fraintendere completamente la situazione? Lei si era innamorata follemente, perdutamente, stupidamente di lui, e lui continuava a considerarla ancora la sua fidanzata per finta?

Doveva parlare con qualcuno. Aveva bisogno di urlare o piangere o morire o qualcos'altro. Una parte del suo cuore era morta in quella cucina. Una grossa parte. E ora nel suo petto c'era un buco enorme, proprio lì dove prima c'era il suo cuore.

Prese il telefono dalla borsa che aveva lasciato cadere di fianco al divano. Provò a chiamare Katie, ma le rispose la segreteria telefonica. "Ciao, sono Katie. O al momento non ti voglio parlare, oppure non posso. Ad ogni modo, ti richiamo quando sarò pronta a farlo. Ciao!"

Nemmeno Mary rispose. Dannazione. Non poteva biasimarle, no davvero. Erano settimane che lei non si faceva né vedere né sentire, e quindi loro non potevano mica star lì appese, in attesa che lei si decidesse finalmente a richiamarle.

Sospirò. Magari avesse avuto più amiche. O magari avesse potuto telefonare ai propri genitori, farsi venire a prendere e portare a casa, dove sarebbe stata al sicuro... Non poteva farlo, però, e quindi era costretta a pensare a qualche altra soluzione.

Per disperazione – e nonostante il modo in cui si erano detti addio – provò a chiamare Josh. Era pur sempre il suo più caro amico, c'erano sempre stati l'uno per l'altra, e lei ora aveva bisogno di lui come mai prima d'ora. Forse lui l'aveva perdonata, forse no, ma di certo le avrebbe parlato, no?

Il telefono squillò a malapena prima che lui rispondesse: "Serena, stai bene?"

No. Non stava bene. Seduta nella bianchissima stanza senza nessuna traccia dell'uomo che ci viveva, Serena si rese conto che aveva rinunciato a tutto e tutti per Rhys, e che per lui tutta questa storia era un semplice gioco. Le sue azioni erano tanto fredde e cliniche come questa stanza.

Non che lei lo biasimasse, lui era stato chiaro fin dall'inizio su quello che voleva da lei – e con lei. Certo, sembrava che fosse nato qualcosa, ma lui non aveva detto nulla per cambiare la verità di cui lei era stata ben conscia fin dall'inizio. Di nuovo, errore suo. L'errore di cui si pentiva di più...

Come aveva potuto immaginarsi tutto? Non sembrava possibile, ma ciò ora non lo rendeva per questo meno vero.

"Josh, possiamo vederci? Giusto per prendere un caffè? Mi dispiace di non averti tenuto aggiornato, lo so che sei incazzato con me, ma mi sono fatta prendere la mano!" Era quasi in lacrime.

"Ser? Dove sei? Che è successo? Io non sono incazzato con te. Sono incazzato con me stesso. Che succede? Ma stai piangendo? Perché?" Josh sembra confuso, preoccupato.

"Sono... non importa. È una lunga storia. Ti racconto tutto quando ci vediamo. Possiamo vederci? Ho veramente bisogno di parlarti."

"Okay, va bene. Sì, parliamo. Ora non sono casa, faccio prima a raggiungere il bar che l'appartamento. Che ne dici? Il nostro solito bar? Ora?"

"Ora per te va bene?"

"Sì," disse lui esitando. "Penso di si. Tu?"

"Sì. Senza dubbio. Ma forse mi ci vorrà un po' per arrivare."

"Serena, se mi dici dove ti trovi ti vengo a prendere," le disse con voce tenera.

"No! Grazie, Josh, ma faccio da sola." Josh non poteva venire qui. Avrebbe dato di matto se l'avesse vista qui.

Come se lui fosse in grado di leggerle nel pensiero, lei lo udì sospirare. "Io vivo su questo pianeta, sai? Lo so con chi sei stata. Sono settimane che la tua faccia è su tutti i rotocalchi."

Serena tirò su col naso. "Tu leggi i rotocalchi?"

"Ora sì. Ser, senti, ti vengo a prendere, va bene? Dove ti trovi?"

"Non fa niente, Josh... Grazie, ma, veramente, faccio da sola. Devo uscire fuori di qui. E non voglio rischiare drammi."

Josh fece una pausa. "Va bene. Io ci sto andando ora, al bar. Finalmente ci rivediamo. Fammi sapere se cambi idea e vuoi che ti venga a prendere, va bene?"

"Okay, okay. Ci vediamo tra poco."

Respiro profondo. Se andava via... non sapeva se sarebbe stata in grado di ritornare. Le lacrime le colarono lungo il viso. Lasciarlo le avrebbe fatto un male cane. Le avrebbe strappato via l'ultimo brandello di cuore, lo sapeva. Ma doveva farlo. Non poteva continuare a giocare ai suoi giochetti. Ormai era troppo tardi, lei si sentiva troppo invischiata per poter continuare a giocare a questo gioco solo per amor delle apparenze.

Fece un altro respiro profondo, radunò le proprie cose, si asciugò le lacrime e scese al piano di sotto puntando dritto verso il corpo massiccio di Thomas.

"Thomas, devo uscire. Potresti portarmici tu?" La porta del soggiorno era ancora chiusa. Si sentì un rumore forte, di qualcosa di rotto, ma non ne uscì nessuno. Qualunque cosa stesse succedendo, non era niente di buono. Rhys... e se si fosse fatto male?

No. Serena. No. Non sono più problemi tuoi, si disse. Un altro respiro profondo, raddrizzò le spalle. Forse, se assumeva un atteggiamento sicuro di sé, forse così si sarebbe sentita... ne dubitava, ma valeva la pena di tentare. A questo punto...

"Ma certo, signorina Woods. Voglio dire, Serena. Gli ordini del signor Grant sono sempre quelli," rispose stoicamente Thomas, ma i suoi occhi lo tradirono. Per una volta, nei suoi occhi solitamente neutrali lei scorse la preoccupazione.

Lei lo seguì fuori stringendo la borsetta. Il suo bagaglio si trovava ancora nella macchina di Rhys, ma lei non aveva intenzione di disturbarlo adesso. Dopotutto, Rhys quei vestiti li aveva comprati per la sua fidanzata per finta, e allora che li indossasse la prossima... A tutto il resto ci avrebbe pensato dopo.

Guardò un'ultima volta la casa dei Misery mentre la macchina attraversava il cancello e gli occhi le bruciarono per le lacrime non versate. L'uomo che amava si trovava in quella casa. Serena sperava solo che il cuore di Rhys non fosse chiuso come questi cancelli che ora lei attraversava.

23

"È questo il posto, Serena?" le chiese Thomas facendola scendere davanti a un bar vicino alla casa dei suoi genitori. Erano anni che lei e Josh si incontravano qui, un posto abbastanza vicino da impedire alla madre di Serena di farsi venire degli attacchi d'ansia. Serena guardò il bar e si sentì come se fosse tornata a casa. Probabilmente, quella sarebbe stata la cosa più vicino a un ritorno a casa che avrebbe avuto per molto, moltissimo tempo.

"Sì... è qui. Grazie, Thomas. Di tutto. Sei veramente una brava persona. Prenditi cura di lui, va bene?"

Thomas annuì. Se la richiesta di Serena l'aveva sorpreso, di certo non lo diede a vedere. Serena scese dalla macchina, lo salutò e lui si reimmise nel traffico.

Josh era già lì che l'aspettava seduto al loro solito tavolino traballante fuori dal locale. Una delle poche libertà di cui lei aveva sempre goduto era incontrare Josh per un caffè. La familiarità della situazione la colse alla sprovvista. Josh stava soffiando sul suo caffè, le mani intrecciate attorno alla tazza, guardandola come se contenesse la risposta a tutti i segreti dell'universo.

Non appena la vide, si alzò e la abbracciò.

"Grazie per aver accettato di vedermi, e con così poco preavviso. Mi dispiace tantissimo di non essermi fatta sentire. Avrei dovuto dirti come stavo, cosa facevo, ma è stato... difficile."

"Ser, qualsiasi cosa per te. Lo sai. Sempre. Non ne dubitare mai. Mi fa piacere che tu mi abbia chiamato. Che succede?" Josh le avvicinò la tazza di caffè che aveva ordinato per lei e aspetto che Serena cominciasse a parlare.

Lei lo guardò in faccia e venne sopraffatta da una diarrea verbale. Il caffè, il luogo, Josh – la riportarono a un tempo in cui lei era solita raccontargli tutto: e fu esattamente così che fece.

Beh, gli disse tutto tranne la parte sull'essere una fidanzata per finta e tutte le parti sessualmente esplicite. Sapeva come Josh la pensava al riguardo.

"Mi dispiace farti di nuovo tutto questo, Josh. Mi sento così stupida e usata e ingenua!"

"Ser, nessuno avrebbe rifiutato un'opportunità del genere, essere l'assistente dei Misery. Nemmeno io penso che avrei detto di no! Li devi conoscere, devi vedere come funziona la band dall'interno. Tantissima gente ucciderebbe per avere quest'opportunità. Diamine, la gente ucciderebbe affinché tu scriva un romanzo che sveli ogni segreto. Ma non lo farai, vero?"

"No," disse lei tirando su con il naso. "Io lo amo, Josh. È triste, lo so, ma è vero. Lo amo, amo tutto di lui, tutto ciò che lui è, è stato e sarà. Non solo i lati di lui noti a tutto il mondo, quelli che le persone pensano di amare. Io amo il vero lui. E amo tutto di lui."

Josh inspirò e disse: "Con stronzi come Bryan e Rhys, come fai a sapere cos'è reale e cosa no?"

Senza aspettare la risposta, Josh scivolò verso di lei, le sollevò il mento per guardarla dritta negli occhi lacrimosi. "Io sono reale, Sere. Lo sono sempre stato." E così, senza nessun preavviso, le diede un possessivo bacio sulle labbra, infilandole la mano nei capelli per tenerla la testa ferma.

Serena rimase scioccata, al punto che si ritrovò incapace di muoversi. Non ricambiò il suo bacio, non si mosse. Lo lasciò fare fino a quando Josh non ebbe finito, fino a quando non si rese conto che era stato un errore.

D'improvviso, il calore di Josh era lontano da lei, e sbuffando si ritrovò a volare contro il muro. Rhys era apparso dal nulla. Cazzo! Thomas doveva avergli detto dove l'aveva portata. Rhys? Perché era qui? Che gliene importava di dov'era lei?

Rhys diede un pugno a Josh.

"No!" urlò Serena con un tono autoritario. "Fermati, Rhys!"

"Quindi è questo che fai? Ti vedi di nascosto con il tuo amico? Che è, preferisci stare insieme a questo stronzo che con me, Serena?" le chiese Rhys, la voce grondante sarcasmo. "Siete stati insieme per tutto questo tempo? A rubarmi i soldi e a ridermi dietro? Avresti dovuto aspettare che cominciasse la registrazione, Serena. Avresti avuto ore a disposizione prima che mi accorgessi che non c'eri più. E invece non hai nemmeno potuto aspettare che finisse la nostra riunione? Questi ultimi giorni devono esserti sembrati un inferno... ora capisco perché volevi che ti facessi scendere mentre andavamo in spiaggia." Rhys ebbe l'audacia di apparire ferito, ferito per davvero.

Lei all'inizio rimase in silenzio, poi si fece forza e cominciò a dire. "Innanzitutto, quello stronzo – come lo chiami tu – è uno dei miei più cari amici. Lo hai ferito, e quindi hai ferito anche me. Secondo, come osi accusarmi di queste cose? Lo sai benissimo come la penso sulla fedeltà nelle relazioni, Rhys. Non che ciò fosse quello che avevamo io e te, ovviamente. Ma se fossi stata insieme a Josh, allora non sarei stata con te. Nemmeno per tutti i soldi del mondo, cazzo. E poi: gli ultimi giorni sulla spiaggia per me sono stato l'esatto contrario dell'inferno – forse sono stati i giorni migliori della mia vita... ma non posso pensare che sia stata la stessa cosa per te, però. Quindi se per te è tutto uguale, allora farai meglio ad andartene." Le bruciava la gola pronunciando queste parole, le lacrime che le colavano di nuovo lungo il viso. Ma era impossibile ignorare quanto lui significasse per lei...

Non sapeva perché lui fosse venuto a cercarla, forse era stato perché così facendo gli rovinava l'immagine, la reputazione, o forse perché era stata lei a porre fine ai loro giochetti e non lui. Non lo sapeva. Ma non le importava. Non lo aveva fatto perché la amava, quella era l'unica cosa che sapeva per certo, ed era anche l'unica cosa che aveva importanza.

Rhys la guardò. Nei suoi occhi si leggevano il dolore, il disgusto, la rabbia. "Forse sei sempre stata una falsa, dopotutto... non mi chiamare, cazzo. Mai più. Non cambierò numero di telefono solo per questo, okay? Quindi fammi un cazzo di favore e cancellalo!" Non si guardò indietro mentre raggiungeva la macchina e Thomas ripartiva a tutta velocità.

24

Josh aveva faticato a uscirsene con un: "Ma che cazzo, Serena?" La loro cameriera aveva assistito all'incontro ed era lì che aspettava con in mano un sacchetto con qualche cosa dentro quando lui finalmente si rialzò in piedi. Josh lanciò un'occhiataccia a Serena, chiamò un taxi e se ne andò. La sua espressione ferita indicava che il suo dolore emotivo andava ben oltre le ferite fisiche inflittegli da Rhys.

Rimasta da sola, Serena se ne stette seduta, in silenzio, attonita. Poi chiamò un taxi. Aveva seriamente bisogno della sua migliore amica. Diede l'indirizzo al tassista balbettando tra i singhiozzi. Non sapeva nemmeno se Mary fosse a casa o no. Se non ci fosse stata, si sarebbe seduta e l'avrebbe aspettata.

Da un po' di tempo si era ritrovata spesso a sperare che i suoi amici fossero a casa. Ci rifletté su, ma per poco. Al momento riusciva a pensare solo a Rhys. Il buco che aveva nel petto le bruciava, e aveva lo stomaco sottosopra. Sembrava come se le lacrime fossero infinite, e quella sensazione non potesse mai andarsene. E così strinse le braccia attorno a sé stessa, come tentando di tenere insieme i pezzi del suo corpo e continuò a singhiozzare.

"Che razza di amica che sei!" esclamò Mary non appena aprì la porta e le gettò le braccia attorno al collo, stringendola forte ancor prima di guardarla come si deve. "Sparisci insieme alla mia rockstar preferita e non ti fai sentire!" La lasciò andare, la guardò in faccia e cambiò d'umore. "È chiaro che la mia rockstar preferita di cui sopra non è tipo per gli affari di cuore," disse abbracciandola di nuovo e chiudendo la porta.

La condusse verso il portico, preparò due cocktail e le accarezzò i capelli mentre piangeva. La ascoltò e basta, senza dire una parola mentre lei le raccontava la storia del suo cuore spezzato tra un singhiozzo e l'altro. Serena sorseggiò il proprio cocktail sentendo l'alcol che le bruciava nella gola e le allentava la lingua. Le disse tutto. Anche se aveva firmato un contratto che diceva che non poteva raccontarlo ad anima viva. Non le importava.

Le ci vollero alcune ore prima di finire le lacrime – almeno per il momento. Dopo i cocktail, Mary l'aveva fatta sistemare sul divano con indosso un paio di pantaloni del pigiama e un secchiello di gelato, ascoltandola mentre lei le raccontava tutto quello che era successo nelle ultime settimane, di come si era innamorata follemente di un uomo che la voleva solo per farsi vedere dai paparazzi, giusto per qualche foto...

Terminate le lacrime e raccontata la storia, Serena era esausta. Completamente drenata, la mente assopita, ogni arto dal peso di migliaia di tonnellate.

Non sapeva come sarebbe riuscita a sopravvivere a questa storia. La gente moriva di crepacuore, vero? Forse era proprio quello che le stava succedendo, pensò raggomitolandosi sul divano di Mary, guardando un film d'azione a dir poco pessimo che Mary aveva appena messo su dopo aver capito che Serena non aveva più voglia di parlare e ora come ora necessitava solo di stare in silenzio col proprio dolore.

Serena restò distesa su quel divano per molto tempo, chissà quanto, addormentandosi e risvegliandosi fino a quando le sue palpebre si fecero finalmente troppo pesanti e allora si arrese.

Sì, sto morendo, fu il suo ultimo sollievo mentre si addormentava, davanti agli occhi l'immagine del meraviglioso sorriso di Rhys rivolto verso di lei.

Quando uno dei film di Mary finì e lei aprì gli occhi, fu come ricevere una mattonata in faccia. Rhys non era lì con lei. Se n'era andato. Le tornò tutto alla mente, il dolore ancora più doloroso di prima. Chiuse gli occhi con forza, provando a bloccarlo. Ma l'unica cosa che vide fu Rhys che si girava e se ne andava dopo averle gridato contro fuori da quel bar. Era reale. Se n'era andato. Lui non l'aveva mai amata.

Prima che lei potesse ricominciare a piangere, Mary la guardò negli occhi e le disse.

"Mi ha chiamato, sai?"

"Chi? Rhys? Perché?"

"Non lo so. Per poco non mi è venuto un infarto quando ho sentito la sua voce. Non so come tu abbia fatto a sopravvivere a quella voce." Provò a non pensare alla voce di lui, a quella bellissima voce melodiosa, alla sua risata sguaiata... Le lacrime le inondarono gli occhi.

"Ma perché ti ha chiamata?" riuscì a chiederle infine.

"Voleva sapere dove io pensavo che tu fossi. Mi ha mormorato qualcosa sul fatto che il suo bodyguard si era affezionato troppo a te per dirglielo. Sembrava veramente stressato."

Oh, Dio benedica Thomas! Non gli aveva detto dove lei si trovava, quindi! A Serena lui era sempre piaciuto, anche se ora non aveva più molta importanza...

"Gli ho detto che siccome tu eri scappata con lui, era lui che doveva sapere dove ti trovavi. Ma poi gli ho detto comunque di provare con il bar. Quando gli ho chiesto perché non sapesse dove ti trovavi, lui mi ha detto che non ne aveva idea, che un attimo tutto era 'perfetto' e che quello dopo tu te l'eri data a gambe senza dire una parola."

"Ha detto così? Veramente? Niente era 'perfetto', tutt'altro... io pensavo che lo fosse, ma allora ancora non lo sapevo. E non me la sono data a gambe, me ne sono andata perché mi ha spezzato il cuore. E poi senza alcun motivo ha preso a pugno uno dei miei migliori amici!"

"Tesoro, tu lo sai che io sono al cento per cento con te, nonostante il fatto che darei un braccio per conoscere i membri del gruppo. Ma analizziamo la situazione in modo obiettivo." Parlava esattamente come l'avvocato che presto sarebbe diventata.

"Hai origliato una conversazione che non doveva essere udita da nessuno a parte i presenti nella stanza, né hai aspettato di sentire quello che è successo dopo, e quindi non ne hai idea. Rhys non sa che tu l'hai sentito, e tu non sei rimasta lì abbastanza a lungo da sentire dove stava andando a parare con quella conversazione. Rhys sa solo che tu sei sgattaiolata via per andare a vedere Josh non appena lui ha avuto un attimo da fare. E poi, quando ti trova, eccoti che stai baciando quel viscidone di Josh. Che cosa dovrebbe pensare, scusa?"

A Mary Josh non era mai piaciuto granché, ma viscidone?

"Non sa cos'hai sentito, né tu conosci il contesto delle sue parole. E lui non sa che è stato Josh a baciare te, e non viceversa. Ma comunque vi ha visto che vi baciavate, e quindi... Non importa quello che pensi tu: gli devi dare l'opportunità di spiegarsi, e tu dovresti fare lo stesso. Non sto dicendo che devi farlo ora e subito, ma se tu ci tieni a lui – ed è ovvio che sia così – quantomeno ti devi questo."

"Lui per me è tutto." Non era mai stata così sicura di qualcosa in tutta la sua vita.

"E allora devi provarci, tesoro mio. Chiedigli di vedervi. Per parlare. Dagli modo di spiegarsi. Spesso le cose non sono come sembrano – lo sai meglio di me, specie dopo quello che è successo con Josh."

Mary aveva ragione, Serena sapeva che era così. Ma non sapeva se poteva sopportare di sentirgli dire di nuovo quelle parole. Tuttavia, Mary aveva ragione anche riguardo a quello che era successo con Josh. Doveva provare quantomeno a spiegare a Rhys quello che era successo. Gemette e prese la sua decisione. Avrebbe affrontato il dolore, doveva farlo. Ma non ora, non subito. Aveva bisogno di un paio di giorni per radunare le forze. Così che lui potesse di nuovo distruggerla.

Passarono due giorni su quei divani, in pigiama, a mangiare gelato direttamente dal barattolo e guardando dei film horror terribili. Mary aveva dei film Marvel salvati sull'hard disk esterno, e ogni volta che Serena leggeva uno di quei titoli, sentiva una fitta lancinante al cuore e allo stomaco, e la vista le si appannava. Non poteva affrontarlo...

Continuava a ripensare alla decisione che aveva preso, di vedere Rhys, di provare a spiegarsi e dargli la possibilità di fare lo stesso, se lo voleva.

Katie le raggiunse al mattino. La strinse forte a sé e ascoltò la sua storia. Di nuovo, a Serena non importava se le facevano causa. Sapeva che nessuna delle sue amiche avrebbe detto una parola.

Katie le disse che i loro genitori erano ancora scioccati. Ora che Serena se la faceva con un uomo tatuato, sua mamma diceva a tutti che volevano starla a sentire che Bryan le aveva spezzato il cuore, e che questa era solo una fase, e che presto sarebbe "ritornata a bordo".

La fondazione, comunque, era stata in grado di inaugurare altre due case grazie ai proventi del video musicale dei Misery, e quindi quello era un bene. Ma il cuore ancora le doleva quando pensava a loro. Rhys era scomparso. WhatsApp non le diceva nemmeno l'ultima volta che era stato online. Jett, Milo e Luc le avevano scritto chiedendole se stesse bene ma, dopo aver ricevuto la risposta di Serena, erano scomparsi di nuovo. Lei non li chiamò, né gli scrisse – per quanto le facesse male.

Dopo aver riflettuto ancora e ancora sulla sua situazione con Rhys, anche sua sorella ora era dell'idea che se lei lo amava, quantomeno doveva fare un tentativo. Anche se dopo gli ultimi giorni nessuna di loro dubitava che sì, lei lo amava. Serena ora era seduta in mezzo a Katie e Mary.

"Hai detto un giorno o due tre giorni fa, tesoro. Fallo! Ora, scrivigli. Oppure chiamalo. Mandagli un cacchio di piccione viaggiatore se vuoi, ma fallo. Non puoi più aspettare, Serena. Questa cosa ti sta distruggendo, comincio a preoccuparmi," le disse Katie abbracciandola. Mary stava guardando il proprio cellulare. Si fermò, lo guardò e poi annuì.

"Adesso sembra il momento più adatto. Sono tutti a casa a rilassarsi in piscina, sembrerebbe."

Sentì un nodo allo stomaco e una morsa attorno al cuore. "Come lo sai?" disse.

"Luc ha messo una foto su Instagram. Nessuno ha postato niente sin da quel fatidico giorno, ma questo post di Luc è appena apparso, vedi?" Girò il telefono verso di lei per farglielo vedere, ma lei chiuse subito gli occhi. Non. Posso. Guardarlo. *Sembra pure che non riesca a guardarlo*, pensò mentre dava una sbirciatina allo schermo.

Dio, è bellissimo! Le si seccò la bocca e il cuore cominciò a batterle con forza nel petto mentre guardava il suo viso nello schermo. Lui per lei era tutto... e lui non aveva un'aria felice, proprio per niente. Vedere l'espressione che aveva sul viso la spronò. Forse lui l'avrebbe spezzata, ma ci doveva provare. Lo doveva a sé stessa. Katie e Mary avevano ragione.

Prese il telefono e Katie emise un fischio cadente. "Sembra una nuvola che porta tempesta!" disse a bassa voce.

Katie e Mary si scambiarono un'occhiata. "Come te, Serena, a dire il vero." Lei forse assomigliava a una nuvola carica di pioggia, ma inseguire Rhys era come mettersi a rincorrere una nube... è impossibile acciuffarla...

Strinse il telefono con dita tremanti e Katie e Mary la guardarono e annuirono.

Serena: Lo so che hai detto di non chiamarti. E quindi non lo faccio. Ma il tuo numero non l'ho perso. Scusa... Per caso ti va di vederci? Devo spiegare... ti prego, permettimi di spiegarti.

Si poggiò il cellulare sulle ginocchia, la schiena dritta come una tavola di legno. Ma non successe nulla. Controllò il cellulare un milione di volte per essere sicura che non si fosse spento o che non l'avesse avvertita di un messaggio in entrata. Niente.

Katie e Mary ora stavano parlando del più del meno senza però smettere di guardare Serena. Restarono sedute in silenzio per qualche minuto dopo che Serena aveva inviato il messaggio, aspettando insieme a lei la risposta. Poi, a un certo punto, capirono che avrebbero fatto meglio a distrarla.

Serena si sentiva come sul punto di rimettere. Le loro parole le fluttuavano nella testa, non riusciva a concentrarsi su niente di quello che loro stessero dicendo. Lui le stava dicendo di no, non le avrebbe concesso l'opportunità di spiegarsi... si sentì lo stomaco sottosopra e pensò veramente di stare per vomitare. Corse in bagno e perse tutto il gelato che si era mangiata durante la mattinata.

Katie apparve dietro di lei, le massaggiò la schiena e, dopo che Serena si fu lavata le mani, le diede il cellulare.

"Ti è arrivato un messaggio," le disse timidamente.

Serena sbiancò e pensò che si sarebbe sentita di nuovo male. Se lui avesse detto di no... chiuse gli occhi con forza e si distese sul pavimento freddo del bagno. Poi lesse il messaggio.

Rhys: Ok. Century Park. Tra un'ora.

Sei parole. Sei piccolo parole. Obbiettivamente non erano che quello. Per lei, in quell'esatto istante, furono un faro meraviglioso e scintillante che brillava dell'emozione più pericolosa che si potesse provare: la speranza.

Rhys aveva detto di sì! Il sollievo le fece girare la testa. Si abbandonò a una risata maniacale. "Ha detto sì!" gridò a Mary e Katie, entrambe in piedi vicino a lei con un'espressione preoccupata sul viso. Poi tirarono tutte e due un sospiro di sollievo, la fecero rimettere in piedi e l'abbracciarono.

"Quando vi vedrete?" le chiese la voce acuta ed entusiasta di Mary.

"Tra un'ora." Serena tirò un altro sospiro di sollievo, quella stupida speranza che si gonfiava come un pallone dentro di lei.

"Beh, quindi... odio dover essere io a dirtelo, ma devi farti una doccia e sistemarti i capelli. E alla svelta. Io e Katie ti troviamo qualcosa da metterti."

Ridacchiando, corsero verso la camera di Mary e cominciarono a chiacchierare tutte eccitate. Quando erano diventate così amiche? Si erano sempre tollerate, ma non erano mai state amiche.

Si vide di sfuggita nello specchio e le sembrò che qualcuno le avesse dato un cazzotto nello stomaco. Aveva un aspetto di merda. Avevano ragione. Di nuovo. Doveva porvi rimedio, e alla svelta!

Corse verso la doccia, si lavò i capelli due volte e si avvolse in un asciugamano. Si asciugò i capelli alla bell'e meglio e si diresse verso la camera di Mary.

Katie le aveva portato alcuni dei vestiti che ancora si trovavano a casa dei loro genitori. Guardò quello che avevano scelto. Era perfetto. Era un prendisole blu scuro che si abbinava alla perfezione alla sfumatura dei suoi occhi.

Si era persino dimenticata di averlo! Le arrivava poco al di sopra delle ginocchia e aveva una scollatura generosa. Rhys adorava vederla con vestiti di quel genere... si leccò le labbra al solo pensiero, ma poi si rimproverò subito. Non poteva mettere il carro davanti ai buoi: ne aveva di strada da fare prima che ci fosse qualche leccata per lei. *Sempre se avrò l'opportunità di leccarlo di nuovo*, pensò. Un pensiero deprimente che la riportò subito coi piedi per terra.

Mary tirò fuori una collana e un paio di sandali che stavano benissimo con il vestito mentre Katie le spazzolava le brune ciocche con vigore. Aveva i capelli ancora bagnati, ma non aveva il tempo di asciugarli completamente. Si mise un velo di trucco, assicurandosi quantomeno di coprirsi le occhiaie.

Le ragazze presero le loro borse e lei prese la sua.

"Dove andate?" chiese loro con fare scettico.

"Veniamo con te. Supporto morale. Se va male, saremo lì a raccogliere i tuoi pezzi e, se va bene, potremo conoscere Rhys.

Forse lui avrà gli altri membri della band come supporto morale," disse Katie con gli occhi che le brillavano.

"Non lo so... Non vuole di certo un pubblico..." disse Serena.

"Non veniamo con te per parlare con lui, Serena!" disse Mary. Restiamo solo nei paraggi. Dove andiamo?" Era chiaro che nessuna di loro due avrebbe preso un no come risposta, e così lei acconsentì. Tutto, pur di non fare tardi. Non si sarebbe persa quest'opportunità per nulla al mondo.

"Century Park. Che d'ora in avanti sarà noto come il luogo dove i miei sogni si avverano, o dove vanno a morire." Giocherellò nervosamente con l'orologio e uscirono.

"Oooh, conosco un ottimo bar lì vicino! Fanno un latte macchiato coi fiocchi," disse Katie mentre scendevano le scale e chiamavano il taxi che l'avrebbe portata da Rhys, forse per l'ultima volta.

Fece tutto il possibile per scacciar via tutti i pensieri negativi. Non era quello il segreto? Pensieri positivi e tutto il resto? Sperava sinceramente che fosse così...

Si fermarono davanti al parco e lei si rese improvvisamente conto che era un'idea di merda. Era stata per giorni senza di lui... e se dopo essere guarita lui la prendeva di nuovo a calci? Cambiò idea e fece per risalire sul taxi, ma Katie e Mary furono leste ad impedirglielo. Era come se sapessero che si sarebbe comportata così.

"Vai, ragazza!" Esultarono entrambe e sventolarono degli invisibili pompon mentre attraversavano la strada per raggiungere il bar di cui aveva parlato Katie e lei si addentrava nel parco, da sola, e nervosa come mai prima d'ora in vita sua.

25

Avvertì la sua familiare presenza e lo trovò seduto su una panchina sotto un grande albero che sovrastava un piccolo stagno. Un luogo privato, quasi nascosto da una folta congrega di cespugli. Serena restò senza fiato. Quando lo vide, per qualche secondo fu impossibilita a muoversi, come se avesse piantato le radici. E come se anche lui potesse percepire la sua, di presenza, si girò e scivolò lentamente sulla panca e la guardò negli occhi. Serena sentiva il cuore che le pulsava in gola. Si incamminò lentamente verso di lui, senza mai smettere di guardarlo negli occhi.

Avrebbe voluto corrergli incontro, gettargli le braccia al collo e non lasciarlo andare mai più. Ma al momento non poteva comportarsi così. E quindi, invece, controllò i propri movimenti fino a quando non raggiunse la panchina e si sedette di fianco a lui. Averlo così vicino a sé le faceva girare la testa, e così anche la difficoltà della conversazione che da lì a poco avrebbero intavolato. Quando se ne sarebbe tornata a casa, lo avrebbe fatto con il cuore a pezzi, oppure in via di guarigione. Inalò a fondo.

Riusciva a sentire l'elettricità che sfrigolava tra di loro

quando gli si sedette di fianco, senza toccarlo, ma sempre guardandolo negli occhi.

"Ciao," disse con voce stridula. Sì, la voce l'aveva tradita. Ecco quanto era nervosa. Sexy, eh? *Grazie, signore e signori, resterò qui per tutta la settimana.* Fece un inchino mentale alle voci dentro la sua testa.

"Ciao." Oh, quella voce! Le bastò sentirla perché le girasse la testa. Negli ultimi due giorni, era stata così sicura che non l'avrebbe mai più sentita dal vivo. Eppure, eccola qui! Eccolo qui...

"Come stai?" gli chiese lei, imbarazzata.

Lui la guardò e deglutì con forza. "Veramente? Come sto?" Aveva un'aria circospetta, le dita che gli tremavano. Se non lo avesse conosciuto, avrebbe potuto dire che lui era tanto nervoso quanto lei, ma era impossibile che lo fosse. Rhys suonava davanti a migliaia di persone, e senza battere ciglio. No, doveva esserci qualcos'altro... Lei non era una celebrità, era impossibile che lui fosse nervoso.

La voce di lui la strappò via al suo dibattito interiore.

"Sto una merda, Serena. Veramente di merda, cazzo." Emise una risata priva di gioia. "È questo quello che volevi sentirti dire?" La sua voce era dura come l'acciaio, così come anche i suoi occhi, che continuavano a fissarla.

"Mi dispiace, Rhys," disse lei dolcemente. "È ovvio che non è quello che voglio sentire!"

"Non sono venuto qui per un 'Mi dispiace', Serena. Hai detto che volevi spiegarmi qualcosa, e allora spiegati. Non ti scusare. Spiegati e basta." Era dolore quello che lei captava nella sua voce?

Serena fece un respiro profondo cercando di calmarsi. Avrebbe dovuto pensare a quello che doveva dirgli. Cazzo. Va bene, poteva farcela. Doveva quantomeno provare, giusto?

"Ho mangiato più gelato negli ultimi giorni che in tutta la mia vita!" disse lei di botto.

Lui strinse gli occhi. Giusto: quella non era una spiegazione.

"Scusa, è solo che... sono veramente nervosa e avrei dovuto pensare prima a quello che dovevo dirti, ma non l'ho fatto, e ora ci sono così tante cose che voglio dire e spiegare e non so da dove cominciare o come dirtele..." Serena riusciva a sentire le lacrime che minacciavano di fare il bis, ma si sforzò per arginarle. Questa era la sua unica occasione. L'ultima. Ora doveva coglierla, e poi avrebbe pensato alle lacrime, solo in seguito. Da sola, dopo che lui l'avesse rifiutata di nuovo... Quel pensiero aizzò una nuova ondata di lacrime fresche, ma lei le spinse giù, e quando parlò era riuscita a malapena a darsi una calmata.

"Che ne dici di cominciare col dirmi quello che è successo dopo che io sono andato in riunione? Mi sembra che quello sia un inizio più che adatto, dal momento che mi sembra che sia quello l'inizio della fine, cazzo." Rhys ora parlava con voce più quieta, e Serena riusciva a scorgervi senza dubbio il dolore, e forse qualcos'altro ancora.

Un momento: la fine? Ha detto la fine... Serena provò a mandar giù il groppo grosso come una casa che le si era formato in gola. Si rifiutava di andarsene, e così lei costrinse le parole ad aggirarlo.

"Va bene. Uhm. Sei entrato in quella stanza e mi hai detto di andarmene in camera mia. E io ci stavo andando, ma poi ho visto alcune groupie sedute sul ripiano della cucina."

Rhys restò confuso per un attimo, poi le chiese: "Vicino al condotto dell'aria condizionata?"

"Sì. Mi hanno fatto cenno di avvicinarmi, e non lo so... l'ho fatto. Riuscivo a sentire la tua voce."

Rhys alzò le sopracciglia di scatto sentendo che lei si era avvicinata al condotto dell'aria, ma lei proseguì.

"Non so perché l'ho fatto. Me lo sono chiesta un migliaio di volte. Era una conversazione privata. Mi dispiace tantissimo..."

"Serena," le disse lui con calma. Sembrava sul punto di interromperla di nuovo.

"No, ti prego, fammi finire... devo spiegarmi." Le spalle di Rhys erano rigide, ma non disse nulla. "Giusto. Scusa. Uhm, voglio dire, no mi dispiace. Okay. Capito. La smetto di dire scusa." Respiri profondi, Serena.

Va' fino in fondo, si disse. Sventolò degli immaginari pompon nella sua testa e poi proseguì, provando a tenersi stretta le energie positive o quello che era, ma senza più dire "scusa" o "mi dispiace".

"Come dicevo. Riuscivo a sentirti. Ti ho sentito che discutevi con Deacon e Anders. E poi..." I suoi occhi si gonfiarono di lacrime. "Ti ho sentito dire che l'unico motivo per cui io ero lì era per impedire alla stampa di indagare sul problema di Anders, e... lo so che cosa ho firmato. Ma io... a me non sembrava più finto, sai? Io, tu... quando ho sentito quelle parole mi si è spezzato il cuore. Sono salita in camera tua, ma io... dovevo andarmene, dovevo andarmene e basta. Dovevo parlare con qualcuno e Mary e Katie non mi rispondevano, e così ho telefonato a Josh e gli ho chiesto di incontrarci al bar."

"Cazzo," disse lui espirando. "Ecco perché non si origliano le conversazioni degli altri. E se proprio lo devi fare, aspetta che finiscano!" La stessa cosa che le aveva detto Mary, e ciò la fece stare ancor peggio. "Ti ho difeso davanti a loro, cazzo, ho difeso noi! Li ho minacciati di lasciare il gruppo per quello che Anders stava dicendo su di te, su di noi. Ho detto loro che sì, all'inizio ti avevo chiesto di far finta di essere la mia fidanzata per quel motivo, ma che ora le cose erano cambiate. Anzi, che erano cambiate ormai da un bel po' di tempo. Quando ho spaccato il tavolino e me ne sono andato, tu eri sparita, e poi, quando ti ho trovata... avevi le labbra incollate a quel tizio."

Il rumore che aveva sentito poco prima di andarsene. Merda, doveva essersene andata poco prima che lui uscisse dalla stanza.

"L'ho sentito, il rumore," disse lei con calma. "Ma non sapevo che tu mi avessi difesa davanti a loro, o che avessi difeso noi... o che avevi minacciato di abbandonare i Misery... mi di..." Si zittì prima di poter dire per l'ennesima volta che le dispiaceva.

"Ma anche in quel caso, Serena," disse lui praticamente ringhiando, "questo non ti dà il diritto di saltare tra le braccia di un altro uomo. Se provavi qualcosa per me, cazzo, avresti dovuto aspettarmi, avresti dovuto parlarmene!" disse lui con asprezza.

"Io non... cazzo, Rhys. Lo so quello che pensi di aver visto, ma lo giuro, non gli sono saltata addosso! Non volevo che lui mi baciasse! Avevo bisogno di parlare con qualcuno, e lui è uno dei miei più cari amici. Ho chiesto a Josh di incontrarci per parlare. Hai ragione, avrei dovuto aspettarti, avrei dovuto parlare con te. Ma ero sotto shock. E ferita. Non riuscivo a pensare in modo lucido. Gli ho detto quello che era successo e lui stava dicendo qualcosa sul fatto che lui fosse reale e che io non sapevo cosa fosse reale e cosa no, e poi ha presto e mi ha baciata. Ero sotto shock, completamente incapace di muovermi. E poi sei arrivato tu."

Per la prima volta da quando era arrivata, gli occhi di Rhys sembrarono ammorbidirsi. Questo era il suo Rhys, il Rhys che lei amava – disperatamente, follemente, sinceramente – e a cui ancora non l'aveva detto. Ma lei interpretò il suo sguardo come un incoraggiamento a proseguire.

"Rhys, lo so che all'inizio mi sono dimostrata esitante. Sull'accordo e tutto il resto. Ma ciò non ha mai avuto nulla a che fare con Josh. Io non sarei mai stata insieme a lui! Lui per me è solo un amico, e così è sempre stato. Non ho mai provato niente per lui. Tu, d'altro canto..." Sentì le lacrime che le colavano lungo le guance mentre pensava a quello che provava per lui, mentre cercava di trovare il coraggio per dirglielo.

Lui gemette e l'abbracciò. Lei gli affondò il viso nel petto e lui le passò la mano tra i capelli, provando a calmarla, a farla smettere di piangere, lasciando che inalasse il suo profumo e lo sentisse vicino a sé.

A questo mondo, niente profumava come Rhys. Un

profumo divino. Se uno fosse riuscito a imbottigliarlo e venderlo, ci avrebbe fatto una barca di soldi. Rhys la strinse a sé e le passò le mani tra i capelli, ancora e ancora. Restarono così per un po'. Senza lasciarla andare, lui le fece inclinare il viso verso l'alto e la fissò con quei suoi meravigliosi occhi ipnotizzanti.

"Quindi non sei mai stata con lui? Ti ha baciata di punto in bianco?" La guardò con un'aria decisamente più rilassata.

"Sì," disse lei ansimando. Lui la guardò negli occhi, e vi trovò qualunque fosse la cosa che stava cercando. Sospirò, un sospiro che lei sperava significasse accettazione.

"Che ne dici, principessa, pensi che possiamo darci un'altra possibilità?" le chiese.

Il cuore di Serena si riempì di gioia, una gioia incredibile e travolgente. Osservò l'espressione del suo viso e si meravigliò capendo che lui la desiderava in modo sincero. Poi trovò la propria voce e disse:

"Sì. Sì."

La bocca di Rhys si lasciò andare al sorriso più luminoso di tutti i tempi. La baciò sulle labbra con il vigore di un uomo che sta morendo di fame. Un bacio esigente, un bacio che lei riusciva a sentire in ogni terminazione nervosa del proprio corpo, nelle profondità più recondite della sua anima. Gemette di felicità.

"Ti amo, Rhys." Le parole le scivolarono dalle labbra non appena il bacio si interruppe. Lui sgranò gli occhi per mezzo secondo e poi le rivolse un sorriso ancora più largo, ancora più luminoso di quello che le aveva rivolto quando lei aveva detto di sì. Il suo viso sembrava sul punto di spaccarsi a metà.

"E io amo te, Serena. Ti amo come non ho mai amato nessuno prima d'ora, ti amo in tutto e per tutto," le disse prima di darle un altro bacio.

Sembrava fossero passate ore da quando era entrata nel parco. Non sapeva quanto tempo fosse effettivamente passato mentre lei e Rhys camminavano verso l'uscita, mano nella mano, come se fossero fusi insieme. Lui la stringeva a sé avvolgendola con il braccio. Forse sembravano due sciocchi, ma niente al mondo avrebbe potuto far scoppiare la loro bolla. Lui aveva il cappello da baseball calcato sulla testa e gli occhiali da sole, e il viso accoccolato al collo di lei, affondato nei suoi capelli, e non c'era nessuno che potesse dar loro fastidio.

"Ehi, ti va di conoscere mia sorella e Mary? Sono volute venire con me. Tipo supporto morale, o che ne so io. Si trovano in quel bar laggiù. Se non ti va non c'è problema. Sono tue grandi fan, quindi potrebbero mettersi ad urlare... ma muoiono dalla voglia di conoscere il mio ragazzo, e sono state di grande aiuto negli ultimi due giorni..."

"Supporto morale?" le chiese lui con lo sguardo divertito.

Le si arrossò la punta delle orecchie. "Sì, volevano essere qui con me nel caso in cui le cose non fossero andate bene, e volevano conoscerti nel caso contrario. Lo so che sembra patetico, però..." Lui la zittì con un casto bacetto.

"Quel bar laggiù?" disse lui sogghignando.

"Sì, quello."

"Guarda la macchina che è parcheggiata là davanti, principessa."

Lei vide la sua Range Rover nera. Non sapeva perché gliela stesse indicando. Poi sollevò le loro mani giunte in aria come per esultare dopo aver vinto e si mise a ridere. "Dentro ci sono Milo e Luc. Supporto morale, o che ne so io." I suoi occhi brillavano. "Quindi hai intenzione di presentarmi a tua sorella e alla tua migliore amica, o dovrò restare per sempre un segreto? Tu la mia famiglia l'hai già conosciuta."

Katie e Mary cominciarono ad esultare non appena Serena e Rhys entrarono nel caffè, ancora mano nella mano. Serena copiò l'esultanza di Rhys di qualche secondo fa ed entrambi fecero un piccolo inchino prima di raggiungerle.

Per fortuna il caffè era mezzo vuoto e gli altri clienti non si stranirono di fronte alla loro esultanza.

"Rhys, ti presento Katie e Mary. Voi lo conoscete, ma lui è

Rhys, ufficialmente il mio fidanzato." Il sorriso luminoso di Rhys era tornato. Strinse Mary e Katie in un abbraccio di gruppo. Ovviamente loro, mentre lo abbracciavano, lanciarono dei gridolini. Poi abbracciarono anche Serena e Katie le sussurrò all'orecchio: "Sono fiera di te, sorellina! Sii felice!"

"Ehi, ehi, ehi, che succede qui?" La potente voce di Luc riecheggiò all'interno del locale mentre lui e Milo si univano al gruppo.

"A noi non ci invitate al vostro abbraccio di gruppo?" Milo si finse ferito. "Sapete, ho sentito che è questo quello che succede quando i ragazzi si innamorano: si dimenticano dei loro amici e di tutto il resto. Ma dalla mia sorella surrogata sinceramente mi aspettavo di più," disse con fare drammatico portandosi la mano al cuore. Poi entrambi si misero a ridere e l'abbraccio di gruppo si fece ancora più numeroso.

"Mi fa piacere vederti, Sese," esclamò Milo quando infine si staccarono. "Senza di te Rhys diventa una vera lagna." "Avresti dovuto vederlo, Sese," disse Luc. Ora era Sese anche per lui? Sembrava che ormai quel nomignolo le si fosse appiccicato addosso. "Una cosa impossibile, insopportabile: ti prego non te ne andare mai più!" Gli sfottò proseguirono per un altro minuto buono, fino a quando non notarono Katie e Mary, entrambe scioccate e senza parole.

Serena ridacchiò. Di solito Katie e Mary erano così sicure di sé: ora sembravano imbambolate. Chi l'avrebbe mai detto!

"Katie, Mary, vi presento Luc e Milo – anche se so che con voi due non hanno bisogno di presentazioni," disse Serena. "Luc, Milo, mia sorella Katie e la mia migliore amica, Mary."

Katie fu la prima a riprendersi e, con sua enorme sorpresa, prima ancora di fare un cenno di riconoscimento a Milo e Luc, diede uno schiaffo sul braccio a Rhys. "Non la far soffrire mai più, oppure ti vengo a cercare e ti raso le sopracciglia. Non me ne frega niente se hai un esercito di gorilla! Troverò il modo! Mi hai capito?" gli disse con fare severo.

"Sissignora." Rhys le fece il saluto militare, lo sguardo divertito.

"Bene. Nel qual caso, è un piacere conoscervi."

Milo, Luc, Katie e Mary si scambiarono degli abbracci entusiasti. Non appena finirono di presentarsi, Luc esclamò: "Andiamo a brindare a casa! La tempesta è passata! Sese è tornata! Ma diamine!" Senza saperlo, aveva paragonato Rhys a una nube carica di pioggia, proprio come aveva fatto Mary il giorno prima. "Cazzo, è un'occasione speciale, della soda per me!" gridò ridendo.

Rhys strinse Serena a sé, affondandole le mani nei fianchi. "Voi andate. Noi vi raggiungiamo... tra un paio di giorni." Sorrise. "Voglio portare la mia fidanzata a casa, e resterà nel mio letto per tutto il tempo in cui siamo stati separati. Quindi non aspettateci per due giorni e mezzo – come minimo."

Rhys la condusse fuori dal locale in un frastuono di risate ed esultanze, sempre tenendole la mano poggiata sulla schiena, una mano che sembrava di fuoco.

26

*S*ei mesi dopo

Ricordi come un paio di mesi fa tutto andò in malora, in fiamme, chiamalo come ti pare, nel giro di sei giorni? Beh, ora sono sei mesi che la vita è praticamente perfetta, pensò Serena.

Colpì Mary sul braccio per la decima volta. "Smettila!" le disse dandole un altro cupcake così che lei potesse glassarlo.

Lei e Mary erano nella cucina della casa di Malibu, finendo di glassare gli ultimi cupcake per la cena di Natale.

Solo che Mary, invece di concentrarsi sul proprio compito, continuava a lanciare occhiate furtiva a Milo, Rhys e Luc, che erano seduti sul divano a rilassarsi. Luc e Rhys strimpellavano le chitarre mentre tutti e tre cantavano una vecchia canzone dei Misery, provando a decidere chi dei tre riuscisse a fare la migliore imitazione di Jett. La musica era inframezzata dalle loro risate mentre provavano a superarsi l'un l'altro nel fare quelle che loro chiamavano "le mosse alla Jett".

"Quindi," disse Serena riprendendo il discorso di prima. "Ho delle notizie da darti. Mi hanno accettato all'Otis College of Art and Design! Comincio in primavera!" Guardò Mary lanciare le braccia in aria e cominciare a ondeggiarle, cacciando urletti che risuonarono per tutta la casa. "Congratulazioni, ragazza! Lo sapevo che ce l'avresti fatta! Lo sapevo!" Le gettò le braccia attorno al collo e l'abbracciò forte.

I ragazzi smisero di fare gli scemi sentendo le esultanze di Mary e presto Serena sentì le forti braccia di Rhys che le avvolgevano la vita. "Gliel'hai detto, eh?" le chiese, la voce piena di orgoglio. Serena era stata riluttante all'inizio, era convinta di non essere brava abbastanza e quindi non voleva inviare la propria candidatura alle varie scuole. Rhys, però, non era tipo da accettare un "no" come risposta, e con pazienza ma insistenza aveva continuato a spronarla affinché lo facesse. Era stato sempre al suo fianco, e sembra tanto entusiasta quanto lei.

"Sì!" Serena era raggiante. Lui la ricompensò con un tenero bacio.

"Sono così fiero di te, amore mio. Andrai alla grande!" le sussurrò nell'orecchio. Il suo respiro caldo sulla pelle le fece venire la pelle d'oca. Invece di scemare col passare del tempo, l'effetto che Rhys aveva su di lei si faceva ogni giorno più forte. E lei, ogni mattino, quando si svegliava di fianco al suo sogno che respirava e viveva al suo fianco, non poteva fare a meno di ringraziare la sua buona stella per averglielo concesso.

Lei e Rhys avevano deciso di trasferirsi nella casa di Malibu circa un mese dopo essere tornati insieme. Qui c'era più pace, potevano rilassarsi di più e avevano più tempo per stare da soli – la qual cosa era stata un fattore determinante quando avevano preso quella decisione dopo la terza volta che lei era stata a un passo dall'orgasmo ed era stata interrotta da qualcuno che aveva bussato alla porta in cerca del bagno o da una festa che era cominciata in modo spontaneo nella loro casa sulle Hills. Era casa di Rhys, certo, ma per gli altri membri del gruppo era troppo comodo spostare – od organizzare – lì le loro feste. Ora gli altri dicevano che gli mancava averli sempre in giro.

Qui c'era molto meno traffico. I ragazzi erano sempre qui, e

Mary e Katie venivano spesso a visitarli, ma era diverso – niente groupie, niente manager o avvocati, e le uniche feste che organizzavano erano quelle che volevano veramente organizzare, quando le volevano organizzare, e con le persone che loro volevano invitare.

Beh, i membri del gruppo – tranne Anders, per ora – erano sempre qui. Una volta che fosse tornato, Serena non sapeva se si sarebbero attenuti al piano e avrebbero registrato nello studio che c'era qui o se Anders avesse insistito per registrare l'album da qualche altra parte.

Era stato difficilissimo convincerlo ad andare in riabilitazione. Infine, prima Rhys e poi gli altri erano riusciti a convincerlo rifiutandosi di registrare il nuovo album se lui non si fosse deciso a disintossicarsi. Deacon aveva dato completamente di matto – una scenata con i fiocchi – e li aveva minacciati dicendo loro che l'etichetta discografica li avrebbe scaricati se non avessero cominciato a registrare immediatamente. Ma essendo la famiglia che erano, i Misery non si erano fatti intimorire dalle sue minacce, scrollandosele di dosso come non fossero nulla fino a quando Anders non aveva acconsentito ad andare in riabilitazione solo per "fargli chiudere quelle cazzo di bocche", per dirla a modo suo.

E i giornali? Annie era un vero genio! La band aveva annunciato che si sarebbe presa un po' di riposo prima dell'uscita del prossimo album, dicendo che tutti erano esausti per colpa dei ritmi che avevano sostenuto negli ultimi cinque anni. In qualche modo, nessuno era riuscito a scoprire che Anders era finito in riabilitazione. Per quello che ne sapeva il mondo, era in viaggio in Europa. Sulla sua pagina Instagram comparivano persino delle foto del suo viaggio, di quando in quando.

La voce di Luc la strappò ai suoi pensieri. Si alzò dal divano, chiaramente distratto dal gigantesco albero di Natale addobbato da Rhys. "Quella è la mia faccia!" esclamò esaminando le palline personalizzate che aveva ordinato Serena.

"Forte, eh?" gli disse Rhys, sempre stringendo Serena a sé. "Serena ha trovato un sito, basta che gli invii le foto della tua famiglia e loro le usano per creare delle decorazioni da appendere all'albero di Natale."

"Fantastico!" urlò Milo avvicinandosi anche lui all'albero. "Ho visto le nostre facce dappertutto, ma questo le batte tutte!" Esaminò le palline con delicatezza, uno sguardo quasi riverente in volto. "Grazie, Serena. È fantastico!" disse. "Molto meglio di quella linea di vibratori!" Rise e si allontanò.

Durante gli ultimi mesi, Serena aveva avuto modo di conoscere in modo approfondito Milo, Luc e Jett. Nessuno dei tre aveva vissuto un'infanzia spensierata, e lei dubitava che avessero dei bei ricordi legati al periodo di Natale, e così si era impegnata per creare un Natale speciale per tutta la famiglia. Soprattutto dopo che Rhys le aveva detto che la tradizione natalizia dei Misery era di devastarsi la sera del 24 e di restare sbronzi e strafatti fino ad anno nuovo.

Quindi era decisamente tempo di nuove tradizioni. Aveva bandito l'alcol dal "Nuovo Natale – sì, si erano lamentati tutti – e aveva in programma di rimpinzarli di cupcake e bei ricordi.

"Sapete a che ora arriverà Jett?" chiese Milo scambiandosi un'occhiata con Rhys e risedendosi sul divano.

Rhys, negli ultimi giorni, era stato pervaso da una strana energia nervosa, e anche se nelle ultime ore si era rilassato strimpellando la chitarra, ecco che ora era tornata a piena forza.

"Sì," disse Serena lanciando un'occhiata al proprio orologio." Mi ha scritto quando è uscito di casa, quindi dovrebbe essere a minuti." Rhys le diede un bacio sulla testa e le sussurrò un dolce "ti amo" prima di andare fuori. "Vado a prendere un po' d'aria fresca prima del suo arrivo," disse seguito da Luc.

Si stava comportando in modo strano, ma lei non era preoccupata. Le avrebbe detto cosa stava succedendo quando sarebbe stato pronto a farlo. Ormai lei aveva totale fiducia nella loro relazione, in lui, e quindi si fidava. Forse era una cosa sciocca, ma lei era innamorata e lui non le aveva dato motivo di dubitare di lui. Era stato onesto letteralmente col mondo intero riguardo alla loro relazione. La maggior parte dei suoi follower sui social media sembravano felici della sua felicità, ma il resto erano stati a dir poco maligni nei confronti di Serena.

I suoi pensieri vennero interrotti da qualcuno che bussava alla porta. "Ah, dev'essere lui, Miles," disse Serena a Milo, che annuì e si alzò in piedi.

"Vado io," disse lui. "Come va con i cupcake, signore?"

Serena poggiò sul tavolo l'ultimo e annunciò: "Finito." Era triste che Katie non fosse lì, ma lei le aveva promesso che il cambiamento dell'ultimo minuto era per una cosa importante...

Rhys e Luc erano tornati dentro. Rhys seguì Milo verso la porta principale mentre Luc era tornato ad esaminare le palline personalizzate che pendevano dall'albero di Natale. Mary e Serena si unirono a lui. "Oh, guarda, ci sono anche io!" gridò allegramente Mary individuando il suo volto tra le palline.

"Ma certo che ci sei. Tu per me sei come una sorella, lo sai!" dichiarò Serena notando il silenzio che era caduto vicino alla porta.

Milo si scostò per rivelare Jett – e Anders. Jett entrò e lui e Milo parlarono a bassa voce andando a unirsi agli altri. Rhys e Anders si guardarono, senza muoversi né parlare – o litigare. Allo stesso tempo, fecero un passo verso l'altro e si scambiarono un lungo abbraccio, dandosi vigorose pacche sulle spalle come fanno di solito gli uomini. Poi si strinsero la mano, si sorrisero e si incamminarono verso gli altri.

Serena restò sorpresa quando Anders la abbracciò dopo essersi scambiato un altro abbraccio mascolino con Luc. Mary sembrò di nuovo imbambolata. Anders era l'ultimo membro dei Misery che lei doveva ancora conoscere, e sul suo viso ecco che era tornata la solita espressione basita. Serena le pestò leggermente il piede e Mary riassunse un'espressione normale.

"Sono contento che tu sia qui, Anders. Anzi, sono al settimo cielo, cazzo!" annunciò Rhys. "C'è qualcosa di molto importante che voglio fare da un po', e sarà fantastico avere anche il tuo supporto." Milo, Luc e Jett sfoggiarono dei sorrisi talmente luminosi che al confronto le lucine dell'albero di Natale sembravano fioche. Rhys si mise in ginocchio, prese la mano di Serena e la guardò con quei suoi occhi luminosi e bellissimi.

Le si fermò il cuore. E ora? Voleva per caso... No! Impossibile!

"Serena, mia principessa, mio angelo, mio amore. La prima volta che mi sono messo in ginocchio davanti a te l'ho fatto senza pensarci. L'idea mi è venuta in mente guardatoti lì in cucina, e mi è sembrata la cosa giusta da fare, e penso che, anche in quel momento, una piccola parte di me già sapesse che tu sei l'amore della mia vita. Lo sapevo nel profondo che stava accadendo qualcosa, che qualcosa dentro di me stava cambiando. Quando tu mi dicesti sì, mi si fermò quasi il cuore, e ogni giorno che hai detto sì a stare insieme a me dopo che hai portato un po' di luce alla mia anima nera, un amore che scorre così in profondità che mi sembra che mi possa scoppiare il cuore ogni volta che ti guardo, e una vita piena di una gioia più grande di quella che avrei mai potuto immaginare. Vuoi sposarmi?"

"Sì, sì, certo che lo voglio!" disse lei sussultando, in lacrime. Lui le rivolse il sorriso più grande e felice di sempre e le infilò un intricato anello di diamanti al dito e la baciò con vigore, con un bacio che la fece ardere da capo a piedi. E lui voleva essere suo per sempre!

"Sono la ragazza più fortunata del mondo!" mormorò contro le sue labbra quando il loro bacio si interruppe e si accorse delle grida di gioia della loro famiglia riunita tutta per la prima volta attorno a loro. "Non posso crederci che mi sentirò così per il resto della mia vita!"

Lui la guardò negli occhi, i loro visi sempre vicini. "Un'eterna emozione," le disse. "A pensarci, non è male come nome per il nuovo album. Forse è veramente giunto il momento che ne facciamo uno nuovo."

EPILOGO - SERENA

Serena guardò il display digitare che stringeva con la mano sinistra tremante. Merda. Come era possibile che sette innocue lettere potessero stravolgere completamente la sua vita nello spazio di una seduta al bagno solo perché erano disposte in quel modo?

INCINTA

Sbatté le palpebre.
No, c'erano ancora. Forse se le guardava male... No. La parola restò sul display, prominenti salde lettere nere.
Le girava la testa, aveva le mani sudate, gli arti addormentati. Merda.
Com'era potuto succedere? Beh, ovviamente lo sapeva come succedeva, solo che non riusciva a capire come potesse essere successo a loro. Prendeva la pillola in modo religioso... anche se qualche tempo fa si era sentita male... argh! Ma non importava, vero? Sei test di gravidanza positivi non potevano sbagliarsi. Quindi sì, l'unica cosa che importava era di trovare un modo per dirlo a Rhys.
Mancavano ancora tre settimane al matrimonio. Il loro

perfetto matrimonio sulla spiaggia che lei erano mesi che stava organizzando. E ora lei si sarebbe presentata incinta. Ottimo.

Fu colta da una certa lenta comprensione mentre avvolgeva l'ultimo test di gravidanza e lo gettava nel cestino della spazzatura e si lavava le mani. *C'è una piccola parte di Rhys che sta crescendo dentro di me*, pensò.

Guardò il proprio riflesso nello specchio per un intero lunghissimo minuto. Aveva le guance arrossate. Abbassò gli occhi guardandosi il corpo e la mano che d'istinto si era poggiata sullo stomaco. *C'è una piccola parte di noi che cresce dentro di me. Qualcosa che abbiamo creato... insieme...*

Nonostante lo shock, un lento sorriso le apparve sul volto. Rhys la amava. E lei amava lui. Tra tre brevi settimane, si sarebbero giurati amore eterno davanti a Dio e alle loro famiglie e amici.

Gli andrà bene, ne sarà contento, si disse.

Certo, loro non avevano parlato molto di bambini. Si erano solo detti che sì, un giorno li avrebbero voluti. Ora sembrava che quel giorno fosse oggi... *abbiamo creato una... una persona... dal nostro...*

"Amore?" La voce di Rhys terminò il suo pensiero al posto suo. La sua faccia era apparsa nello specchio di fianco a quella di lei, sebbene lei non si fosse accorta che era entrato in bagno. Cavoli, doveva essere veramente sotto shock. Era sempre in grado di sentirlo che si avvicinava, riusciva sempre a percepire la sua presenza nei paraggi.

Le avvolse le braccia attorno alla vita, se la strinse al petto ed esaminò il suo riflesso nello specchio del loro bagno.

"Che c'è che non va, principessa?" La voce di Rhys era tenera e amorevole, ma i suoi occhi erano preoccupati.

Lei studiò il suo bellissimo volto scolpito e allungò la mano per accarezzarle i lunghi morbidi capelli ondulati. A volte, anche se tra un paio di mesi sarebbero stati insieme ormai da due anni, Serena ancora non riusciva a capacitarsi del fatto che lui avesse scelto lei, che era lei quella aveva il suo anello al dito, che si sarebbe svegliata al suo fianco per il resto della vita... *con il suo bambino nella pancia*, le sussurrò una vocina nella testa quando i loro occhi si incrociarono attraverso il riflesso nello specchio.

Fece un respiro profondo e si girò verso di lui, sempre restando avvolta dalle sue braccia. Gli accarezzò il viso e la baciò con passione. "Rhys," disse interrompendo il bacio. "Ho una cosa..."

Il trillo acuto del campanello la interruppe. Gli occhi di Rhys erano sempre fissi su di lei, ma il campanello continuava a suonare senza sosta. "Dannazione," mormorò lui. "Devono essere gli altri. Sempre con il loro cazzo di tempismo. Ma tu vieni prima di tutti. Che c'è, principessa?"

Il campanello continuò a suonare. Non era questo il momento giusto per dirglielo, e così lei gli rivolse un sorriso, gli diede un bacio veloce sulla guancia e si districò dal suo abbraccio.

"Non ti preoccupare, te lo dico dopo. Veramente. Facciamo entrare i tuoi fratelli prima che sfascino la porta." Gli diede una pacca sul sedere sodo e si girò per uscire dal bagno.

Rhys sospirò con aria preoccupata, ma poi si girò e attraversò il corridoio per andare ad aprire.

Serena si vestì il più velocemente possibile, ma era ancora stordita. Le sue dita continuavano a veleggiare verso lo stomaco, mosse come da una volontà propria, e anche se lei sapeva che non poteva ancora sentire nulla, continuava ad aspettarsi di sentire un qualche segno, un qualche movimento... Qualcosa che le dicesse che tutto ciò era reale. Con l'occhio della mente continuava a rivedere la parola apparsa sul display. Incinta.

Quando finalmente finì di vestirsi ed uscì dalla sua cabina armadio, udì delle risate sguaiate e dei battibecchi e qualcuno che strimpellava una chitarra.

Sì, i Misery erano nell'edificio. Quel pensiero le portò un sorriso sulle labbra. Aveva imparato ad amarli tutti quanti, nessuno escluso – persino Anders. Erano divenuti per lei quelli che lei si immaginava fossero dei veri fratelli.

"Ecco la sposa," disse Jett vedendola. "Vestita tutta di viola," aggiunse Milo. "Serio, Sese... tutta di viola? Che è, sei frustrata per colpa del nostro Rhys?" Milo, la sera in cui si erano fidanzati, le aveva detto che, una volta sposati, Sese sarebbe diventato Sisi o, meglio ancora, direttamente Sis.

Aveva imparato a stare al gioco delle loro prese in giro, anzi, ora le piacevano persino, e normalmente riusciva a rispondere a tono senza il minimo problema. Ma oggi non era un giorno come gli altri, e non le venne in mente nessuna risposta arguta. "Mai stata così frustrata," disse con fare protettivo e si avvolse le braccia attorno al ventre. Lui le lanciò un'altra occhiata preoccupata e le diede un bacio veloce sul collo, senza dubbio notando la sua mancanza di verve.

I ragazzi si trovavano nel portico, sotto l'ombra del gigantesco ombrellone, stravaccati sui divanetti. Ander e Luc avevano ognuno una tazza di caffè in mano, mentre gli altri sorseggiavano birre ghiacciate.

"Quindi, come va con i piedi. Quasi pronti?" le chiese Anders seduto vicino alla piscina.

"Comodi, grazie. Quasi pronti a correre verso il grande giorno. Non riesco a crederci che abbiamo quasi finito!" rispose lei omettendo il fatto che, ben presto, con ogni probabilità si sarebbe ritrovata con i piedi e le caviglie gonfie.

Perché, o perché per una volta sono in perfetto orario?, pensò. Come sempre, quando guidavano fino a casa loro, gli altri membri della band avevano intenzione di restare fino all'indomani. La stilista della band sarebbe venuta più tardi per discutere dei loro completi o di chissà cos'altro. Serena, soltanto un'ora fa, sapeva esattamente di cosa avrebbero dovuto discutere, ma ora la sua mente era completamente vuota, fatta eccezione per quella piccola parolina di sette lettere che vi era stata incisa a viva forza.

"Siete pronti? Se siete arrivati in orario, significa che non state più nella pelle." La sua intenzione non era di fare un commento deluso o imbronciato, ma fu quello che fece. Doveva dirlo a Rhys, voleva veramente che lui fosse felice della cosa. Continuava a sforzarsi per sfoggiare un sorrisetto sulla faccia, ma la possibile reazione di Rhys la rendeva troppo nervosa. Prima di cominciare a elaborare il tutto, doveva dirglielo. Era l'unico modo affinché tutto le sembrasse reale. Ovviamente ora tutti la conoscevano abbastanza bene da scambiarsi delle occhiate notando il suo tono di voce, e fu esattamente quello che fecero.

Rhys la studiò attentamente, poi la prese per mano e disse: "Ci pensate voi a tutto quando arriva Liv, vero?" Non aspettò una risposta. Subito la trascinò dentro, fino in camera da letto.

Una volta lì, la fece sedere sul letto e le accarezzò la guancia. "Serena, amore mio, che c'è che non va? Mi stai spaventando. Ti prego." Le accarezzò i capelli e poi le strinse entrambe le mani, disegnandole dei cerchi sul palmo della mano con il pollice, sempre guardandola intensamente negli occhi.

"Uhm... non so da dove cominciare. Io, uhm... Penso... no, ne sono abbastanza sicura, a dire il vero." Faticava a trovare le parole, ma lo sguardo angosciato che scorse negli occhi di Rhys la spronò a dire: "Rhys, sono incinta."

Lui si immobilizzò. Restò a bocca aperta, gli occhi sgranati. Serena riusciva quasi a vedere il suo cervello che si arrovellava. Forse restarono entrambi senza fiato.

"Sei incinta?" le sussurrò, incredulo. "Avremo un bambino?" La sua espressione era completamente neutra.

"A quanto dicono sei test di gravidanza, sì... avremo un bambino, Rhys." Lei gli strizzò le mani, completamente immobili.

"Ma... tu..." Per la prima volta da quando lo conosceva, Rhys Grant era senza parole. Un attimo dopo sul suo viso apparve il sorriso più grande di tutti i tempi. La abbracciò, stringendola forte come non mai, e cominciò a baciarla, lasciando una lunga scia di baci che partiva dalla sua spalla, le risaliva lungo il collo e le andava a finire sulle labbra. La baciò con vigore, togliendole il fiato e avvampando un familiare fuoco nel suo corpo. Interruppe il bacio e di colpo esclamò: "Avremo un bambino!"

Poi la strinse di nuovo a sé e la baciò come se ne andasse della sua vita. Nel giro di un secondo i loro vestiti si ritrovarono ammucchiati vicino al letto, i loro corpi intrecciati, e lui la stava penetrando, facendo montare la solita deliziosa pressione dentro di lei.

Quando finalmente ripresero fiato, lui le ricoprì il ventre di baci e poi vi poggiò sopra la testa. Cominciò a battervi dolcemente la punta del dito, come se stesse toccando un microfono per vedere se era acceso. "Ci sei, piccolo Grant? Qui è il tuo papà."

Un gesto semplice che però le riempì il cuore fino quasi a farlo scoppiare. Riuscì a sentire le lacrime che le colavano lungo la faccia, ma non si prese la briga di asciugarle.

"È tutto vero?" le sussurrò, gli occhi luminosi e lucenti, pieni di felicità.

Lei non sapeva di preciso cosa si aspettasse da lui, ma questo era meglio. Molto, molto meglio. "Penso di sì, devo andare dal dottore per esserne sicura, ma non penso che quei sei test fossero rotti," gli sussurrò lei.

"Ti amo, Serena." Il suo sguardo era più luminoso del sole. Le poggiò la mano sul ventre, glielo accarezzò con dolcezza, chinò il capo e disse: "E amo anche te, piccolo Grant." Poi la guardò e le chiese: "Ma tu stai sempre così attenta con la pillola, come...?" Non finì la frase.

"Non lo so, forse quando mi sono sentita male, quando sei tornato... gli antibiotici, o qualcos'altro..."

"Come ti senti? Merda, avrei dovuto chiedertelo subito! Mi dispiace tantissimo, principessa! Avrei dovuto chiedertelo subito..."

"No, piccolo, veramente, va tutto bene. Lo capisco. È una sorpresa enorme. E io comunque sto bene. Mi sento normale.

Questa mattina ho fatto i test perché ho un ritardo di una settimana. Pensavo che fosse semplicemente lo stress del matrimonio e della scuola e di tutto il resto. Volevo solo esserne sicura, non pensavo che..."

"Quindi, qual è la prima mossa?" Quello era forse lo shock di una vita, ma il suo Rhys aveva già tutto sotto controllo. Era pronto a prendersi cura di lei, proprio come le aveva promesso la prima volta che si erano messi insieme.

"Uhm... penso che innanzitutto dovrò andare dal dottore." Quelle parole erano a malapena uscite dalla sua bocca che ecco che Rhys era già al telefono, sempre nudo, che ordinava a qualcuno di prenotare un appuntamento per quello stesso giorno.

"Fatto," disse poggiando il telefono sul comodino. "Il dottore arriverà tra un'ora." La strinse a sé e la baciò di nuovo.

"Così?" Serena non avrebbe mai smesso di meravigliarsi davanti al potere di cui disponeva quest'uomo. Non sceglieva spesso di servirsene, ma cavoli... quando lo faceva...

"Così. Essere la promessa sposa di una rockstar deve pur avere i suoi lati positivi, no?" Le sorrise e le diede un bacio sulla fronte. "A volte serviamo anche ad altro oltre a una sveltina, e i dottori, penso, sono abituati alle nostre richieste di emergenza. Anche se probabilmente non sono sempre buone notizie." Le rivolse un sorrisetto divertito e si rimise le mutande.

"Lo sai che dobbiamo dirglielo, vero? Non ci lasceranno in pace fino a quando non lo facciamo." Fece spallucce e indicò il portico, gli occhi ancora luminosi ed entusiasti. Sembrava incapace di smettere di sorridere.

Decisero che era meglio aspettare il dottore prima di dire qualcosa, ma sapendo che nessuno di loro due sarebbe stato in grado di tenere la bocca chiusa se li avessero visto, Rhys mandò un messaggio a Milo per dirgli di far entrare la dottoressa quando fosse arrivata e subito spense il cellulare, senza nemmeno aspettare la risposta.

Serena non voleva nemmeno sapere cosa stessero pensando al momento, e così si distese sul letto e navigò su

Internet alla ricerca di articoli sulla gravidanza e la cura dei neonati, baciando Rhys di quando in quando mentre aspettavano l'arrivo della dottoressa.

Rhys fece una smorfia guardando un video su YouTube su come si cambiavano i pannolini, mentre le sue dita giocherellavano con le dita di lei. Poi qualcuno bussò alla porta. "Rhys, Serena, la dottoressa è qui." La voce preoccupata di Milo attraversò la porta, una voce ben lontana da quella sua solita, così sicura di sé, piena di entusiasmo.

Ci fu un lieve mormorio dietro la porta prima che si spalancasse e una donna alta e statuaria con i capelli ingrigiti entrasse e la chiudesse alle spalle con un click. Rhys e Serena si alzarono per accoglierla e lei li osservò trincerata dietro la spessa montatura quadrata dei suoi occhiali.

"Signor Grant, signorina Woods," disse salutandoli con un cenno del capo. "Mi è dato di capire che necessitate di un appuntamento urgente e immediato. Cosa c'è di così pressante da non poter aspettare domani?" Le sue labbra formarono una linea sottile, e l'espressione sul suo volto era vagamente reminiscente dell'insegnante di matematica che Serena aveva al liceo, che sfoggiava quello sguardo ogni volta che capiva che non avevi fatto i compiti.

Serena provò a nascondersi dietro le spalle e i lunghi capelli di Rhys. Rhys, tuttavia, guardò la dottoressa dritta negli occhi e fece sfoggio di tutto il suo fascino rivolgendole un ghigno enorme. "Beh, la mia fidanzata qui questa mattina ha fatto il test di gravidanza," le spiegò. "Sei," disse Serena flebilmente, sempre nascosta dietro di lei. "Ne ho fatti sei." Lui ridacchiò e si corresse: "Ha fatto sei test di gravidanza e voleva un appuntamento con un dottore per avere conferma. Ci sposiamo tra qualche settimana, e quindi siamo a corto di tempo." Poi fece veramente ricorso a tutto il proprio fascino. "Apprezziamo enormemente il fatto che lei si sia presa il tempo di venire fin qui con così poco preavviso, ma temo che questa cosa non possa aspettare domani. Sono sicuro che capirà."

EPILOGO - Serena

Persino quella formidabile dottoressa sembrava arrossire sotto il suo sguardo e il sottotono delle sue parole. "Beh, un'emergenza lieta, quindi," dichiarò poggiando la borsa e cominciando a rovistarvi dentro, domandando a Serena quand'era stato il primo giorno del suo ultimo ciclo mestruale e tirando fuori chissà cosa dalla sua borsa alla Mary Poppins.

Un'ora dopo si chiuse la porta alle spalle. Rhys e Serena sedevano sbalorditi sul loro letto. Lacrime silenziose colavano sul volto di lei. Lui la guardò negli occhi e usò la sua forte mano per asciugarle. Sul suo volto apparve un lento sorriso. "È tutto vero? È tutto vero! Un bambino?" La baciò con vigore e la lasciò andare lentamente, il ghigno maniaco stampato sulla faccia. Si alzò in piedi, esultò e la abbracciò.

"Due, a quanto pare!" esclamò lei, il viso ancora rigato da lacrime di gioia. Balzò in piedi abbracciandola, gli avvolse le gambe attorno alla vita e lo baciò. La gioia che provava era riflessa negli occhi ardenti di lui.

"Sì... cazzo... due! Lo so che non era nei piani, ma questa è la notizia più bella del mondo!" disse, poi le sorrise. "Sai, al pari di quando tu mi hai detto di sì."

La gravidanza era molto più inoltrata di quanto lei non si fosse aspettata. La dottoressa le aveva detto che era incinta di nove mesi, sebbene Serena non avesse proprio idea di come avesse fatto a non accorgersi di niente fino ad ora. La dottoressa, tuttavia, le aveva assicurato che capitava spesso – soprattutto quando qualcuno è impegnato con un matrimonio imminente e con la scuola e con il tour dei Misery e con i loro concerti.

Dopo l'uscita del loro nuovo album, la band era stata obbligata ad andare in tour, ma Rhys lo aveva gestito in modo che il periodo più lungo in cui erano dovuti restare separati erano state le tre settimane della tranche asiatica del tour. Erano state tre settimane d'inferno, ma si erano telefonati più volte al giorno, messaggiando di continuo e parlando su Skype almeno una volta al giorno.

Quando erano insieme, passavano la maggior parte del tempo a letto. Serena si era sentita male poco prima del loro ritorno dall'Asia, e quando loro erano tornati lei non aveva ancora finito il ciclo di antibiotici. Erano tornati con due giorni di anticipo, perché tutti avevano deciso che un altro giorno di interviste con il lunatico Rhys li avrebbe uccisi. E così avevano fatto le valigie e le avevano riportato il suo bellissimo quasi-marito a casa e le avevano detto che una cosa del genere non si sarebbe mai più ripetuta. Avevano organizzato il tutto per condurre le interviste via Skype e altri messi elettronici, e fine della storia – fino ad ora.

Quindi, a quanto pareva, la piaga che si era beccata dalla febbre tifoidea di Mary – lei e Mary erano vissute insieme mentre Rhys non c'era, con Mary che si rifiutava di lasciarla sola – e i due cicli di antibiotici che ci erano voluti per farsela passare l'avevano lasciata con due regali di addio... *i miei piccoli miracoli...*

Rhys le passò la mano nei capelli. Stava ancora sorridendo come un folle. "Tempo di affrontare la musica, amore mio?"

"Poniamo fine alle loro mi... non importa!"

Lui scosse il capo e ridacchiò. "Milo sembrava preoccupato da morire quando ha fatto entrare il dottore. Penso proprio che si siano immaginati il peggio."

Lui la prese per mano e la condusse di nuovo verso il patio. Ogni membro della band era seduto con la schiena dritta, toccandosi i capelli con fare nervoso. Non era da loro. Anders teneva la testa stretta tra le mani, e Luc stava cullando una chitarra senza toccare le corde, più che altro stringendola come se fosse in grado di tenerlo dritto.

Non appena li sentirono che si avvicinavano, balzarono in piedi come un sol uomo e li circondarono. Milo tirò un sospiro di sollievo guardando Rhys in faccia. Gli altri, poi, uno dopo l'altro, compresero. Li videro che sorridevano – non stavano piangendo, non erano devastati. Anzi, Serena era sicura che irradiassero felicità fino a Los Angeles.

Anders li guardò e il suo viso si illuminò. "Impossibile!" esclamò. "Cazzo, no, è impossibile!" Rise vedendo Rhys che annuiva. Anders fece uno scatto in avanti e li abbracciò e diede delle pacche sulla schiena di Rhys.

"Congratulazioni, fratello! Cazzo, non ho mai pensato che saresti tato tu il primo, ma andrai alla grande, cazzo!"

"Ma che succede?" chiese Luc. "Sta bene? Perché ti stai congratulando con loro?"

"Serena è incinta!" gridò Milo facendo due più due e abbracciandoli. Presto Serena si ritrovò stretta da ognuno di loro a turno, e ora che la loro preoccupazione e incertezza non c'erano più, le risate familiari tornarono e, anche mentre si congratularono con loro, cominciarono a prenderli in giro.

Quando Milo aveva ricevuto il messaggio di Rhys riguardo alla dottoressa, Jett aveva deciso di cancellare l'appuntamento con la stilista rimandandolo al mattino dopo, e poi aveva telefonato a Katie e Mary per dire loro che forse Serena aveva bisogno di supporto morale.

Quel gesto la commosse e subito ricominciò a piangere. Anche se forse erano gli ormoni della gravidanza…

Rhys si schiarò la gola non appena Anders tornò con una bottiglia di champagne analcolico e sei flûte. "Sì, Serena è incinta," fece una pausa. "Di due gemelli!" annunciò. "O, quantomeno, la dottoressa è abbastanza sicura che siano due gemelli." Quest'annuncio fece guadagnare loro un altro giro di congratulazioni. Poi qualcuno suonò alla porta.

"Vado io, sono sicura che sono le ragazze," disse Serena correndo verso la porta, lasciando con riluttanza la mano di Rhys, la prima volta che lo faceva da quando erano usciti dalla camera da letto.

Aprendo la porta, Serena incontrò degli sguardi preoccupati. Sua sorella e la sua migliore amica la abbracciarono contemporaneamente, parlando all'unisono: "Qualunque cosa stia succedendo, Serena, noi siamo qui per te. Puoi contare sempre su di noi," le disse Mary, sempre tenendola stretta a sé.

"Che ha detto il dottore?" disse la voce di Katie allo stesso tempo, sull'orlo delle lacrime. Lei indietreggiò ed entrambe si bloccarono notando l'enorme sorriso che aveva in volto. "Sono incinta," annunciò mentre Rhys si avvicinava. Katie e Mary restarono entrambe di sasso, e poi lanciarono delle grida assordanti. Abbracciarono prima lei e poi Rhys, e poi entrambi, abbracciandoli e saltando allo stesso tempo.

"Diventerò zia!" disse Katie esultando. "Dio, come lo vizierò, questo bambino!" Katie aveva cominciato a lavorare e sembrava che le piacesse più spendere i propri soldi che quelli dei loro genitori. Rhys si schiarì la gola. "Bambini, a dire il vero. Ce ne sono due."

"Cosa?" Mary sembrava completamente scioccata. "Avrai dei gemelli?" le chiese la voce stupefatta di Katie.

Poi cominciarono entrambi a correre di qua e di là, le braccia gettate in aria, urlando più forte che potevano.

Il resto della band apparve sulla porta del portico, osservando la scena che ora si era spostata nel salone dove avevano aperto e versato lo champagne.

"Ragazze. Che ci volete fare?" disse Jett ad Anders osservando la danza felice delle due.

"Sì, ragazze... roba da pazzi," mormorò Luc subito prima di abbandonarsi a uno sguardo malizioso e unirsi ai festeggiamenti.

Milo si mise a ridere guardando Luc e gli andò incontro. "E questo lo chiami ballare? Ve lo faccio vedere io come si balla!"

Jett si mise a ridere e alzò lo stereo a tutto volume, scegliendo una stazione di musica pop che stava trasmettendo un pezzo ritmato. Cominciarono a ballare come selvaggi, gettando le braccia in aria e imitando i movimenti delle ragazze.

Per non sfigurare, Milo si gettò sul pavimento provando a improvvisare qualche passo di breakdance, suscitando risate sguaiate da tutti i presenti.

Serena si strinse a Rhys e cominciò a ballargli intorno, investita dalle scariche elettriche di buonumore che c'erano nell'aria. Lui sollevò un sopracciglio rivolgendole un'espressione divertita e cominciò a ondeggiare i fianchi a tempo e si abbandonò a un assolo su una chitarra immaginaria.

Qualche canzone dopo, il piccolo party finì e tutti crollarono sui divanetti fuori sul portico, ridendo e accettando i bicchieri di champagne analcolico che Anders continuava a passare in giro.

"Oh mio Dio!" gridò Katie. "Il tuo vestito! Devi telefonare subito alla sarta! E se diventi enorme prima del matrimonio?"

"È tra tre settimane, K. Non penso che accada così velocemente," rispose Serena.

"Lo stesso, però..." insistette lei. "Dovresti farglielo sapere."

"Hai ragione. La chiamo subito domani mattina, quando loro devono pensare ai loro completi. Oggi, però, si festeggia!"

I ragazzi alzarono gli occhi al cielo, ma ben presto si ritrovarono a fare scommesse sul sesso del bambino, e poi cominciarono a discutere le implicazioni di avere dei bambini sui bus che li portavano in tour.

Le settimane successive passarono in un lampo, parlando del matrimonio e dei bambini – disposizione dei tavoli, parto cesareo, mettere su un nido, ecc. C'erano un milione di cose da fare prima del matrimonio!

Serena e sua madre, sin dal giorno del fidanzamento, avevano ricominciato a parlare, di quando in quando. Rhys aveva chiesto a suo padre il permesso di sposarla.

Apparentemente, Rhys aveva anche detto al padre di Serena che avrebbe chiesto a Serena di sposarlo con o senza il suo permesso, e che, per amore della futura felicità di lei e del loro ruolo al suo interno, aveva deciso di interpellarlo al riguardo.

I rapporti tra Serena e i propri genitori erano ancora tesi e lei non li vedeva spesso, ma suo padre, stando a quanto diceva Katie, aveva acconsentito a detti stretti e sarebbero venuti al matrimonio.

Sembra surreale vedere Katie che le abbassava il velo e Mary che le sistemava il retro del vestito. Due damigelle e quattro testimoni, ma a chi importava... a lei di sicuro no. Le farfalle nel suo stomaco sembrava facessero a gara cercando di metterle lo stomaco sottosopra, ma lei non riusciva a smettere di sorridere.

"Quindi, pronta a diventare la signora Grant?" le chiese Katie asciugandosi una lacrima mentre la guardava con il vestito e il velo. Adesso sì che era tutto reale. La bocca di Serena si asciugò. La signora Grant? Come? Si meraviglia ancora che l'uomo più bello, sexy e divertente del mondo stesse per diventare suo marito, e che era il padre dei suoi figli non ancora nati.

Katie ci aveva visto giusto quando aveva detto di chiamare subito la sarta. Era una delle sarte più richieste ed era stata contentissima che Serena frequentasse la scuola di design. Dopo i loro primi incontri, aveva detto che Serena era la sua nuova cliente preferita, perché era realmente in grado di apprezzare il suo lavoro. Ma quando aveva sentito che era incinta, per poco non le era venuta un'ernia. Si era ripresa, però, e aveva fatto di tutto perché il vestito fosse perfetto.

Qualcuno bussò alla porta, riportandola al presente. "È ora, Serena," disse la voce ansiosa di suo padre.

Il fotografo cominciò a scattare le foto non appena Mary aprì la porta e il padre di Serena poté vedere la sua bambina con indosso il vestito da sposa. Gli si riempirono gli occhi di lacrime e l'abbracciò. "Oh, tesoro, io ho sempre solo desiderato che tu fossi felice. E ora vedo che lo sai." Le mormorò nell'orecchio: "Farà meglio a prendersi cura di te, piccola mia."

Le si riempirono gli occhi di lacrime a quelle parole, ma si trattenne. Rhys la stava aspettando... non poteva perdere tempo a rifarsi il trucco.

Si incamminò verso la spiaggia e si fermò per far passare Katie e Mary mentre iniziava la musica per l'attraversamento della "navata". Rhys e Serena avevano deciso che la loro casa di Malibu era il posto perfetto per il loro piccolo matrimonio sulla spiaggia, e tutto il mobilio era stato spostato per creare una meravigliosa navata che conduceva verso il portico, attraversava la piscina e finiva sulla spiaggia retrostante.

La spiaggia dove l'attendevano suo marito e il suo futuro. Strinse con forza il braccio di suo padre. Inalò il suo profumo familiare, combinato all'odore dell'oceano e di casa mentre lui la conduceva verso Rhys. "Ti voglio bene, papà," gli sussurrò lei.

"Anche io ti voglio bene, scricciolo. Sperò che sarà in grado di farti sempre così felice," le sussurrò. Svoltarono l'angolo e lei finalmente poté vedere Rhys.

Rimase senza fiato vedendolo in piedi, la schiena rivolta verso l'oceano, con indosso un completo leggero. Aveva gli occhi grandi e luminosi, i capelli mossi dalla brezza marina. Non appena lui la vide, i suoi occhi si infiammarono, e tutto il suo corpo si immobilizzò. Anders, Milo, Jett e Luc erano in piedi al suo fianco, tutti belli e ben vestiti, ma lei aveva occhi solo per lui. Riusciva a vedere solo lui, per lei esistevano solo loro due, e d'improvviso accelerò il passo. Non risparmiò un pensiero per nessun altro, non vide nessun altro, fino a quando suo padre le stava baciando la guancia e stava deponendo la sua mano in quella di Rhys.

Serena guardò gli occhi luminosi di Rhys e capì una cosa. Lei amava quest'uomo, lo amava al punto che le dolevano le ossa e, in qualche modo, come per miracolo, lui amava lei allo stesso modo.

EPILOGO – RHYS

Cazzo, è Bellissima. Quel pensiero gli consumò la mente vedendo la sua bellissima e radiosa sposa che attraversava la navata per andargli incontro. Non riusciva a concentrarsi su niente e nessuno. Lei era tutto per lui. Si era infatuato di lei sin dal primo momento in cui l'aveva vista, la sua innocenza e il senso di normalità che lei aveva portato nel suo mondo incasinato lo avevano accalappiato come niente mai prima d'ora.

Per anni, l'unica di cui gli importasse erano la sua chitarra e i suoi fratelli. Erano le uniche cose di cui voleva occuparsi. Fino a quando Serena non era entrata nella sua vita.

Per un po' le cose erano state fugaci, ma Rhys aveva sempre saputo che questa donna era diversa, che gli faceva venire voglia di essere l'uomo che lui non aveva mai saputo di voler essere, anche se ogni tanto combinava dei casini. E ora lei stava per diventare sua per sempre. La ragazza che apprezzava le sue battute idiote, che comprendeva i suoi sbalzi d'umore, a cui piacevano i film che piacevano anche a lui, al punto che lui le aveva dovuto impedire di guardarseli tutti di fila, l'unica donna che lo avesse mai visto per chi era veramente – e che lo amava proprio per questo.

E ora era anche la madre dei suoi figli non ancora nati. La

notizia lo aveva sciocccato. Quella mattina non gli era neanche passato per la mente che lei potesse avere tale notizia in serbo per lui, ma non appena lei glielo aveva detto, la sua vita aveva raggiunto una nuova dimensione. Una dimensione in cui avrebbe vissuto per sempre. Ora poteva lasciare qualcos'altro al mondo, oltre a sé stesse e alla propria musica. Non aveva mai pensato molto ad avere dei figli ma, in quel momento, aveva pregato gli dei in silenzio che quei test fossero corretti e che lui potesse avere l'opportunità di fare per i propri figli ciò che i suoi genitori non avevano mai potuto fare per lui.

E quando il padre di Serena poggiò la mano di lei nella sua e i loro occhi si incontrarono, Rhys sentì che quella era la sensazione più bella del mondo – più bella di quando era sul palco, più bella di quando suonava la sua chitarra – e che lei era sua, era la sua casa e, in qualche modo, che lei provava le stesse cose per lui, e che lui avrebbe avuto la fortuna di poterla avere al suo fianco per sempre.

LIBRI DI JESSA JAMES

Cattivi Ragazzi Miliardari

La sua segretaria vergine

Fammi tremare

Brutalmente Sbattuta

Papino

Cattivi Ragazzi Miliardari - La serie completa

Il Patto delle Vergini

Il Professore e la Vergine

La Sua Tata Vergine

La Sua Sporca Vergine

Il Patto delle Vergini: La serie completa

Club V

Lasciati andare

Lasciati domare

Lasciati scoprire

Fidanzati per finta

Implorami

Come amare un cowboy

Come tenersi un cowboy

Una vacanza per sempre

Pessimo atteggiamento

Pessima reputazione

Ancora un altro bacio

Chiodo scaccia Chiodo

Dottor Sexy

Passione infuocata

Far finta di essere tuo

Desiderio

ALSO BY JESSA JAMES (ENGLISH)

Bad Boy Billionaires

A Virgin for the Billionaire

Her Rockstar Billionaire

Her Secret Billionaire

A Bargain with the Billionaire

Billionaire Box Set 1-4

The Virgin Pact

The Teacher and the Virgin

His Virgin Nanny

His Dirty Virgin

The Virgin Pact Boxed Set

Club V

Unravel

Undone

Uncover

Club V - The Complete Boxed Set

Cowboy Romance

How To Love A Cowboy

How To Hold A Cowboy

Treasure: The Series

Capture

Control

Bad Behavior

Bad Reputation

Bad Behavior/Bad Reputation Duet

Beg Me

Valentine Ever After

Covet/Crave

Kiss Me Again

Contemporary Heat Boxed Set 1

Handy

Dr. Hottie

Hot as Hell

Contemporary Heat Boxed Set 2

Pretend I'm Yours

Rock Star

The Baby Mission

L'AUTORE

Jessa James è cresciuta negli Stati Uniti, sulla costa orientale, ma è sempre stata affetta da una grande voglia di viaggiare.

Ha vissuto in sei stati, ha svolto tanti lavori ma è sempre tornata dal suo primo vero amore – la scrittura. Lavora a tempo pieno come scrittrice, mangia troppa cioccolata fondente, ha una dipendenza da caffè freddo e patatine Cheetos, e non ne ha mai abbastanza di maschi Alpha e sexy che sanno esattamente cosa vogliono – e non hanno paura di dirlo. Uomini dominanti, Alpha da amore a prima vista, sono i protagonisti delle storie che ama leggere (e scrivere).

Iscriviti QUI per la Newsletter di Jessa:
https://bit.ly/2xIsS7Q

www.ingramcontent.com/pod-product-compliance
Lightning Source LLC
LaVergne TN
LVHW011818060526
838200LV00053B/3823